BookElements. Die Magie zwischen den Zeilen

Stefanie Hasse lebt mit ihrem Mann und zwei Söhnen im Süden Deutschlands. Als Buchbloggerin taucht sie stets in fremde Welten ein und lässt ihrer eigenen Kreativität in ihren Romanen freien Lauf. Ihre beiden fantasybegeisterten Kinder machen ihr immer wieder aufs Neue deutlich, wie viel Magie es doch im Alltag gibt und dass mit einem kleinen Zauber so vieles einfacher geht.

Stefanie Hasse

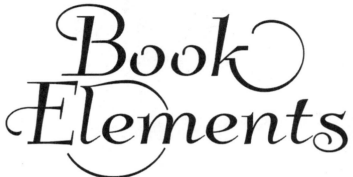

Die Magie zwischen den Zeilen

Von Stefanie Hasse außerdem als E-Book bei Im.press erschienen:

BookElements, Band 2: Die Welt hinter den Buchstaben
BookElements, Band 3: Das Geheimnis unter der Tinte
Darian & Victoria, Band 1: Schwarzer Rauch
Darian & Victoria, Band 2: Düstere Schatten
Darian & Victoria, Band 3: Tiefdunkle Nacht
Luca & Allegra, Band 1: Liebe keinen Montague
Luca & Allegra, Band 2: Küsse keine Capulet
The Evil Me

Ein *Im.press*-Titel im Carlsen Verlag
März 2017
Copyright © 2015, 2017 Carlsen Verlag GmbH, Hamburg
Text © Stefanie Hasse, 2015
Umschlagbild: shutterstock.com © Kjetil Kolbjornsrud/
Nikiparonak/d13
Umschlaggestaltung: formlabor
Corporate Design Taschenbuch: bell étage
Gesetzt von Dörlemann Satz, Lemförde
ISBN 978-3-551-31633-2

www.impress-books.de
CARLSEN-Newsletter: Tolle Lesetipps kostenlos per E-Mail!
Unsere Bücher gibt es überall im Buchhandel und auf carlsen.de.

Für alle, die täglich kämpfen, leiden und sich verlieben.
Für diejenigen, die mitfiebern, lächeln und weinen.
Für all jene, die bereits etliche Leben gelebt haben.
Für jeden Leser.

Prolog

Ich durfte keine Bücher besitzen.

Ganz gleich, wie oft man es mir eingebläut hatte, ganz gleich, wie genau ich wusste, dass es mir verboten war, außerhalb des Instituts zu lesen – ich konnte dem Drang nicht widerstehen. Nicht nach dem heutigen Tag.

Der kleine Laden, der wie aus dem Nichts vor mir aufgetaucht war, sprach all meine Sinne auf einmal an. Die zwei kleinen Schaufenster rechts und links der Tür waren von zarten Eisblumen bedeckt, die den Blick auf die uralten Bücher verzerrten. Das Holzschild über dem Eingang quietschte im Schneegestöber leise und versetzte mich in eine andere Zeit. Als ein Mann das Geschäft verließ, brachte er den Duft von alten Büchern, Staub und Leder mit nach draußen – den Geruch der *Bibliotheca Elementara*. Dann glitt die Tür langsam hinter ihm zu und das Geräusch von kleinen Glöckchen ertönte, die mir zuzurufen schienen, wie einst die Sirenen ihre Opfer zu sich gerufen hatten.

›MacMillan's Bookshouse‹ übte eine Macht auf mich aus, der ich mich wider besseres Wissen nicht entziehen konnte. Mein Herz klopfte, als ich meine Hand auf den kalten Messingknauf legte und mit etwas Druck die Tür öffnete. Der Reiz des Verbotenen.

Ich holte tief Luft und betrat begleitet von der Melodie der Glöckchen die Buchhandlung. Sofort ummantelte mich der intensive Geruch von Abertausenden geschriebenen und gedruckten Wörtern und ließ mich trotz der plötzlichen Wärme erschaudern. So viele Geschichten, so viele Emotionen auf kleinstem Raum. Wie von einem unsichtbaren Band gezogen trat ich an eins der seitlichen Regale, meine Hand erhob sich ohne mein Zutun und griff nach einem in rotes Leder gebundenen Buch.

Wenn es Liebe auf den ersten Blick wirklich gibt, wie es so oft erzählt wird, dann traf mich Amors Pfeil in diesem Moment der ersten Berührung. Ich wusste, ich würde alles dafür tun, würde mich über sämtliche Bestimmungen hinwegsetzen und alle mir auferlegten Verbote missachten – nur um es zu besitzen.

Und egal, wie laut sich in meinem Kopf eine kleine flüsternde Stimme regte, die mir sagte, ich solle es nur niemals aufschlagen, ich ignorierte sie.

Hier wollte ich es auch gar nicht aufschlagen, wollte nicht auf mich aufmerksam machen. Daher blickte ich mich verstohlen um, presste das Buch an meine Brust, genoss den Duft des Leders, der zu mir aufstieg, und ging zu dem kleinen hölzernen Tresen, hinter dem ein Mann mit grauen Haaren und Brille saß.

Erst als ich mich räusperte, blickte er von dem dicken Wälzer vor sich auf. Widerwillig legte ich das rote Buch auf den Tresen und schob es zu ihm hin. Ich zitterte, mein Herz klopfte. Was, wenn er mich erkannte? Wenn er wusste, was ich war? Er nahm das Buch in die von Altersflecken übersäten Hände, musterte es und betrachtete mich anschließend aus zusammengekniffenen Augen.

Er weiß es, flüsterte die Stimme in mir und drängte mich dazu, so schnell wie möglich von hier zu verschwinden. Doch ich widersetzte mich ihrem Rat und holte langsam Luft. Der Moment verging wie in Zeitlupe, eine gefühlte Unendlichkeit, bis sich der alte Mann der antiken Registrierkasse zuwandte und den Betrag eintippte. Mit einem Klingeln öffnete sich die Schublade, während er mir den Preis nannte. Ich schluckte und zog mein Portemonnaie aus der Umhängetasche. Mein letztes Geld wanderte in die Hände des Alten und weiter in den Rachen der Registrierkasse. Wortlos packte er das rote Buch in ein Papier und reichte es mir.

Als es sich wieder in meiner Obhut befand und ich es sorgfältig in meine Tasche packte, beruhigte sich mein Herzschlag sofort. Ich bemerkte, dass ich den Atem angehalten hatte, und ließ ihn in einem Zug entweichen. Ohne zu grüßen, verließ ich den Laden.

Der helle Klang der Glöckchen über der Tür kam mir nun wie ein Alarm vor. Eilig hastete ich die Gasse entlang, eine unerklärliche Angst im Nacken, dass sie mich jeden Moment erwischen könnten. Das, was ich vorher als Kick des Verbotenen empfunden hatte, wich einem schlechten Gewissen. Es war verboten, eine unserer obersten Regeln.

Ich nahm mir fest vor, das Buch noch vor der Ankunft in der Akademie loszuwerden, aber ich konnte es nicht. Ich spürte all das Leid, das ich ihm damit zufügen würde.

Meine Tasche fest an mich gepresst betrat ich den weitläufigen Eingangsbereich der Akademie, durchquerte ihn hastig und eilte die geschwungenen Stufen zu den Wohnsälen hinauf. Jemand rief meinen Namen, aber ich ignorierte die Stimme.

In meinem Zimmer beruhigte sich mein Herzschlag wieder. Langsam, beinahe andächtig holte ich das in Papier gewickelte Buch aus meiner Tasche, packte es vorsichtig aus und strich sorgsam über den roten Ledereinband.

Was hatte dieses Buch an sich, das mich so anzog? Warum rief es lauter nach mir als all die Milliarden von anderen Büchern dort draußen?

Das sollte ich ein paar Jahre später herausfinden.

1.

*Die Überreste der Vampire zerstreuen sich in der leichten Brise,
bis auch der letzte Beweis für den Kampf in der dunklen Gasse
vernichtet ist. Eine weitere Nacht, in der er auf der Jagd war.
Auf der Jagd nach Hinweisen. Eine weitere erfolglose Nacht.
Doch er wird die Hoffnung nicht aufgeben, da bin ich mir sicher.*

»Hey Lin, wie viele hast du letzte Nacht gelyncht?«, fragte mich Ty, noch ehe ich meine Jacke ausgezogen und mich ihr gegenüber hingesetzt hatte. Hastig sah ich mich um und hoffte, dass niemand in dem viel besuchten Café etwas gehört hatte. Doch die Leute im *Milk & Sugar*, deren Blicke ich beim Betreten meines Lieblingscafés auf mich gezogen hatte, waren in ihre Unterhaltungen vertieft oder hatten sich bereits wieder ihrem Frühstück zugewandt. Erleichtert atmete ich auf.

»Ty!«, zischte ich, während ich versuchte mahnend dreinzuschauen, doch sie grinste mich nur breit an. Kopfschüttelnd warf ich meine Jacke über die Lehne, ließ mich anschließend auf den Stuhl sinken und wartete auf den Vortrag, der auf solche Ermahnungen typischerweise folgte. »*Du hättest es mir eben nicht erzählen dürfen*«, oder »*Es ist viel zu aufregend, um nicht darüber zu reden.*«

Seit ich Ty vor Jahren entgegen allen Vorschriften in mein Geheimnis eingeweiht hatte, hatten wir schon sehr viele solcher Diskussionen geführt. Und von der ersten an hatte ich verstanden, warum all die Charaktere in den Büchern ihren besten Freundinnen niemals von ihren paranormalen Geheimnissen erzählten. Doch ich war mir sicher gewesen, dass eine wahre Freundschaft keinerlei Geheimnisse duldete. Wie oft hatte ich über die zahlreichen Romane, die ich tagtäglich las, den Kopf geschüttelt. Was hatten die ganzen Hauptcharaktere der Bücher denn für Freunde, wenn diese nicht spürten, dass da etwas zwischen ihnen und den Protagonisten stand?

Ty jedenfalls war keine solche Freundin. Sie wusste, dass ich ständig unterwegs war, dass mein Job ganz anderer Art war, als in der Stadtbibliothek Bücher zu katalogisieren. Dort hatte ich Ty am Ende des ersten Ausbildungsjahres kennengelernt und wenige Wochen später waren wir unzertrennlich gewesen. Zwischen uns passte es einfach, sie war die beste Freundin, die man sich vorstellen konnte, und ich hatte ihr meine wahre Berufung nicht verheimlichen können. Zum Glück hatte ich sie eingeweiht, denn wenig später war die Sache in London passiert und ich war froh gewesen mit ihr darüber reden zu können.

Mit einem »Erde an Monsterjägerin!« holte mich Ty aus meinen Gedanken, was ihr wiederum einen erbosten Blick einbrachte. »Hast du letzte Nacht interessante Typen getroffen?« Ihre Augen leuchteten wie die eines Kleinkinds an Weihnachten und ich konnte ihr wieder einmal nicht böse sein.

Daher seufzte ich theatralisch auf und begann zu erzählen. Ich endete schließlich mit: »Für dich war nichts dabei.«

Ty stellte diese Frage nur aus einem Grund: Sie war fasziniert von Vampiren, insbesondere den geheimnisvoll wirkenden mit gelb leuchtenden Augen. Daher wusste ich, wie ich diese verbotene Unterhaltung in der Öffentlichkeit am schnellsten beenden konnte. »Nur ein Vampir aus einer recht unbekannten Geschichte. Den hat Ric schneller einkassiert, als wir ihn zuordnen konnten.«

»Eine Sauerei, dass gerade dieser Arsch für die Vampire zuständig ist«, seufzte Ty und ihr Blick glitt in die Ferne.

Ich sah mich nach Sophie, der Kellnerin, um und signalisierte ihr, dass ich das Übliche haben wollte: eine große Latte macchiato mit Karamellgeschmack und extra Milchschaum. Sophie machte mit Abstand den besten Kaffee der Stadt – ganz gleich, in welcher Form.

»Ich habe gestern wieder einmal ›Biss zum Morgengrauen‹ gelesen, weißt du.« Tys Blick war immer noch wie verschleiert. Seit sie wusste, was genau mein Job war, las sie das Buch mindestens einmal die Woche und hoffte, dass Edward auftauchen würde. Auch wenn das statistisch gesehen eher unwahrscheinlich war. Die Seelenlosen, wie wir sie nannten, tauchten niemals direkt vor einem auf. Es war nicht vorhersehbar, wo genau sie sich materialisieren würden, was Ty jedoch nicht zu glauben schien. In solchen Momenten wünschte ich mir wirklich, ich hätte sie niemals eingeweiht.

»Mensch, Ty. Vergiss diesen Typen. Es gibt doch genügend echte Jungs.« Meine Hand beschrieb einen Bogen, der das Café und die ganze Welt beinhaltete.

»Das sagst ausgerechnet *du* mir?«

Ich hatte es geahnt und verzog sofort das Gesicht.

»Wenn du diesen Zac aus ›Otherside‹ anschmachten und herwünschen darfst, steht mir das doch genauso zu.« Ihre Augenbraue war auf die für sie typische Weise erhoben: als würde sie gelassen auf Widerspruch warten – keiner konnte das so gut wie sie.

Und sie hatte ja Recht. Auch mich interessierten die normalen

Typen nicht. Idioten, die mir als Kind Matsch in die Haare geschmiert, mir als Schülerin dumme Sprüche an den Kopf geworfen und als Teenager ihre dämlichen Flirtratgeber an mir ausprobiert hatten. Nein, danke. Auf so was konnte ich verzichten. Zac hingegen ... Nein, keine Tagträume heute. Ty schien meine Gedanken genau richtig interpretiert zu haben und hob siegessicher die Mundwinkel. Ich hingegen ließ mich geschlagen wieder nach hinten fallen. »Ja, ja, ich bin schon still.«

Die nächsten Minuten verbrachten wir in stiller Eintracht und löffelten den Milchschaum von unseren Lattes. Irgendwann musste Sophie mir eine ganze Badewanne damit füllen. Ein Luftzug holte mich aus meinen Milchschaumträumen und ich wandte mich zur Tür um.

Ty seufzte. »Wenn man vom Teufel spricht ...«

Der Duft von Kaminfeuer gemischt mit Vanillegeruch umfing mich, bevor ich ihn sprechen hörte. Sofort schlug mein Herz schneller.

»Hi Mädels, etwas Feuer gefällig?« Mit diesen Worten trat Ric zu uns, schnappte sich, ohne zu fragen, einen Stuhl vom Nachbartisch, stellte ihn verkehrt herum zu uns und ließ sich mit bestem Gewissen darauffallen. Die beiden Jungs, die den Stuhl vielleicht noch für Nachzügler gebraucht hätten, wagten nicht sich zu beschweren. Ric machte einen zu einschüchternden Eindruck mit seinen 1,80, dem Latino-Mafioso-Look mit den dunklen adrett frisierten Haaren über den goldenen Augen, die wie Kontaktlinsen aussahen, und dem halb aufgeknöpften Hemd.

Mir hingegen blieb die Luft weg. Und das lag sicher nicht an seinem beeindruckenden Aussehen, sondern an seinen nicht vorhandenen Manieren. Riccardo Fiorenzo war der unausstehlichste, arroganteste, selbstverliebteste Mensch auf dem Planeten. Er sonnte sich in den Blicken anderer, als würde er sie zum Überleben brauchen. Ty und ich hatten schon vor langem die Theorie aufgestellt, dass seine zweite Gestalt kein Zufall sein konnte. Ric war ein Drache – im doppelten Sinn. Sein Element war Feuer, und je mehr Energie er daraus benötigte, umso mehr nahm er die Gestalt seines Elementarwesens an. Doch die Größe des Drachen war ein Witz im Vergleich zu seinem Ego. Seit dem Tag, an dem wir gemeinsam an die Akademie gekommen waren, war er einfach in allem der Beste – was ja sein gutes Recht war. Dennoch musste er das nicht jedem tagtäglich auf die Nase binden. Welches Glück ich doch hatte, ausgerechnet mit ihm in einem Team zu sein. Yihaa.

»Wo ist nur Coral, wenn man sie mal braucht«, stöhnte ich und sehnte mir die Wasserelementarierin – seinen Gegenpol – herbei, die Ric mit ihrer ruhigen Art zumindest ein wenig anzustecken schien.

»Als ob das etwas nützen würde. Mein Feuer erlischt nie, willst du es nicht mal ausprobieren.« Mit zuckenden Brauen brannten sich seine goldenen Augen in meine.

»Vielleicht kann ich dich löschen – ich muss mich nämlich gleich übergeben«, mischte sich Ty ein und machte Würgegeräusche, die sofort die Blicke des gesamten Cafés auf sich zogen.

Ric sah Ty so böse an, dass sie jeden Moment hätte in Flammen aufgehen können. Ich roch schon eine feine Rauchnote und hob schnell beschwichtigend meine Hand.

»Was verschafft uns die Ehre deiner Anwesenheit an meinem freien Tag?«, fragte ich und legte eine Extraportion Sarkasmus in die Stimme, die seinen Drachenpanzer jedoch nicht zu durchdringen vermochte.

»Es hat wieder einen Störfall gegeben. Wir sollen sofort ins

Institut kommen. Und hättest du vielleicht mal einen Blick auf dein Handy geworfen, anstatt mit gewöhnlichen Menschen in Cafés abzuhängen, wüsstest du das längst.« Sein Ton war besserwisserisch wie eh und je und er sah Ty dabei mit zusammengekniffenen Augen an.

Ich verzog das Gesicht, während ich in meiner Tasche nach dem Handy wühlte. Tatsächlich. Drei verpasste Anrufe und mehrere Nachrichten.

»Und warum haben sie ausgerechnet dich geschickt, Lindwurm«, stichelte Ty und kassierte den nächsten tödlichen Blick. Mein Team wusste, dass ich Ty eingeweiht hatte. Sie akzeptierten es und verrieten mich nicht. Selbst Ric nicht, was ich ihm hoch anrechnete. Doch auch dieser Umstand machte ihn kaum erträglicher.

»Lin, Coral und Peter sind schon im Institut und ich ...« Er unterbrach nur für einen winzigen Moment, seine Zunge glitt über seine vollen Lippen. »Ich war zufällig in der Nähe.«

Ja, klar, mit der Eroberung des Tages. Ich seufzte. Wieso waren alle Mädchen in unserem Alter so strohdoof und warfen sich diesem Typen an den Hals, nur weil er recht gut aussah? Hofften die tatsächlich alle, gerade sie wären diejenige, die ihn ändern und für immer an sich binden würde? Etwas Realismus hatte noch niemandem geschadet. Andererseits – so würde es neue Bücher über den geheimnisvollen, gut aussehenden Typen geben, dessen Herz es zu erobern galt. Geschichten über typische Bad-Boys wie Ric. Und Mädchen würden ihr Herz an diese Figur verlieren, dem Seelenlosen Leben einhauchen und ihn in unsere Welt holen – und wir würden für immer und ewig auf die Jagd nach ihm gehen. Ric war die lebende Version dieser Bad-Boy-Verschnitte aus den Romanen und würde ebenso für immer Groupies haben.

Binnen zwei Minuten hatte ich meine Latte ausgetrunken, mich tausendmal bei Ty entschuldigt und missmutig Jacke und Tasche geschnappt. Anschließend folgte ich Ric nach draußen. Direkt vor dem Café, mitten in der Fußgängerzone im absoluten Halteverbot, stand sein leuchtend orangefarbener Lamborghini Diabolo GT und schimmerte in der Oktobersonne wie ein Flammenspiel. Ich seufzte, als ich die Beifahrertür hochklappte und mich nach unten auf den Sitz fallen ließ. Sofort umgab mich der Geruch von Leder und dem Vanille-Lufterfrischer, der in Form eines Drachen am Rückspiegel baumelte. Ich legte den Fünf-Punkt-Gurt an, als Ric den Motor startete und der Wagen erzitterte, als würde ihm der Teufel höchstpersönlich Energie verleihen.

Zwanzig Minuten später stieg ich etwas umständlich aus dem Diabolo. In meinem ganzen Körper spürte ich noch das Echo der Vibrationen des Autos und überall kribbelte es wie Tausende von Ameisen. Etwas wacklig auf den Beinen trottete ich hinter Ric her, durch die Tiefgarage unter der Stadtbibliothek. Im Fahrstuhl drückte er seinen Daumen auf das unscheinbare Feld unter den Knöpfen für »Antiquariat« im Obergeschoss und »Bibliothek« im Erdgeschoss. Die Tür des Fahrstuhls schloss sich und wir fuhren tief in die Erde hinab. Mit einem leisen »Bing« öffnete sich die Tür und ich befand mich in einer anderen Welt. Meiner Welt.

Ganz gleich, wie oft ich das Institut schon betreten hatte, ich bekam immer noch eine Gänsehaut bei dem Anblick, der sich mir bot. Es fühlte sich an, als hätte man den Eingangsbereich einer alten Villa aus einem anderen Jahrhundert betreten. Der Kronleuchter, der an der Decke hing, befand sich rund zehn Meter über mir. Rechts und links führten geschwungene Treppen nach oben, als hätte sich der Architekt an dem Schloss des Biestes aus Disneys Meisterwerk orientiert. Die Treppen und das Geländer sowie der gesamte Boden bestanden aus weißem Marmor, dessen metallene Adern unter dem Licht des Kronleuchters und der zahlreichen Wandstrahler funkelten. Unter diesen Treppen führte eine drei Meter hohe doppelflügelige Tür zur *Bibliotheca Elementara*, dem Herzen des Instituts. Seit etwas mehr als vier Jahren kam ich täglich hierher – während meiner Ausbildung hatte ich sogar hier gewohnt – und trotzdem überkam mich immer eine Ehrfurcht, wenn ich diese heiligen Hallen der Wächter betrat.

»Du kannst den Mund wieder schließen, Tinkerbell.« Ric stupste mich am Arm und sofort schlug meine Faszination in Ärger um. Er wusste, dass ich diesen Spitznamen hasste. Mein Elementarwesen war eine Fee und trotzdem hatte ich nichts, aber auch gar nichts mit der bekannten Fee aus der Literatur zu tun. Ich schnaubte und flüchtete mit schnellen Schritten vor Ric, ehe ich etwas sagte, das mir später leidtun könnte. Obwohl, vielleicht auch nicht.

Zu spät.

Bevor ich die große weiß lasierte Tür öffnete, hielt ich wie immer für einen kurzen Moment inne, um mich auf den Geruch vorzubereiten. Ein Kribbeln im Bauch signalisierte mir, dass ich nach all den Jahren immer noch aufgeregt war. Mein Puls stieg an. Mein Wächter-Amulett pulsierte und mich umgab eine leichte Brise. Mein Element spürte meine Aufregung. Trotz der imposanten Größe schwang die Tür leicht auf, das Quietschen, das man erwarten würde, blieb aus und selbst durch die schmale Lücke drang der Geruch von Büchern zu mir. Auf Anhieb überkam mich ein Gefühl von Geborgenheit, Zufriedenheit, Heimat. Ich sog den Duft ein. Sofort beruhigte sich mein Herzschlag und ich öffnete die Tür so weit, dass ich durchschlüpfen konnte, dicht gefolgt von Ric, der für diesen einen Moment genauso innegehalten hatte wie ich. Wenn er bemerkt hatte, dass ich seine Reaktion zur Kenntnis genommen hatte, ließ er es sich nicht anmerken.

Als er an mir vorbei in Richtung eines der zahlreichen Studiertische ging, roch ich Kaminfeuer, vermischt mit dem Vanille-Aroma seines Lufterfrischers. Ein Geruch, den ich einmal sehr gemocht hatte. Rics typischer Geruch. Ich ging ihm eilig hinterher.

Mein Team hatte sich mit den anderen, alle ungefähr in unserem Alter, an einem der großen Tische versammelt. Fünf Teams für die Jugendbücher. Was war nur vorgefallen, das die Anwesenheit aller Genres verlangte? Ric, Coral, Peter und ich waren eines der vier auf Fantasy spezialisierten Teams. In unserem Genre, das auch die Science-Fiction beinhaltete, hatte man mehr zu tun, zumal die Seelenlosen aus diesen Büchern oft nicht ganz ungefährlich waren und definitiv mehr Aufmerksamkeit auf sich lenkten als all die Charaktere aus der zeitgenössischen Jugendliteratur. In der Regel hatten wir nichts mit dem Team dieses Genres zu tun – zu unterschiedlich waren unser Job und das Wissen, wie man die Seelenlosen bekämpfen musste.

»Schön, dass ihr euch auch endlich zu uns gesellt. Setzt euch.« Die Stimme von Perry, dem Leiter der Jugendbuchabteilung, klang bestimmt, aber glücklicherweise nicht verärgert. Trotzdem kamen Ric und ich seiner Aufforderung nach und besetzten die zwei freien Stühle neben Coral und Peter. Coral saß direkt neben mir und der Geruch von Meerwasser und Algen drang in meine Nase. Wieso war sie so nervös?

»Dann können wir endlich beginnen. Ich habe euch alle hier zusammengerufen, weil in der letzten Nacht die bisher größte

Anomalie aufgetreten ist. Josh und sein Team wurden auf den vierten Cameron Hamilton diese Woche aufmerksam. Josh, willst du berichten, was passiert ist?« Perry sah zu Josh, dem Feuerelementar der zeitgenössischen Gruppe, und munterte ihn mit einem Kopfnicken dazu auf zu erzählen.

Josh verzog das Gesicht. Vermutlich hatte er denselben Bericht bereits mehrere Male erstattet. Dennoch stand er auf und schnell wurde mir klar, warum wir alle hier saßen. »Dieser Cameron war nicht der Typ, mit dem wir es sonst zu tun haben. Es hätte uns ein Leichtes sein sollen, ihn zu binden. Laurie hatte ihr Element bereits gerufen, als Cam seinen Arm hob und uns auf das Schlangentattoo aufmerksam machte, das nicht dort hätte sein dürfen. Sekunden später lag eine Riesenschlange vor Laurie auf dem Boden und griff sie an. Sie konnte ihre Gestalt nicht schnell genug wechseln, wurde gebissen und ist daraufhin zusammengebrochen. Cam ist uns entkommen. Laurie liegt noch immer auf der Krankenstation.« Josh wurde während des Erzählens von Sekunde zu Sekunde bleicher. Er schilderte bis ins kleinste Detail, was dieser Cameron getan und wie genau er sich verhalten hatte. Beobachtungsgabe ist eines der wichtigsten Fächer im Unterricht am Institut. Wir wurden darauf geschult, das Verhalten der Buchcharaktere genau zu analysieren, um ihr weiteres Vorgehen vorherzusagen. Joshs Team hatte es in der Regel mit flüchtigen oder heulenden Charakteren oder vielleicht noch schlagfertigen Typen – im wörtlichen sowie im übertragenen Sinn – zu tun, jedoch niemals mit übernatürlichen Angriffen.

Peter tuschelte bereits mit Ric neben mir, als auch mir endlich einfiel, woher ich die Schlange kannte. Cam hatte sich mit einem Fantasy-Charakter derselben Autorin vermischt und war nun zum Teil ein Dämon. Um genauer zu sein, ein Hohedämon mit sehr viel Macht. Roth. Im selben Moment sprach auch Coral den Namen aus.

Nach Joshs Bericht richteten sich alle Augen auf Perry. Für solche Fälle gab es kein Protokoll, das es einzuhalten galt, keine Vorschriften, wie man zu verfahren hatte. Denn so was war eigentlich unmöglich. Die Sache war an sich ganz einfach: Buchcharaktere besitzen keine Seele, ganz gleich, wie oft in Büchern etwas anderes behauptet wurde. Ihnen fehlte nun einmal das, was uns zu Menschen machte. Daher nannten wir sie Seelenlose. Durch die Bindung des Lesers zu den Buchcharakteren veränderten sich diese. Der Leser hauchte ihnen eine Seele ein, schenkte ihnen Emotionen. Und je stärker diese Bindung wurde, umso größer war die Gefahr, dass man den Seelenlosen materialisierte, in unsere Welt holte. Bei zeitgenössischen Charakteren mochte das noch ganz nett sein, schließlich taten die im Normalfall niemandem etwas – zumindest im Jugendbuchbereich, in dem wir arbeiteten. Bei den Erwachsenenbüchern, den Thrillern mit all ihren gestörten Serienkillern, sah das schon anders aus.

Oder in meinem Genre, den Fantasy-Büchern. Denn Seelenlose waren genau so, wie sie in den Büchern beschrieben wurden. Das Aussehen, der Charakter, die Gaben – ganz gleich, ob Dämon oder Engel, Vampir, Werwolf, Lichtgestalt oder seelenklauender Küsser. Sie alle waren Abbilder ihrer Buchcharaktere und sahen genauso aus, wie der Leser sie sich vorstellte, wenn er ihnen Leben einhauchte. Es gab Autoren, die das Aussehen ihrer Charaktere allein der Vorstellungskraft des Lesers überließen, die außer ein paar wenigen Details nichts darüber verloren. Hier war es oft schwer für uns, den Seelenlosen zu identifizieren. Cameron Hamilton war hingegen ganz genau beschrieben – und tauchte vermutlich genau aus diesem Grund so schrecklich oft in unserer Welt auf –, aber eins hatte er sicher nicht: ein Schlangentattoo, das sich in eine echte Schlange verwandeln konnte. Jemand brachte da etwas vollkommen durcheinander.

»Was sagen die Bibliothekare?«, fragte Ric laut ins Gemurmel der einzelnen Teams, die schon eifrig Überlegungen anstellten.

Perry verzog das Gesicht und schüttelte langsam den Kopf.

»Sie haben keine Meinung dazu?«, hakte ich nach. Die Bibliothekare waren unsere Oberbosse und hatten eigentlich immer etwas zu sagen – und wenn es nur Strafpredigten waren, weil jemand die Regeln missachtet oder sie zu sehr gedehnt hatte.

»Ich weiß genau, was sie denken«, warf Peter, der Erdelementar meines Teams, ein und sofort waren alle Blicke auf ihn gerichtet. Er sah müde aus, wie eigentlich immer. Und traurig. Die typischen Eigenschaften seines Elements. Dazu gehörte auch, dass er nie im Mittelpunkt stehen wollte, sich nur seiner Aufgabe widmete und ansonsten eher eine Art Mitläufer war. Zuverlässig und korrekt. Ein solcher Einwurf passte so gar nicht zu ihm.

Dessen schien er sich in diesem Moment bewusst zu werden und seine Wangen liefen puterrot an. Sofort umfing mich der erdige Geruch, gemischt mit einer Prise altem Laub. »Ich ...«, stammelte er, unfähig auch nur ein weiteres Wort zu sagen.

Schnell fasste ich an meinen Anhänger, das silberne Dreieck mit dem waagrechten Strich mittendurch, und rief mein Element. Sofort strömte die Energie durch mich hindurch und ich leitete sie in Gedanken weiter zu Peter.

Nur ein leichter Luftzug glitt über Ric hinweg zu Peter und sofort wirkte er sicherer. »Ich habe gehört, wie sich meine Eltern über die Prophezeiung unterhalten haben«, sagte er mit fester Stimme und blickte in die Runde.

Sofort war es totenstill am Tisch. Entfernt hörte man das Rascheln von Papier beim Umblättern. Andere Wächter, die sich ihrem Tagesgeschäft, den Studien, widmeten. Irgendwo zog jemand ein Buch aus den endlosen Regalreihen und ließ es schwer auf einen Tisch fallen. Peters Eltern arbeiteten beide im Qualitätsmanagement des Instituts. Sie überprüften die Berichte, nahmen Abläufe wie den Zusammenhalt im Team oder die Zusammenarbeit mit den Vorgesetzten unter die Lupe und machten Verbesserungsvorschläge. Sie saßen direkt an der Quelle und bekamen nahezu alles mit.

Ich selbst wagte es nicht einmal zu atmen. Im Unterricht hatten wir damals alle von der Prophezeiung gehört, doch das war schon einige Jahre her und niemand glaubte wirklich daran. In den letzten Wochen hatte es allerdings vermehrt Störfälle gegeben, orientierungslose Charaktere, die blasser waren als in den schlechtesten Büchern und schon gar nicht mehr an die Person erinnerten, die sie eigentlich darstellten.

Peter sah nach unten auf seine Hände, die er nervös knetete. Meine Beruhigungsbrise war verklungen. Von der einen zur nächsten Sekunde hörte ich das Rascheln von Laub und Zweigen, die aneinanderrieben. Die Luft roch nach feuchter Erde und Weizenfeldern zugleich. Die Magie seines Elements waberte um Peter herum, verwischte meine Sicht auf ihn. Seine Gestalt wechselte von dem schwerfälligen Jungen mit den Pausbacken zu seinem Elementarwesen. Erst verlängerten sich seine Hände, die Finger streckten sich, wurden zu dünnen Ästen. Er reckte seinen Hals, als müsse er sich den Nacken einrenken, während seine Haare zu zarten Trieben wurden, die leuchtend grüne Blätter trugen. Dann verwandelte sich sein Gesicht, sein Oberkörper wurde zu einem massiven Stamm, Augen, Nase und Mund noch ansatzweise in der Rinde angedeutet, seine Beine glichen einem dichten Wurzelwerk. Dann riss er die Lider auf, verzog den gekerbten Mund zu einem lautlosen Schrei, seine Augen leuchteten in grellem Grün. Der Gestaltwechsel war vollzogen, vor uns saß die Verkörperung des Elements Erde: ein Baum mit Peters halb zerfetzter Kleidung. Eine Dryade, die in die Stille sprach: »Wer die Grenze überschreitet, wird Verderben säen. Wer die Zeichen zu deuten vermag, wird die Zeit kommen sehen. Wer Opfer bringt, wird verändern.« Seine Stimme klang, als würde sie aus einer tiefen Höhle kommen, ein Echo verstärkte diesen Eindruck und ich bekam Gänsehaut am ganzen Körper.

Der große Raum war von der Präsenz der Elemente erfüllt: Erde, Luft, Wasser und Feuer. Die Aufregung und das damit einhergehende Adrenalin verbanden uns mit unseren Elementen. Von den Jüngeren hatten sich tatsächlich auch zwei – vermutlich unbeabsichtigt – verwandelt. Ich erinnerte mich noch allzu gut daran, wie es in den ersten Wochen meiner Ausbildung gewesen war. Die Magie der Elemente war anfangs schwer zu kontrollieren und immer wieder hatte ich mich unbeabsichtigt in das knapp fünfzehn Zentimeter große Wesen verwandelt, das mein Element verkörperte, während Feuerelementare wie Ric in die Höhe wuchsen und zu einem Drachen wurden, einer Mischung aus Mensch und Tyrannosaurus Rex.

Am schwierigsten waren Verwandlungen für Wasserelementare wie Coral. Das Elementarwesen des Wassers war eine Wassernymphe. Es wäre passender gewesen, sie Nixe zu nennen – denn sie hatte nun mal einen Fischschwanz, mit dem sie nicht stehen konnte. Da Nixen aber in Geschichten nicht sonderlich gut wegkamen und unsere Wasserelementare schließlich zu den Guten gehörten, wurden sie Wasserfrauen genannt. Und eine solche saß jetzt an einem Tisch nicht weit entfernt, versuchte ihren zappelnden Fischschwanz ruhig zu halten und klammerte sich an ihren Stuhl. Schräg gegenüber saß ein roter Drache, ebenfalls aus dem ersten Ausbildungsjahr.

Doch abgesehen von der Verwandlung der beiden herrschte eine Atmosphäre wie in der Ruhe vor dem Sturm. Alle hielten für einen Moment inne, wenige Wimpernschläge, in denen sich jeder seine eigenen Gedanken machte, ehe das Geplapper losging. Natürlich kannte jeder den geheimnisvollen Wortlaut der Prophezeiung, aber so beeindruckend präsentiert wie Peter hatte sie noch niemand.

Irgendwann räusperte sich Perry laut. Dreimal, bis alle verstummt waren. »Auch wenn einige von euch vielleicht schon Pläne für den freien Tag hatten – die solltet ihr bitte überdenken. Wir brauchen jedes Team, jeden Einzelnen von euch. Ihr müsst auf Patrouille gehen. Josh und der Rest seines Teams werden sich Team D anschließen.« Er klatschte in die Hände und alle erhoben sich. Stühle quietschten über den Marmor, einer fiel dabei um und der Knall hallte durch die Bibliothek.

Team D waren die Jüngsten von uns, die ihre Ausbildung erst vor kurzem abgeschlossen hatten und die Jugendbücher mit der Altersempfehlung zehn bis zwölf bearbeiteten. Sie waren am wenigsten belesen und wagten bislang sehr selten einen Blick über ihr Genre hinaus. Sie hatten zudem weniger Erfahrung im Kampf gegen die Seelenlosen. Es ergab also durchaus Sinn, ihnen das Team von Josh zuzuteilen. Gemeinsam konnten sie materialisierte Seelenlose besser erkennen und binden, darauf zählte ich. Hoffentlich würde sich auch Laurie schnell erholen. Zeitgleich mit Coral erhob ich mich.

»Hast du vor hier Wurzeln zu schlagen?« Ric rüttelte an Peters Seitentrieben und holte ihn aus irgendeinem Baumschlaf.

Vor Schreck verlor er ein paar Blätter und verzog das Borkengesicht zu einer Grimasse. Ric gesellte sich schon zu Coral und mir, während Peter sich noch zurückverwandelte. Die Luft war stickig, angereichert mit dem intensiven modrigen Geruch eines Moores – oder vielleicht auch von Leichen. Jedenfalls stellte ich ihn mir so vor. Zum Glück bin ich bisher von menschlichen, echten Leichen verschont geblieben.

Einiges Knirschen und Knacken später stand Peter wieder in seiner menschlichen Gestalt vor uns – inklusive schmutziger Kleidung, die zerfetzt an ihm hing, aber glücklicherweise die wichtigsten Stellen verhüllte. Als Ric ihn mit einer erhobenen Augenbraue musterte, wurde er sofort wieder rot und begann zu stottern. Was genau, konnte keiner von uns verstehen. Er deutete mit der Hand zum Ausgang und eilte schneller davon, als ich es ihm zugetraut hätte.

Nun war es Zeit, Mr Perfect einen bösen Blick zuzuwerfen. »Musste das sein?«, fragte ich.

»Was?« Ric hob die Hände, als verstehe er tatsächlich nicht, was falsch gelaufen war.

»Du ... Du bist so ein Idiot!«, rief ich geistreich und stapfte mit Coral im Schlepptau in Richtung Drei-Meter-Tür.

»Wow, wie schlagfertig die kleine Fee heute wieder ist. Richtig reizend«, hörte ich Rics trockene Worte hinter mir.

Jeder Muskel in mir spannte sich an. Ein starker Luftzug wand sich um meinen Körper und ich hatte nicht wenig Lust, ihn auf Ric zu schleudern. Doch dafür würde ich die nächste Abmahnung durch die Bibliothekare riskieren und auf eine weitere Predigt hatte ich keine Lust. Sollte er doch sticheln, mich würde das von nun an kaltlassen. Pah!

Nur wie oft hatte ich mir das schon gesagt ...

2. Kapitel

Die Gestaltwandlerin ihm gegenüber ist stark. Sie hat ihn auf das verlassene Gelände gelockt, hat behauptet, dass sie Informationen besitze. Wer weiß von seiner Suche? Davon, was für seine Welt auf dem Spiel steht, sollten seine Träume die Wahrheit zeigen?

Wir hatten uns für den Abend verabredet – obwohl heute mein freier Tag hätte sein sollen. Patrouillenfrei und Ric-frei. Vor allem auf Letzteres legte ich sehr großen Wert. Doch scheinbar war mir Aither, die Göttin der Luftelementare, nicht wohlgesinnt. Warum hatte sie ausgerechnet in der letzten Nacht diese Anomalie auf die Menschheit losgelassen?

Ty, mit der ich mir die Wohnung teilte, war ausgeflogen und so stand ich allein in unserer kleinen Küche und trank genüsslich einen Milchkaffee. Die Frage war, was ich mit meinem Nachmittag anstellen sollte, der eigentlich für Ty und Shoppen reserviert gewesen war. Sonnenuntergang würde um 19.51 Uhr sein, davor zeigten sich in der Regel weder Anomalien noch normale Seelenlose, die frisch in unsere Welt geholt wurden. Früher – so hatte ich im Unterricht gelernt – war man davon ausgegangen, dass die Erscheinungen an die Mondphasen gekoppelt waren, doch das war reiner Zufall gewesen. Lediglich die Häufigkeit der Materialisierungen mehrte sich mit zunehmendem Mond, an Vollmond wurden die meisten von ihnen in unsere Welt geholt. Die Erklärung dafür war einfach: Die Menschen lasen in dieser Zeit mehr, weil viele an Schlaflosigkeit litten.

Wir hatten jetzt Ende Oktober, auch wenn es für diese Zeit noch recht sommerlich warm war. Die düsteren Tage würden nun mehr und mehr werden – und mit ihnen die Leser. Auch die, die all ihre Emotionen einem der Seelenlosen schenkten. Wenn sich nun auch die Anzahl der Anomalien erhöhte, konnte ich meine freien Tage bald vergessen.

Ich stand noch ein paar Minuten unentschlossen in der Küche herum, ehe ich in mein Zimmer ging. Selbst nach zwei Jahren war es noch nicht *mein* Zimmer. Ganz gleich, was ich in Sachen Einrichtung unternahm, es wirkte kühl auf mich, was allein an dem Fehlen jeglicher Bücher lag. Schnell huschte ich zu meinem Nachtschrank, zog die Schublade auf und packte den Kleinkram darin auf die obere Ablage. Dann tastete ich nach dem schmalen Faden auf der Rückseite der Schublade, die man nur halb ausziehen konnte, und hob das dünne Holz an. Nun konnte ich vorne in die schmale Lücke hineingreifen und den doppelten Boden anheben.

Wie jedes Mal raste mein Puls und mein Magen rebellierte. War es nur der Reiz des Verbotenen oder war da tatsächlich mehr, wie Ty mir immer sagte? Andächtig hob ich die Holzschatulle aus dem Geheimversteck und legte sie auf meinen Schoß. Nach einem tiefen Atemzug hob ich den mit Schnitzereien verzierten Deckel. Ein wohliger Schauer überkam mich, als ich den etwas zerfledderten Einband sah. Die »unbekannte Geschichte«, wie Ty das Buch anfangs genannt hatte. Weder auf dem Cover noch auf dem Rücken war ein Titel zu lesen, die Schmutzseiten trugen ihren Namen zu Recht, denn sie waren so verblichen und verschmiert, als wäre das Buch jahrelang ohne das schützende Leder von Hand zu Hand weitergereicht worden.

Immer wenn ich das Buch ansah, spürte ich, wie viele Emotionen beim Lesen dieses Schatzes hervorgerufen worden waren. Auf manchen Seiten war die Tinte verlaufen, als hätten Tränen die Buchstaben benetzt. Handgeschriebene Wörter, akkurat und formvollendet gesetzt und doch individuell und der Leidenschaft des Schreibers angepasst, wie kein elektronisches Werkzeug es je hätte schaffen können.

Mittlerweile nannte ich das Buch ›Otherside‹ – denn in genau dieser fiktiven Welt spielte sich Zacs Leben ab. Mein ältestes Lesezeichen steckte ungefähr in der Mitte des Buches. Ich wagte nicht, das bereits fadenscheinige Lesebändchen zu verwenden. Die Angst, es abzureißen, war zu groß und daher ruhte es unangetastet zwischen Seite 112 und 113, das Ende steckte zwischen 142 und 143. Auf diesen Seiten hatte das rote Bändchen bereits einen zartroten Abdruck auf den dicken Blättern hinterlassen. Ich presste das Buch an mich und konzentrierte mich auf den Geruch. *Jetzt* fühlte sich mein Zimmer an wie ein Zuhause. Mein Herzschlag beruhigte sich, nur ein kurzes Flattern in meinem Bauch zeugte von der Aufregung, die sich vor jedem Lesen einstellte.

Ich lehnte mich gegen das Kopfende des Bettes und öffnete das Buch. Obwohl ich es schon so viele Male gelesen hatte, war jede Szene so, als würde ich sie zum ersten Mal lesen. Und doch war ich schon beim ersten Satz wieder in der Geschichte gefangen. Zac war nur knapp dem Tod entkommen, als er sich ohne die Dörfler auf den Weg gemacht hatte, um ein Vampirnest auszuräuchern. Angeschlagen und tief erschöpft kehrte er ins Dorf zurück. In der Gastwirtschaft jubelten ihm die Dorfbewohner zu und Elizabeth stiegen Freudentränen in die Augen. Sofort spürte ich einen Stich in meinem Herzen, als ich an die letzte ereignisreiche Nacht mit Zac und Liz dachte. Ich wusste, wie dämlich das war, aber mich verband so viel mit Zac, ich spürte, was er spürte, er war der perfekte Mann, ein Held, der Verantwortung übernahm, der auch einmal schwierige Entscheidungen traf, aber die Dinge anging. Im Gegensatz zu all den anderen, die sich profilierten und vor dem kleinsten Schatten davonrannten.

Zac war ein rastloser Wanderer. Als Findelkind unbekannter Herkunft wurde er von einer Bauernfamilie aufgezogen, bis die Pflegeeltern von Vampiren getötet wurden. Es folgte eine dunkle Zeit für ihn – aus der auch das Tattoo an seinem Hals stammte –, ehe er sich ganz dem Kampf gegen die dunklen Wesen verschrieb. Vampire, Werwölfe, Geister und alles, was die Ruhe der fiktiven Welt von Otherside störte. Sein Meister war vor langer Zeit verstorben, seither war er allein, genoss höchstens ab und an die Zweisamkeit mit einer der Damen. Er nutzte jedoch niemals jemanden aus. All diese Frauen wussten, worauf sie sich einließen. Und doch konnte ihm keine von ihnen widerstehen. Vor allem nicht Elizabeth, in deren Nähe ihn seine Einsätze auffällig häufig trieben. Sie war die einzige Frau, die mehr als einmal im Buch auftauchte. Schon wieder ein kleiner Stich in meinem Herzen.

In Zac selbst tobten die unterschiedlichsten Gefühle. Er war auf der Suche nach *ihr*. Von Beginn des Buches an. Und doch sollte er sie niemals finden und für immer einem Wunschtraum hinterherrennen.

Ich erinnerte mich noch genau daran, wie meine Augen zum ersten Mal über den letzten Satz geglitten waren: *Ich weiß, sie ist irgendwo dort draußen. Und ich werde sie finden.* Mein Herz war davongaloppiert, ich war kaum mehr in der Lage gewesen zu atmen. Nur mit größter Mühe hatte ich es geschafft, nicht laut loszurufen, dass ich hier war. So nah bei ihm – und doch so fern. Verzweifelt hatte ich Zac und seine Geschichte gegoogelt, in der Hoffnung, eine Fortsetzung zu finden, vielleicht jemanden zu finden, der ›Otherside‹ auch kannte. Ohne Erfolg. Die Geschichte war einfach zu alt.

Ganz gleich, wie viele Bücher ich in der Woche las – kein anderes hatte es je geschafft, in mir solche Emotionen hervorzurufen. Und ich wusste, dass es auch in Zukunft keines vollbringen würde.

Ich konnte nicht sagen, ob es an meinem Job als Wächterin lag, an den Unmengen an Geschichten, die wir kennen mussten, um die Seelenlosen richtig bekämpfen zu können, oder an dem Lesen in der *Bibliotheca Elementara*. Dort, wo unsere Emotionen eingefangen wurden, ehe sie ins Buch und zu den Seelenlosen gelangen konnten. Dort, wo verhindert wurde, dass wir eine Beziehung zu den Charakteren aufbauten. Der Ort, wo das Lesen niemals eine Figur materialisieren würde und wo wir des wundervollsten Teils beim Lesen beraubt wurden: der Empathie und der Bindung zu den Charakteren.

Schon beim Gedanken daran kehrte dieses bedrückende Gefühl zurück, das ich immer hatte, wenn ich an meine Kindheit dachte. Als das Lesen nicht Job, sondern Spaß bedeutet hatte. Als überall in meinem Zimmer Stapel von Büchern gelegen hatten, weil die Regale bereits überfüllt waren. Bis mir mein Vater von dem Erbe seiner Familie erzählt hatte und mit mir zur *Bibliotheca Elementara* gefahren war, damit ich dort mit vierzehn die Elementarprüfung ablegen und mit sechzehn meine Ausbildung zur Wächterin beginnen konnte. Mit dem Erhalt meines Amuletts hatte ich alle Bücher weggeben müssen, was mir beinahe das

Herz zerrissen hatte. Ich hatte mich dagegen aufgelehnt, doch Vorschrift war Vorschrift. Die Wächter sollten nicht auch noch Seelenlose in unsere Welt holen. Das Lesen war von da an auf die *Bibliotheca Elementara* beschränkt gewesen, alles andere war verboten. Tagsüber hatten wir dort gelesen und uns mit der Bekämpfung der Charaktere auseinandergesetzt, nach Sonnenuntergang waren wir auf die Jagd gegangen. Das war mein Leben seit nunmehr sechs Jahren.

Mein Vater hatte mich stets darin bestärkt, war sogar traurig darüber gewesen, dass ihn diese besondere Fähigkeit seiner Familie übersprungen hatte und erst in mir wieder zum Tragen gekommen war. Doch im Gegensatz zu mir hatte er ein normales Leben, er konnte das riesige Lesezimmer im Haus meiner Eltern benutzen – was mir verboten war.

Doch egal, was all die Vorschriften besagten: ›Otherside‹ würde ich niemals aus der Hand geben. Auch wenn Ty es einzig und allein auf Zacharias Clay schob, weil sie nun mal ein Faible für gut aussehende Helden hatte, war ich mir ganz sicher, dass es mir um das Gefühl ging. Das, was mir als Wächterin verloren gegangen war: diese ganz besondere Bindung zum Protagonisten.

Ich versank tief in Zacs Geschichte, fühlte mit, wie er sich von Elizabeth verarzten ließ, ehe meine Haut prickelte und mein Magen hüpfte, weil ich durch die Zeilen zu spüren glaubte, wie Zac seine Angebetete verwöhnte. Als er ihren Nacken mit zarten Küssen bedeckte und sie leise aufstöhnte, entfuhr auch mir ein Seufzen, das in stockendes Atmen überging. So detailliert war beschrieben, wie Zac Elizabeth zu sich umdrehte, ihr tief in die Augen sah, während er sie gegen die Holzvertäfelung des ansonsten kahlen Gästezimmers presste, ehe er seine Lippen auf ihre senkte. Ich roch den Rauch des offenen Kamins, der prasselnde

Wärme spendete. Meine Augen flogen über die Zeilen, liebkosten jedes einzelne Worte so, wie Zac Liz verwöhnte.

Erst mit dem Alarmton meines Handys erkannte ich, dass ich eingeschlafen sein musste. Das schwere Buch lag aufgeschlagen neben mir. Hatte ich die Szene, in der Zac sich von Liz verabschiedete, noch gelesen? Es fiel ihm immer schwer, sie zu verlassen, doch er sah es als seine Pflicht an, gegen die neue Bedrohung anzutreten, deren Kunde sich verbreitete. Bepackt mit Wegzehrung und Geschenken der Dorfbewohner machte er sich auf den Weg zu einem weiteren Abenteuer.

Ich hingegen sprang auf und fiel direkt wieder in mein Bett zurück, weil mein Kreislauf nicht mitspielte. Mit etwas geringerem Tempo setzte ich mich vorsichtig auf und legte Zac zurück in die hölzerne Kiste und anschließend in das Geheimfach, schloss den doppelten Boden und legte den Kleinkram wieder darauf, ehe ich die Schublade zuschob. Dann zog ich mir schnell meine Arbeitskleidung über: bequeme Jeans und ein lockeres Longshirt, in die ich schnell würde schlüpfen können, falls ich mich verwandeln musste. Mit einer Fee als Elementarwesen hatte ich Glück. Ich zerstörte meine Kleidung wenigstens nicht wie Peter oder auch Ric. Meine weißblonden Haare band ich wie immer zu einem Dutt zusammen, damit sie mir nicht im Weg waren, sollte es wirklich zu einem Kampf kommen.

Als ich die Wohnungstür hinter mir schloss und die zwei Etagen zur Haustür hinunterrannte, vermutete ich, dass Ric schon auf mich wartete. Er wohnte nur eine Straße weiter und so teilten wir uns den Weg zur Arbeit, weil die Parkplätze in der Tiefgarage unter der Stadtbibliothek begrenzt waren. Ich war einfach zu spät zu den Wächtern gekommen und hatte keinen eigenen erhalten.

Doch obwohl ich zu spät dran war, konnte ich den Diabolo nirgendwo sehen, noch nicht einmal hören. Ric war eigentlich immer pünktlich. Mich beschlich ein seltsames Gefühl – über das ich mich selbst wunderte, denn eigentlich sollte ich gegenüber Mr Perfect rein gar nichts empfinden. Ich schob es auf den Teamgeist und stapfte durch einen Vorgarten und stieg über zwei kniehohe Zäune hinweg, bis ich vor dem Haus von Rics Großmutter stand. Er bewohnte das komplette Obergeschoss, die freundliche alte Dame, die mit ihrem Enkel so gar nichts gemein hatte, war im Erdgeschoss zu Hause. Die Haustür war wie immer nicht abgeschlossen, also trat ich ein, ohne mich anzukündigen, und nahm zwei Stufen auf einmal. Ich wollte auf keinen Fall zu spät im Institut ankommen und Perry verärgern.

Die Tür zu Rics Wohnung stand einen Spaltbreit offen und in mir schrillten die Alarmglocken. Mein Element manifestierte sich in einer leichten Brise, die um mich wirbelte und den Duft einer Sommerwiese mit sich brachte. Während ich mit der linken Hand die Tür aufschob, ergriff meine Rechte mein Amulett. Die Tür knarrte so laut, dass ich zusammenfuhr. Einen tiefen Atemzug später war ich wieder gefasst und trat in den dunklen Flur, von dem mehrere Türen abgingen.

Überall lagen Klamotten verstreut, Ric schien nicht zu den ordentlichsten Menschen zu gehören. *Von wegen perfekt*, lächelte ich in mich hinein. Meine Aufregung verblasste langsam und ich nahm Rics Rauchgeruch wahr. Doch da war noch etwas anderes ... Blut?

Vorsichtig schlich ich den Flur entlang. Zum ersten Mal fiel mir das Porträt einer jungen Frau auf, das am Rahmen des Garderobenspiegels festgesteckt war. Sie war hübsch, wenn auch etwas jung, was mich gleich skeptisch die Augen zusammenkneifen ließ. Warum hatte Ric ein Bild von ihr hier hängen? War sie eines seiner Groupies?

Ich vertrieb die Gedanken an die junge Frau mit einem Kopfschütteln und ging weiter. Die Tür zum Wohnzimmer stand offen und ich wagte mich hinein. Die Straßenlaterne neben dem Haus warf skurrile Schatten an die Wände. Von Ric jedoch keine Spur. Ich stolperte über ein T-Shirt, das ich in der Dunkelheit nicht bemerkt hatte, und sog lautstark die Luft ein. Hinter mir hörte ich Schritte. Sofort war ich in Kampfbereitschaft, mein Element gegenwärtig, bereit sich auf den Angreifer zu stürzen.

Mit der Wucht eines Sturms riss die Luft eine Person von den Beinen und ich hörte ein Stöhnen, als sie gegen die Wand neben der Tür prallte. Und nahezu zeitgleich ein lautes Fluchen.

»Was bei Hephaistos' Schmiede soll das?«

Ups. Wenn er den Patron der Feuerelementare erwähnte, war es ernst.

»Bist du verrückt geworden?«, schimpfte Ric weiter, während ich die Luft zu mir zurückrief und ein Glucksen in der Kehle nur mit großer Anstrengung zurückhalten konnte.

»Kann ich etwas dafür, dass du hier im Dunkeln umherschleichst?«, fragte ich bemüht ernst. Erst als sich Ric aufrappelte, sah ich, dass er nur Jeans trug, die tief auf seiner Hüfte saßen. Das schummrige Licht von draußen zeichnete jeden Muskel seines Oberkörpers nach, verstärkte den Sixpack auf seinem Bauch und die seitlichen Muskelstränge an seiner Hüfte, deren Ende in den Boxershorts verschwand. Ich schluckte. Wann hatte ich ihn zuletzt oben ohne gesehen? Zu Beginn der Ausbildung? Damals war er noch etwas schlaksig gewesen, viel zu dünn, um seine Kleidung richtig auszufüllen. Ich hatte verdrängt, dass dies in den letzten Jahren nicht mehr der Fall gewesen war.

»Gefällt dir, was du siehst?« Ich brauchte nicht erst nach oben in Rics Gesicht zu sehen, um das Grinsen zu erkennen. Er stemmte die Hände an die Hüften und drehte sich im Licht der Straßenlaterne.

»Das ist nur der Schreck«, erwiderte ich, so trocken ich konnte, und schluckte.

»Ist klar.« Ric kam mit großen Schritten auf mich zu und streckte mir den Arm entgegen.

Ich war immer noch wie erstarrt, auch wenn ich meinem Hirn oder den Hormonen, die dafür verantwortlich waren, am liebsten einen Tritt verpasst hätte. Keine zehn Zentimeter von mir entfernt kam Ric zum Stehen. Jetzt erst konnte ich meinen Blick von seinem nackten Oberkörper und dem Feuer-Amulett auf seiner nackten Brust losreißen, einem Dreieck wie meines, nur ohne den Querstrich. Ein großer Fehler. Er war so nah, dass ich seinen Atem spüren konnte, während seine goldenen Augen bis in meine Seele hinabzublicken schienen. Mir stockte der Atem. Mein Herz schlug doppelt so schnell wie bei dem vermeintlichen Angreifer. Ich roch nichts als den herben Duft von Kaminfeuer. Ric kam noch näher und beugte sich zu mir herunter. Wie paralysiert von der Nähe dieses so anderen Rics öffnete sich mein Mund ganz von selbst. Ric verharrte einen Moment und biss sich auf die Lippen, eine Geste, die ich aus so vielen tausend Büchern kannte. Dann beugte er sich weiter zu mir. Uns trennten vielleicht noch ein oder zwei Zentimeter. In meinem Bauch kribbelte es ungewohnt, ich atmete dieselbe Luft wie Ric.

Er löste sich aus der Erstarrung, neigte seinen Kopf, bis ich seinen Atem an meinem Ohr spüren konnte, und raunte: »Spiel nicht mit dem Feuer, Tinkerbell.« Dann bückte er sich und griff nach dem T-Shirt auf dem Boden, drehte sich um und verschwand zur Tür hinaus in den dunklen Flur.

Was bei Aither war da eben passiert? Ich schüttelte mehrmals den Kopf, um das wattige Gefühl darin loszuwerden, zu benommen, um ihm etwas Giftiges hinterherzurufen. Erst nach einer gefühlten Ewigkeit legten sich die feinen Härchen an meinem Nacken und ich war wieder in der Lage, klar zu denken. Dieser Mistkerl!

Schnell – wenn auch mit Verzögerung – stapfte ich vom Wohnzimmer auf den Flur, wo Ric komplett bekleidet und mit einem süffisanten Grinsen im Gesicht an der Wand lehnte, mit dem Schlüssel zum Diabolo winkend.

»Wird aber auch Zeit, dass du kommst. Wegen dir kriegen wir noch einen Anpfiff von Perry.« Er drehte sich zur Wohnungstür um und lief los, ich erneut erstarrt – vor Empörung.

»Komm schon, Tink«, hallte seine Stimme durchs Treppenhaus und widerwillig trottete ich ihm hinterher zur Garage. Deren Inneres war über und über mit Graffiti bemalt, die vermutlich so etwas wie die Hölle darstellen sollten – passend für den teuflischen Bewohner darin. Ric saß bereits im Auto, als ich mich ebenfalls hineinfallen ließ. Mit einer kleinen Fernbedienung öffnete er das Garagentor und ich konnte gerade noch so die Tür herunterziehen, als der Diabolo mit einem lauten Röhren zum Leben erwachte und wir rückwärts die Einfahrt hinaus auf die Straße schossen. Binnen Sekunden schnallte ich mich an und warf Ric dann den giftigsten Blick zu, den ich aufbieten konnte. Der Drache jedoch registrierte ihn nicht.

Den ganzen Weg über herrschte Schweigen. Ich war nicht in der Lage, die vielen Fragen und Emotionen, die in meinem Kopf um die Oberhand kämpften, zu bewältigen. Erst als wir im Fahrstuhl nach unten fuhren, drängte sich eine einzige Frage nach oben: »Wo warst du heute Nachmittag?«

Ric musterte mich mit seinen goldenen Augen, die abschätzend zusammengekniffen waren. »Bei einer Freundin.« Er betonte das Wort Freundin so, dass es keinerlei Zweifel an der Art der Freundschaft gab.

Ich verzog das Gesicht, eigentlich wollte ich keine Details darüber hören. Und trotzdem: »Ich habe Blut gerochen.«

Für einen winzigen Moment veränderte sich Rics Gesichtsausdruck. Aber vielleicht hatte ich mir das auch nur eingebildet. Als sich die Fahrstuhltür öffnete, murmelte er nur etwas von »Große Jungs müssen sich rasieren« und ließ mich schon wieder einfach stehen. Ich kniff die Augen zusammen, hätte am liebsten losgebrüllt, stieß dann aber nur lautstark die angestaute Luft aus. Idiot.

Ich hetzte ihm hinterher durch die Eingangshalle in die *Bibliotheca Elementara* und setzte mich – nicht ohne von Perry mit dem altbekannten Blick bedacht zu werden und den Worten: »Jetzt, wo auch Melinda East zu uns gefunden hat, können wir ja endlich beginnen.«

Mein Körper spannte sich an. Wenn er meinen vollen Namen nannte, bedeutete das, er hatte miese Laune. Und miese Laune hatte er nur, wenn so einiges nicht nach Plan verlief. Denn Perry war eigentlich ein sehr geduldiger Mensch, ganz wie sein Element Wasser. Aber wenn er mal etwas emotionsgeladener war, dann war es nicht wie leicht aufgewühltes Wasser, sondern wie ein Tsunami. Ich sah ihm besser nicht in die Augen; heute würde ich mich unauffällig verhalten.

Trotz seiner aufgebrachten Stimmung stellte Perry uns die geänderten Pläne für die heutige Nacht ziemlich emotionslos vor.

Lara und Kenneth, die Erdelementarierin und der Luftelementar der zeitgenössischen Gruppe, würden Team D begleiten. Josh sollte Team A, also uns, unterstützen. Noch ein Feuerelementar! Mir reichte schon der eine.

»Gibt es an meinen Plänen etwas auszusetzen, Lin?« Perry musterte mich aus zusammengekniffenen Augen und ich rutschte wie von selbst ein Stück auf meinem Stuhl nach unten. Langsam schüttelte ich den Kopf und Perrys Blick wurde sofort weicher. »Na, dann. Mögen die Elemente euch beschützen!«

Wie auf einen Gongschlag standen alle auf und drängten sich in ihren Teams zusammen. Josh verabschiedete sich von seinem Team und schlenderte gemütlich zu uns herüber. Auch er strotzte vor Selbstbewusstsein, sein Gang war locker und doch strahlte er Stärke aus. Er begrüßte Ric mit einem Handschlag, Coral, Peter und mir nickte er nur zu. Wir kannten ihn nur vom Sehen, Ric und er hatten jedoch gemeinsam Elementar-Unterricht gehabt. Von daher stufte ich das mal nicht als Arroganz ein.

»Welche Route geht ihr immer?«, fragte Josh und sah von einem zum anderen.

Ehe ich antworten konnte, erklärte Ric den abendlichen Ablaufplan und schob uns in der Zwischenzeit aus der Bibliothek hinaus.

»Kannst du uns noch mehr über die Anomalie erzählen?« Kaum dass er das letzte Wort ausgesprochen hatte, sah Peter aus, als hätte er die Frage lieber nicht gestellt. Er wurde wieder einmal knallrot im Gesicht.

Josh schien es nicht aufzufallen oder er ließ es sich nicht anmerken. »Viel mehr gibt es nicht zu berichten«, begann er, als er den Knopf für den Fahrstuhl drückte. »Die Seher haben von einem Cameron berichtet und wir sind zu der Stelle hin, wo die

Techniker ihn zuletzt gesehen hatten.« Josh war erstaunlich kurz angebunden – vor allem für einen Feuerelementar.

Die Seher waren eine Art übernatürliches Radarsystem. Der Übertritt eines Seelenlosen verursachte irgendwelche schwachen magnetischen Störungen, die insbesondere Erdelementare auffangen konnten. Sobald sie etwas spürten, versuchten sie und die Techniker Genaueres herauszufinden. Was bedeutete, sich ins städtische Überwachungssystem einzuhacken und so lange zwischen den Kameras hin und her zu zappen, bis sie den Seelenlosen gefunden hatten. Anschließend riefen sie das entsprechende Team.

Aber meist waren wir sowieso schneller. Peter – so schüchtern er auch sein mochte – hatte ein absolutes Händchen für Magnetfelder und lotste uns stets zu den Aufträgen, bevor wir von den Technikern informiert wurden.

Mit einem »Bing« öffnete sich der Fahrstuhl und wir quetschten uns zu fünft hinein. Ich hatte nicht erwartet, dass Rics Ego noch Platz haben würde, aber ausnahmsweise schien es zu passen.

»Und was genau ist am Zielort passiert?«, hakte Peter vorsichtig bei Josh nach, als sich die Türen geschlossen hatten.

Josh verzog das Gesicht, sein Blick glitt in die Ferne. »Kaum dass Laurie ihr Element gerufen hatte, um den Seelenlosen zu binden, schoss die Schlange aus dem Arm dieses Cameron-Duplikats.« Er presste die Kiefer aufeinander. »Wir waren alle wie erstarrt. Wenn ich nur schneller reagiert hätte ...« Er ließ den Satz unvollständig. Stattdessen schlug er mit der Faust gegen die Wand des Fahrstuhls. Ich roch den Rauch seines erhitzten Gemüts und war froh, dass sich wenige Augenblicke später die Tür des Fahrstuhls öffnete. Das Element Feuer brachte es irgendwie mit sich, stets der Beste sein zu wollen. Daher waren die Feuerelementarier im Normalfall auch die Anführer der Gruppen. Von den anderen Elementariern riss sich niemand um den Job. Ric übertrieb es da ein wenig, aber er war einfach ein Arsch, wie Ty immer zu sagen pflegte.

Josh hingegen schien es sehr nahezugehen, seine Teamkollegin nicht beschützt zu haben. Beim Verlassen des Fahrstuhls erkannte ich noch immer den Schmerz in seinen Augen. Und im Gegensatz zu Ric versteckte er ihn nicht.

Auch Peter schien es bemerkt zu haben. »Du kannst nichts ...«, setzte er an, verstummte bei Joshs stechendem Blick jedoch sofort wieder. Das Thema war beendet. Eindeutig.

Ric trat als Erster durch die Notausgangstür im Erdgeschoss, die wir immer benutzten, wenn wir auf Patrouille gingen. Für Abendstunden im Oktober war es recht mild und ich war froh, dass ich nur das Shirt trug und keine zusätzliche Jacke herumschleppen musste. Wir gingen die Straße entlang in Richtung Stadtzentrum, von dort aus würde unsere Route durch die Seitengassen führen.

Frisch aufgetauchte Seelenlose waren im ersten Moment sehr verwirrt und zogen die Abgeschiedenheit und Ruhe dem Treiben auf den Hauptstraßen vor. In der Regel waren die aus unserem Zuständigkeitsbereich wenigstens an Autos und elektronisches Licht gewöhnt. Die Helden der historischen Romane wurden vom Spezialteam regelmäßig zitternd wie Espenlaub in dunklen Winkeln aufgefunden. Die heutige Zeit überforderte sie und das Einsammeln war einfach.

»Wartet kurz!«, forderte Peter. Wir standen am Rand des Marktplatzes und wollten gerade in eine für Seelenlose sehr beliebte Gasse biegen. Alle Augen richteten sich auf Peter, der kreidebleich geworden war. Seine Augen leuchteten in diesem unnatürlichen Grünton. Sein Element war präsent, Chlorophyll lagerte sich in seiner Iris ab. Er stolperte zu einem der kleinen Bäume, die zur Zierde den Marktplatz säumten, und berührte den Stamm mit seiner flachen Hand.

Ich erinnerte mich noch an früher, als wir Team D waren. Zu der Zeit musste Peter den Stamm noch umarmen, um Kontakt mit ihm aufzunehmen. Ich hatte regelmäßig Lachanfälle bekommen und Ty hatte mir einmal eine Einladung zu einem Esoterik-Treffen für ihn mitgegeben. Ich schluckte mein Lachen im letzten Moment hinunter und beobachtete den nun konzentrierten Peter genau. Er hatte die Augen geschlossen und den Kopf gesenkt, seine Finger wurden länger und länger, dünnten in Richtung Fingernägel immer mehr aus und verästelten sich. Seine Atemzüge wurden tiefer. Er kommunizierte über den Baum mit seinem Element. Ihm zuzusehen war beinahe so entspannend wie mein eigenes Element zu rufen.

Plötzlich fuhr sein Kopf hoch, die Augen waren weit geöffnet und das grell leuchtende Grün blendete mich beinahe. Er zog seine Hand zurück, die sich sofort wieder verwandelte.

»Hast du was für uns?«, fragte Ric sofort.

»Aller Wahrscheinlichkeit nach Fantasy, Gruppe B oder A. Vielleicht sogar älter. Männlich und weiblich.« Peters Stimme klang noch verhältnismäßig tief, etwas Schwermut schwang darin mit.

»Männlich *und* weiblich?«, Joshs Stimme überschlug sich beinahe und Coral lachte auf. Ein Ton, der dem Glucksen eines Bergbaches glich, der munter ins Tal floss.

»Ein Seelenloser und eine Seelenlose, was ist so komisch daran?«, fragte Peter verdutzt und nun konnte auch ich mir das Kichern nicht mehr verkneifen.

Josh hatte vermutlich an seltsame zwitterhafte Fantasy-Gestalten gedacht. Er musste sich ja selten mit solchen Themen auseinandersetzen. Zerknirscht verzog er das Gesicht und sofort bereute ich es, ihn ausgelacht zu haben. Lara, die Erdelementarierin aus Joshs Gruppe, war vielleicht nicht so begabt wie Peter, und sein Team wurde wirklich nur zu Übertritten von zeitgenössischen Charakteren gerufen. Seine Fantasie musste mit ihm durchgegangen sein.

»Wenn sich alle wieder beruhigt haben, sollten wir die Fährte aufnehmen.« Ric klang nicht sehr amüsiert und sein Kommandoton ging mir schon wieder auf den Keks.

»Ein bisschen Lachen würde dir auch nicht schaden«, gab ich bissig zurück.

»Vielleicht, wenn wir den Job erledigt haben«, antwortete er, ohne die Miene zu verziehen. »Dann könnten wir da weitermachen, wo wir vorhin aufgehört haben.« Nun zuckte er verheißungsvoll mit der Augenbraue und sofort schoss mir die Röte ins Gesicht. Ich spürte die Blicke der anderen auf mir, als ich verzweifelt versuchte die Bilder von vorhin zu verdrängen. Ric halb nackt, nur Millimeter von meinem Gesicht entfernt. Verdammt!

Ich stolzierte davon und ignorierte Joshs unschuldige Frage, was wir denn heut Mittag gemeinsam unternommen hätten. Rics wissenden Blick zur Antwort konnte ich mir gut vorstellen. Ich reckte das Kinn nach oben und beschleunigte meine Schritte. Einen Augenblick später hörte ich, wie mir die anderen folgten. Und genau im selben Moment sah ich die Seelenlose schon.

Sie trug moderne Kleidung, Jeans und ein eng anliegendes T-Shirt. Ihre braunen Haare fielen ihr den Rücken hinab. Ihre rot glühenden Augen fixierten mich. Das Problem bei Jugendbuchcharakteren war, dass sie nahezu alle gleich aussahen. Lange

Haare, gut gebauter Körper, die weibliche Variante meist eher zierlich, damit sie besser in das Schema des zu beschützenden Mädchens passte. Für uns war es sehr schwer, wenn die Seelenlosen keine offensichtlichen Merkmale hatten, anhand derer wir sie identifizieren konnten. Das Mädchen könnte aus jedem zweiten aktuellen Jugendbuch stammen. Da jeder Leser seine ganz individuelle Vorstellung hatte, gab es gewisse Variationen, aber im Großen und Ganzen hätte vor uns eine Katniss, eine Isabelle oder eine Katy stehen können. Die roten Augen ließen auf Vampir schließen. Oder auf etwas Dämonisches.

»Schon wieder Bella?«, seufzte Ric und bei ihrem Namen legte die Seelenlose ihren Kopf schräg. Er riet einfach ins Blaue und hatte Recht damit? Am liebsten würde ich mit dem Fuß aufstampfen.

Doch so weit kam es nicht. Bella stürmte in Vampirgeschwindigkeit auf uns zu, die Zähne gebleckt, das Rot ihrer Iris leuchtete noch stärker. Die Zeit schien sich zu dehnen. Wer bei Aither hängte sein Herz ausgerechnet an die frisch verwandelte Bella, die sich nicht unter Kontrolle hatte? Ich griff an mein Amulett und sofort umtoste mich mein Element. Es spürte die Gefahr, manifestierte sich stärker als sonst. Die losen Strähnen meiner Haare wurden hin und her gerissen. In den frischen Duft meines Elements mischte sich etwas Herbes. Peter hatte die Erde angerufen. Im nächsten Moment roch ich Rauch, hörte das Knistern von Feuer hinter mir, ehe ich eine feuchte Meeresbrise spürte, die den Geruch von Algen mit sich trug. Alle Elemente waren bereit, noch ehe Bella an unserem Ende der Gasse angelangt war. Sie prallte gegen die Mauer aus Magie, die uns schützte, wenn alle vier Elemente zugegen waren, und wurde zurückgeschleudert. Völlig perplex rappelte sie sich auf und griff erneut an. Zorn mischte sich mit Wahnsinn – vermutlich dem Hunger, der sie quälte.

»Wir können sie nicht friedlich binden«, sagte Ric und erhielt unser aller Zustimmung. Es wäre zu gefährlich, Bella so nahe zu kommen, dass wir alle sie berühren konnten – der einzige Weg, die Seelenlosen ohne Blutvergießen aus unserer Welt zu schaffen. Die andere Möglichkeit war, sie zu töten.

Ric neben mir ließ seinen Rucksack zu Boden gleiten und wuchs binnen Sekunden in die Höhe, wurde breiter und schuppiger. Hornplatten wuchsen aus seinem nun silbern schimmernden schwarzen Rücken. Sein Shirt zerriss und fiel in Einzelteilen von ihm, seine Hose zerfetzte, als seine Wirbelsäule sich verformte und ein dornenübersäter Drachenschwanz im selben Moment aus seinem Körper schoss, an dem sich seine Arme und Beine zu massiven Drachengliedmaßen mit Klauen verwandelten. Das imposante Tier brüllte laut auf und trampelte auf Bella zu. Der Elementarschild schützte ihn noch immer vor ihren Angriffen. Sie suchte nach einer Schwachstelle. Ohne Erfolg. Aber wir kannten ihre Schwachstelle: Feuer.

Josh, den ich ganz vergessen hatte, weil er normalerweise nicht dabei war, klatschte laut in die Hände und zog damit die Aufmerksamkeit der Seelenlosen auf sich. Sie war für einen kleinen Moment abgelenkt, fletschte die Zähne in Richtung Josh, ehe sie wieder zu Ric blickte. Ric, der Drache, der gerade eine weiß glühende Fontäne heißesten Drachenfeuers auf sie blies. Bella zerfiel innerhalb von Sekunden zu Asche.

Ich sandte eine starke Brise in Richtung ihrer Überreste und beseitigte so die letzten Spuren ihrer kurzen Existenz in der realen Welt. Danach entließ ich mein Element. Die anderen taten es mir nach. Alle bis auf den Drachen, der auf seinen Rucksack zustapfte, sich von uns abwandte und anschließend zurückverwandelte.

Ich weiß, ich sollte nicht hinsehen, hatte wirklich – ganz ernsthaft – vor in Corals Richtung zu schauen. Aber als sich die einzelnen Muskelstränge unter der silberschwarzen Drachenhaut an seinem Rücken abzeichneten, hing mein Blick daran fest, als hätte mich jemand erstarren lassen. Ich beobachtete genau, wie sich Hornplatten in Muskeln verwandelten, die Pranken des Drachen zu Händen an durchtrainierten Armen wurden, die Gliedmaßen ihre normale Form annahmen und der Drachenschwanz ... Okay, jetzt war es wirklich Zeit wegzusehen.

Mit aller Kraft fixierte ich Coral, die mich angrinste. Sofort fühlte ich mich ertappt und die Röte in meine Wangen steigen. Ein Seitenblick verriet mir, dass Ric gerade Ersatzkleidung aus seinem Rucksack zog.

Nein, ich wollte nicht hinsehen!

Nur einen Moment später hörte ich erneut den Reißverschluss des Rucksackes und Ric trat – angezogen – direkt neben mich.

»Warum so schüchtern, Tinkerbell?« Er deutete auf meine roten Wangen und hatte wieder dieses fiese Grinsen im Gesicht, das mich zur Weißglut brachte. »Ist ja nicht so, als hättest du das noch nie gesehen.« Mit einem Lachen deutete er auf seinen Oberkörper und etwas weiter nach unten.

Corals fragender Blick war unmissverständlich. Was dachte sich der Idiot nur dabei? Josh klopfte Ric derweil mit einem Nicken auf die Schulter. Auch Peter lobte Ric für sein schnelles Handeln und die Identifikation der Vampirin. Ric sonnte sich in der Anerkennung und sein Ego wuchs noch ein klein wenig mehr – was ich niemals für möglich gehalten hätte.

Ein Rascheln am anderen Ende der Gasse ließ uns alle aufblicken. Erst konnte ich nichts erkennen, dann schälte sich aus den Schatten eine Gestalt. Ein Mann? Ein *Mensch*? Ich sog erschrocken die Luft ein. Es verletzte jegliches Protokoll, einen Menschen bei unserer Arbeit zusehen zu lassen. Eigentlich sollten wir die Gegend überprüfen, ehe wir uns mit den Seelenlosen beschäftigten.

Coral war für ein paar Sekunden wie erstarrt. Dann kniff sie die Augen zusammen und ich hörte ein entferntes Rauschen von Wellen, als sich ihr Element manifestierte. Sollte das Protokoll verletzt worden und ein Mensch Zeuge geworden sein, war es ihre Aufgabe, die Erinnerung an das Geschehene wegzuwaschen. Als Wasserfrau verfügte sie über die Gabe des Singens. Wie ihre entfernte Verwandtschaft, die Sirenen, konnte sie die Erinnerung von Menschen verwirren. Das Rauschen wurde lauter, Coral schwankte bereits auf Grund ihrer Verwandlung. Peter trat an ihre andere Seite und zeitgleich legten wir Corals Arme um unsere Schultern und stützten sie. Genau rechtzeitig, ehe ihr gesamtes Gewicht auf uns lastete und ich mich ausbalancieren musste, um nicht auf sie zu kippen. An Stelle ihrer Beine lugte nun ein Fischschwanz unter ihrem langen Rock hervor, ihre Haare schlangen sich um Peters und meine stützenden Arme, als wogten sie in den Wellen hin und her.

Der Mensch am Ende der Gasse starrte Coral wie hypnotisiert an. Sie war der Inbegriff von Schönheit, ihr Gesicht hatte sich nur minimal verändert, ihre Augen waren etwas größer geworden, strahlten übernatürlich. Ihre Lippen waren voller denn je, die Wangenknochen traten etwas stärker hervor. Nach der Verwandlung war sie nach wie vor sie selbst, glich jedoch einer gephotoshopten Version von sich. Unnatürlich hübsch. Übernatürlich.

Der Mann blinzelte mehrmals und schien sich nun bewusst

zu werden, dass etwas nicht stimmte. Er schüttelte den Kopf und war im Begriff, sich von uns abzuwenden und davonzulaufen. Doch schon der erste Ton von Corals Lied ließ ihn mitten in der Bewegung innehalten. Sein Blick wurde trüb, seine Züge entspannten sich nach und nach. Coral sang ihm vor, dass er sich alles eingebildet hatte, erklärte ihm, dass lediglich ein paar Jugendliche in der Gasse herumgelungert hatten. Der Mann nickte, dann schickte Coral ihn nach Hause. Die Augen nach wie vor getrübt, kam er mit gleichmäßigen Schritten auf uns zu.

Als er näher kam, sah ich an seinem Hals eine seltsame Tätowierung, die mir irgendwie bekannt vorkam. Noch während er an uns vorbeiging, grübelte ich darüber, doch die Antwort entglitt mir immer wieder. Peter und ich drehten uns gemeinsam mit Coral in seine Richtung, wir beobachteten ihn, bis er auf den Marktplatz getreten und außer Sicht war. Das Gewicht auf meiner Schulter verschwand und ich geriet ins Schwanken, als Coral sich zurückverwandelte.

Während ich ihr anerkennend zunickte, schoss es mir wie ein Blitz durch den Kopf. Ich kannte die Tätowierung! Es war das Zeichen der dämonischen Söldner. Dieser »Mann« stammte aus ›Otherside‹.

3.

Sein Bein schmerzt. Nur mit Mühe hat er die Gestaltwandlerin vernichtet. Um ein Haar hätte sie die Hauptschlagader seines Beines mit ihrer Tigerkralle aufgeschlitzt. Nur dank seines schnellen Reaktionsvermögens hat sie ihm nur eine schmerzhafte Wunde zugefügt, ehe er sie vernichtet hat. Doch noch immer fehlt ihm jegliche Spur von der, die er sucht.

Der Schock saß tief, ich wusste nicht, was ich tun sollte. Ich konnte meinem Team nicht erzählen, dass es kein normaler Mensch war, der eben so getan haben musste, als würde er Corals Gesang folgen. Ich konnte ihnen nicht sagen, dass es ein dämonischer Söldner war. Eine Gestalt aus einem Buch, das außer mir niemand zu kennen schien. Das Gewicht dieser Erkenntnis lastete auf mir und nahm mir die Luft zum Atmen. Mir wurde kalt, nur mit Mühe unterdrückte ich ein Zittern.

»Lasst uns weitergehen. Wir müssen den zweiten Seelenlosen noch suchen.« Ric fischte ein Handy aus dem Seitenfach seines Rucksackes, sah kurz darauf und runzelte die Stirn. »Die Seher müssten ihn doch längst aufgespürt haben«, murmelte er vor sich hin.

»Vielleicht hat er sich selbst entmaterialisiert?«, warf Josh ein. Das kam selten vor, aber manchmal war die Bindung zur Buchfigur nicht so stark, dass er in unserer Welt gehalten wurde.

Ich nickte widerwillig. Das war die einzige Möglichkeit, aus der Sache herauszukommen, ohne mich zu verraten. Ich musste diesen Söldner auf eigene Faust aufspüren und ihn töten. Ich erinnerte mich daran, wie oft Zac ihnen begegnet war. Die Söldner, deren Auftraggeber unbekannt war, tauchten in ›Otherside‹ an vielen Stellen auf, töteten Menschen, die Zac nahestanden. Sie wollten seinen Tod. Denn keiner durfte ihrem Herrn den Rücken kehren, wie Zac es getan hatte. Er hatte sich von der dämonischen Legion losgesagt und begonnen die Schwachen zu verteidigen und gegen das Böse zu kämpfen. Ein Flattern in meinem Bauch zeigte mir, dass ich schon wieder ins Schwärmen verfiel. Ich konzentrierte mich auf das Hier und Jetzt und folgte dem Gespräch meiner Teamkollegen mit Josh.

Peter war sich sicher, dass die Präsenz stärker war und sich nicht so leicht hätte auflösen können. Doch ich stimmte Josh erneut zu und hoffte, dass mir das schlechte Gewissen nicht anzusehen war.

Es ging noch eine Weile hin und her. Als dann immer noch keine Nachricht der Seher eintraf, gab Ric auf. Ich hingegen fragte mich, wie der niedere Dämon untertauchen konnte. Hier, in einer Welt, die sich in so vielem von seiner unterschied, einem eher klassischen mittelalterlichen High-Fantasy-Setting.

Irgendwann war die Diskussion beendet und wir folgten weiter unserer Route. Ich blickte mich ein paarmal öfter um als die anderen, versuchte den Dämon irgendwo zu entdecken. Ohne Erfolg.

Der Rest unserer Schicht verlief ruhig und entspannt. Es traten weder Materialisierungen auf noch konnten wir die Anomalie aufspüren, den Cameron/Roth-Verschnitt, der Joshs Team angegriffen und Laurie auf die Krankenstation gebracht hatte.

Es wurden auch keine Zwischenfälle oder menschlichen Beobachtungen gemeldet. Die Techniker durchforsteten laufend das Internet nach solchen Meldungen »Verrückter«, die Sichtungen aller Art hatten – und nicht annähernd so verrückt waren, wie der Rest der Menschheit dachte.

Vielleicht hatten ja auch wir einmal Glück und die Anomalie hatte sich in Luft aufgelöst – auch wenn keiner von uns wirklich daran glaubte.

Um Mitternacht war unser Dienst zu Ende. Danach lasen in der Regel nicht mehr viele – und wenn, dann waren sie so schläfrig, dass ihre Emotionen nicht bis zu den Charakteren vordrangen. Gut für uns. Wir brauchten dank unserer Elementarkräfte zwar nicht ganz so viel Schlaf wie normale Menschen, aber ein paar Stunden sollten schon drin sein.

Wir gingen gemeinsam zur Bibliothek zurück und betraten das vermeintlich schlafende Gebäude durch den Seiteneingang. Nun mussten wir nur noch mit dem Fahrstuhl hinabfahren und Perry unseren Bericht abliefern, ehe wir Feierabend hatten. Sein Büro lag hinter einer unscheinbaren Tür links von der *Bibliotheca Elementara*. Nacheinander schoben wir uns in den von Aktenordnern übersäten Raum.

Perry war nicht begeistert von der Tatsache, dass ein Seelenloser sich von selbst aufgelöst haben sollte. Da aber die Seher und Techniker auch nichts anderes herausgefunden hatten, zeichnete er den Bericht ab und legte ihn auf seinen Schreibtisch. Danach entließ er uns und wünschte uns einen schönen Sonntag. Wir sollten jedoch unsere Handys im Auge behalten, damit er sich melden könne, sollte sich wieder eine Anomalie zeigen. Ich nickte gedankenverloren, während ich den anderen hinterher ins Foyer lief.

Josh fragte uns, ob wir in dem kleinen Aufenthaltsraum noch etwas zusammen trinken wollten, doch dafür hatte ich keine Zeit. Ich hatte noch etwas zu erledigen und lehnte daher dankend ab. Er schien etwas enttäuscht zu sein. Vielleicht war der gemeinsame Abschluss der Schicht eine Art Ritual in seinem Team? Doch darüber sollte ich mir jetzt nicht den Kopf zerbrechen.

Ich verließ die Gruppe und wartete auf den Fahrstuhl, als ich Rics rauchigen Vanilleduft roch. »Willst du nach Hause laufen oder warum wartest du nicht auf mich?«, fragte er und seine goldenen Augen musterten mich ehrlich interessiert. Vor lauter Pläneschmieden hatte ich nicht einmal daran gedacht, dass ich ja immer mit ihm gemeinsam nach Hause fuhr. Mr Perfect war das natürlich sofort aufgefallen.

»Hatte ich dir nicht gesagt, dass ich heute noch etwas vorhabe?«, druckste ich herum und wünschte mir im selben Moment, dass ich besser lügen könnte.

Ric hob nur die Augenbraue und schüttelte langsam den Kopf. Er wartete auf weitere Erklärungen.

»Dann sage ich es dir eben jetzt. Ich habe noch etwas vor.«

»Und was soll das sein? Wir haben beinahe ein Uhr nachts.« Nun kniff er seine Augen zusammen, als könne er die Wahrheit so aus mir herauslesen.

»Das geht dich überhaupt nichts an, Lindwurm«, setzte ich zum Angriff an, um ihn abzulenken. »Du erzählst mir ja auch nicht, woher das Blut wirklich kam, das ich heute gerochen habe.« *Ja. Gut gekontert, Lin.* Ich reckte das Kinn nach oben und wandte mich erneut dem Fahrstuhl zu, der sich rumpelnd ankündigte.

»Wenn ich es dir erzähle, sagst du mir dann, wohin du gehst?« Seine Stimme war nur ein Raunen, direkt neben meinem Ohr.

Ich spürte seinen Atem im Nacken und unwillkürlich stellten sich die feinen Härchen im Nacken auf.

Ich atmete mehrmals tief durch – und verfluchte dabei den langsamen Fahrstuhl –, ehe ich ihm mit nur erhofft fester Stimme antwortete: »Nein, so sehr interessiert es mich dann doch nicht.« Gleichgültig klang anders. Warum nur reagierte mein dämlicher Körper immer noch so sehr auf ihn? Oder seit wann wieder?

»Bist du sicher?«, hauchte er in mein Ohr. Ich glaubte eine leichte Berührung seiner Lippen zu spüren. Was bei Aither tat er da? Wollte er mich um den Verstand bringen? Oder war mir der bereits abhandengekommen? Anders konnte ich mir meine Reaktion nicht erklären. Die Tür des Fahrstuhls glitt auf und ich stürmte hinein, als wäre eine Horde Dämonen hinter mir her, schlug auf den Knopf und hoffte zitternd, dass Ric von seinem Ego zu sehr ausgebremst wurde, als dass er mir hinterherkommen würde. Die Tür schloss sich und ich nahm nur die Erinnerung an seinen Geruch mit mir nach oben.

Mit schnellen Schritten durchquerte ich den Flur und verließ das Gebäude durch den Notausgang. Ich beeilte mich von der Bibliothek – von Ric – wegzukommen. Erst in einer kleinen Seitengasse hielt ich um Atem ringend an, stützte die Hände auf meine Oberschenkel und verfluchte meinen Körper erneut. Schnell griff ich an meine Kette und mein Element spendete mir eine Sauerstoffdusche. Sofort fühlte ich mich wie neugeboren und konnte endlich wieder klar denken. Ich brauchte einen Plan. Ich musste den Dämon finden. Einen Dämon, den die Techniker nicht aufspüren konnten. Er musste sich gut getarnt und angepasst haben.

In der Ferne erklang ein Dröhnen, das mir nur allzu gut bekannt war. Der Diabolo fuhr die Hauptstraße entlang. Erst jetzt spürte ich, wie etwas Druck von mir genommen wurde. Ich hatte befürchtet, dass Ric mir nachspionieren würde. Doch er hatte sicher ebenfalls Pläne für die Nacht. Irgendwo warteten wahrscheinlich noch Groupies auf ihn. Beim Gedanken daran spürte ich einen Stich in meiner Brust. Nicht schmerzhaft, aber beunruhigend unangenehm. Was der Drache in seiner Freizeit machte, sollte mir eigentlich egal sein.

Ich klärte mit einem Kopfschütteln meine Gedanken, beschwor vor meinem inneren Auge Zac und meine Emotionen beim Lesen seiner Geschichte herauf und mein Herzschlag flatterte für einen Moment. Als ich dann an die feurige Nacht zwischen Zac und einer Annabelle dachte, stahl sich ein dämliches Grinsen auf mein Gesicht. Das Kribbeln in meinem Bauch zeigte mir, dass meine Gefühle nach wie vor gut sortiert waren, und ich nickte zufrieden.

Jetzt konnte ich mich auf meinen Plan konzentrieren. Ich rief mein Element und bat es sich umzuhören. Wie ein Wispern glitten leichte Brisen durch die Gassen, flüsterten mir zu, was ihnen aufgefallen war. Sofort ging ich los.

Ich verfolgte mehrere Hinweise, rief immer wieder nach den Winden und fand dennoch keine heiße Spur. Mein Element war lebhaft, aber auch sehr unbeständig, weswegen die Erdelementarier die wahren Fährtenleser waren. Doch ich gab nicht auf. Ich durfte nicht aufgeben. Der Dämon musste irgendwo in der Stadt sein und ich musste die Menschen schützen, wie auch Zac es getan hätte. Erneut machte mein Herz einen kleinen Hüpfer.

Als ich gerade am Ufer des breiten Flusses entlangging, der die Stadt in zwei nahezu gleich große Teile trennte, wurde das Flüstern meines Elements lauter und hallte über die leichten Wellen des Wassers hinweg. Blut. Ein Kampf. Seelenlose. Die einzelnen Brisen versuchten sich gegenseitig zu übertönen, wehten in die Richtung, in die ich gehen musste. Ich griff zu meinem Elementaranhänger und wappnete mich die gesamte Kraft der Luft anzurufen und mich zu verwandeln. Der Fluss führte unter einer breiten Eisenbahnbrücke hindurch, Graffiti zeugten von den fantastischen Rechtschreibkenntnissen der heutigen Jugend und ich musste unwillkürlich den Kopf schütteln. Denen würde ein wenig mehr Lesen auch nicht schaden.

Unter der Brücke roch es muffig, nach abgestandenem Wasser, das sich rechts des Weges am Rand des Stützpfeilers entlang gesammelt hatte. Ich ließ eine Brise auffrischen, um den Gestank zu vertreiben. Ein böser Fehler. Denn mit dem Gestank des brackigen Wassers würde ich auch jeden anderen Geruch vertreiben, der mich vorwarnen könnte. Sofort stoppte ich die Brise. Zu spät.

4. Kapitel

Geister. Er hasst sie. Diese nicht greifbaren Gestalten, die im Nichts verschwinden können und bei Kontakt Gefrierbrand verursachen, schmerzhafte Wunden, die nur sehr langsam heilen.
Doch Geister sind hervorragende Spione und ein paar wenige von ihnen sind geneigt ihr Wissen mit jemandem zu teilen, der ihnen bei der Lösung ihrer Probleme hilft. Weiß der Geist etwas über sie?

Der Dämon trat aus einem kleinen Hohlraum im Brückenpfeiler. Er machte allerdings keine Anstalten, mich anzugreifen oder zu fliehen. Sein Blick war klar, bei genauerem Hinsehen konnte ich das rote Funkeln in seinen Pupillen sehen. Er schien kein bisschen verwirrt zu sein, wie ich es von einer High-Fantasy-Figur erwartet hatte. Dämonen schienen sich schneller an neue Umgebungen zu gewöhnen als andere Wesen.

»Ich spüre den Verräter an dir!«, zischte er und ich schrak zurück. Ob es an seiner schlangengleichen Stimme oder der Bedeutung seiner Worte lag, konnte ich nicht sagen. »Wo versteckt er sich?« Der Söldner trat langsam auf mich zu, die Hände bereits erhoben, um seine dämonische Energie auf mich zu lenken.

Ich ließ die Macht meines Elements in mich strömen und spürte, wie ich immer kleiner und kleiner wurde. Meine Kleidung zog mich trotz der starken Feenkräfte nach unten. Im nächsten

Moment zwängte ich mich aus der dunklen Ummantelung und flatterte eifrig mit den Flügeln. Der Dämon schien auf Monstergröße gewachsen zu sein, was an der stark veränderten Perspektive lag. Doch ich spürte die Energie meines Elements, die Macht von Aither, der Göttin der Lüfte, die jede meiner Zellen belebte. Auf meinen Befehl hin verdichtete sich die Luft um mich herum und der gleißende Ball aus dämonischer Materie prallte daran ab. Der Seelenlose war für einen Moment irritiert, sammelte sich jedoch sofort wieder und schoss erneut blauweiße Leuchtkugeln auf mich, die mein Element ebenso abwehrte.

Er fuhr härtere Geschütze auf, zog die Schatten von der Wand. Die durchscheinenden schwarzen Rauchschwaden, die zwischen uns waberten, konzentrierten sich und setzten sich zu einem Wesen zusammen: ein schwarzer Mann! Eine beliebte Waffe der Dämonen aus ›Otherside‹. Sie setzten sie als Spione ein, ließen sie jedoch auch die Drecksarbeit erledigen. Dieser Typ hatte wirklich seine gesamten Fähigkeiten mit in unsere Welt gebracht. Verdammt!

Ich warf dem Schemen einen orkanstarken Wind entgegen, der jedoch weder bei dem Schatten noch dem Dämon etwas bewirkte. Lediglich die dunklen Haare des Söldners folgten meiner Attacke und flatterten leicht.

Nun setzte der Schatten zum Angriff an. Ich spürte, wie er den Rand meiner Elementarbarriere abtastete, um eine Lücke in meiner Verteidigung zu finden. Ich musste mich stark konzentrieren seine Berührungen abzuwehren, ließ mich von ihm immer weiter zurückdrängen, während weitere dämonische Kugeln auf mich zujagten und mehr von meiner Kraft verbrauchten, als ich erwartet hätte. Mein Schutzschild würde nicht mehr lange standhalten. Mein Magen zog sich zusammen, ein letzter

Adrenalinkick ließ mich die Luft kanalisieren und ich schob eine meterhohe Welle über den sonst so ruhigen Fluss und lenkte sie auf den Dämon und seinen Diener. Der Schatten verging, der Dämon prustete kurz, ehe er sich wieder gesammelt hatte und den nächsten Energieball auf mich schleuderte.

»Na, wen haben wir denn da?« Niemals zuvor war ich so froh gewesen diese selbstsichere, arrogant klingende Stimme zu hören. Ich atmete erleichtert auf, als Ric neben mich trat und bereits die ersten Feuerbälle auf den Dämon schoss, der daraufhin eilig zurückwich. Wieso zum Teufel konnte ich kein Feuer werfen? Das schien das Mittel der Wahl zu sein.

Rics Kugeln wurden größer, massiver und der Dämon löste sich in nichts auf. Verdammt. Daran hätte ich denken sollen. Ein paar der Söldner konnten sich beamen, hatte Zac einmal erwähnt – natürlich nicht wortwörtlich.

»Alles in Ordnung, Tinkerbell?« Rics Stimme klang ... nervös? Voller Sorge? Unnatürlich?

Ich nickte mit meinem kleinen Feenkopf und schwirrte ihm vor dem Gesicht herum, damit er es auch sehen konnte. Glücklicherweise sah ich als Fee nur halb so nackt aus, wie ich es nach der Rückverwandlung immer war. Gleich zu Beginn der Ausbildung hatte ich meine Kollegen ausgiebig gemustert: Eine Fee war nackt, das schon. Aber irgendwie brach sich das Licht um sie herum so, dass der Körper nicht im Detail erkennbar war, sondern verschwommen wahrgenommen wurde wie auf einem zensierten Bild. Ich gestikulierte Ric, er solle sich umdrehen, denn ich sprach nicht gerne in Feengestalt. Die Stimme klang wie Mickymaus auf Helium und das fühlte sich für mich nur halb so lustig an, wie es für meine Zuhörer war.

Endlich hatte Ric es kapiert und drehte sich seufzend um. Ich entließ mein Element und wuchs binnen Sekunden auf meine normale Größe, schlüpfte hastig in Slip und BH und hüpfte gerade mühsam in meine Jeans, als Ric sich zu mir umwandte.

»Hey!«, rief ich, keuchend von der Verwandlung und der Hüpferei.

»Bist du nicht sonst auch für Gleichberechtigung? Du hast mich heute schon nackt gesehen!« Ein Grinsen umspielte seine vollen Lippen.

Anstatt zu antworten, beeilte ich mich ihm nicht noch länger einen Grund zur Belustigung zu bieten, glitt schnellstmöglich in mein Longshirt und schlüpfte zuletzt in Socken und Stiefel. Noch außer Atem wurde ich mit einem ganz bestimmten Blick konfrontiert, der nur eins besagte: Und jetzt erzählst du mir alles.

Ich schluckte. Dieses Mal konnte ich Ric wohl nicht mit einem »Geht dich nichts an« abspeisen. Immerhin hatte er mir das Leben gerettet, da stand ihm wohl ein kleines bisschen an Informationen zu. Ich erklärte ihm, dass ich zufällig unter der Brücke entlanggegangen war und etwas gespürt hatte. Den Rest konnte ich ihm wahrheitsgemäß berichten. Bis zu seinem Eintreffen.

»Du kennst den Typen?«, fragte er, als ich ihm vermutlich zu detailliert geschildert hatte, wie der Dämon den Schatten kontrolliert hatte.

Widerwillig nickte ich und wich seinem stechenden Blick aus. »Aus einem Buch, das ich gelesen habe, als ich klein war«, log ich.

»Du hast Bücher über schattenkontrollierende Dämonen gelesen, als du klein warst?« Er glaubte mir nicht. Und er hatte allen Grund dazu. In was hatte ich mich hier nur hineinmanövriert? Ich haderte mit mir selbst. Ric war der größte Idiot unter der Sonne, aber er machte einen guten Job. Und wusste er nicht auch über Ty Bescheid und hatte mich niemals an die Bibliothekare gemeldet? Aber das hier war ein ganz anderes Kaliber. Ich hatte gegen das oberste Gesetz verstoßen, hatte privat in einem Buch gelesen und einen dämonischen Söldner heraufbeschworen. Ich konnte Ric nicht in die Sache hineinziehen.

»Bekomme ich keine Antwort?«, hakte er nach. Am liebsten hätte ich trotzig den Kopf geschüttelt, aber ich war ihm irgendeine Antwort schuldig. »Ich habe das Buch zu Hause.« Die Worte waren schneller raus, als ich beabsichtigt hatte. Nicht einmal mehr Zeit zu überlegen war mir geblieben. Verdammt.

Ich beobachtete Rics Reaktion genau. Sah die wechselnden Gefühle in seinem Gesicht. Schock, Ärger, Skepsis, Zweifel, Wut, noch mehr Wut. Rauchschwaden stiegen von ihm auf, die sofort die Luft unter der Brücke mit seinem herben Duft erfüllten. Ich hörte das Knistern und Knacken eines Feuers. Eines sehr großen Feuers. Der Hitzeschwall, der von Ric ausging, kam bei mir an und sofort konnte ich das Leiden während all der Hexenverbrennungen nachvollziehen, ja regelrecht spüren. Mein Elementaranhänger pulsierte, schickte ohne mein Zutun eine kühlende Brise, die mich umspielte und mich vor der unerträglichen Hitze schützte.

Ric hatte Mühe, seine menschliche Gestalt zu erhalten. Seine goldenen Augen loderten wie Feuer, die Haut an seinem Gesicht verschwamm immer wieder zu seiner Drachenhaut. Er ballte die Hände zu Fäusten und atmete in gleichmäßigen Stößen, die jeweils eine weitere Hitzewelle aussandten.

Ich stand da wie paralysiert, beobachtete jede noch so kleinste Regung seines Körpers. Schuldbewusst presste ich die Lippen zusammen. Ich wusste, dass es falsch gewesen war, was ich getan hatte. Doch ich … Nein, es gab dafür keine Ausrede. Ich war schuld daran, dass ein überintelligenter, sich beamender Dämon in unserer Stadt herumlief. Was, wenn er Menschen tötete? Vielleicht hatte er bereits welche getötet? Mein Innerstes kühlte um gefühlte hundert Grad ab, wurde zu Eis. Ich hatte immer gewusst, welche Konsequenzen das Lesen haben kann – das Lesen eines Elementariers außerhalb der *Bibliotheca Elementara* –, dennoch waren die Konsequenzen immer so theoretisch gewesen. Sie am eigenen Leib zu spüren fühlte sich grauenhaft an. Und ich zweifelte daran, ob die tollen Stunden mit Zac das alles rechtfertigten. Ich war eine Närrin gewesen. Lautstark stieß ich den Atem aus und Ric zuckte zusammen. Ich hatte ihn in seinem Wut-Cool-Down gestört, der schon Ewigkeiten anzudauern schien.

Sein Blick brannte sich in meine Haut, seine Augen funkelten nach wie vor wütend, die Kiefermuskulatur trat deutlich hervor. Aber er wirkte entspannter als noch wenige Minuten zuvor. Weniger drachenhaft.

»Tinkerbell«, setzte er an und machte eine Pause, damit ich angemessen – so wie immer – reagieren konnte. Doch das wagte ich nicht.

Er verzog das Gesicht, als würde ihm irgendetwas Schmerzen bereiten, und trat zwei Schritte auf mich zu. Instinktiv wich ich zurück und musterte ihn skeptisch. Lag in seinem Blick etwa ... Verständnis? Ich hätte am liebsten aufgeschrien. Dieser Ric machte mir mehr Angst als der Hitze ausstoßende Drache. Ich ballte meine Faust um meinen Anhänger, für alles gewappnet. Doch er machte keine Anstalten, auf mich loszugehen oder etwas anderes in der Richtung. Er stand einfach nur da und verwirrte mich mit seinem Blick, der immer sanfter wurde.

»Ich muss dieses Buch sehen. Ich muss alles über diesen Typen wissen.« Ich erschrak beim Klang seiner Stimme, die das ruhige Säuseln des Flusses durchschnitt wie eine Klinge und von der Brücke widerhallte.

Nein, Zac war *meine* Geschichte! Ich konnte nicht ... Mit zusammengepressten Lippen schüttelte ich den Kopf.

»Lin, du musst mir vertrauen.« Hatte er da eben meinen richtigen Namen gesagt? »Ich werde dich nicht melden, versprochen.«

Ich verstand die Welt nicht mehr. Was war aus dem Ric geworden, der mich stets zur Weißglut trieb oder – schlimmer noch – für ein Gefühlschaos und Watte im Kopf sorgte? Vor mir stand er jedenfalls nicht. Im Gegenteil. Seine Haltung, sein Blick, die gezeigten Emotionen, die Art, wie er reagierte – all diese Details fügten sich in meinem Kopf zusammen und zeigten mir etwas, das ich niemals für möglich gehalten hatte: die Ähnlichkeit zu Zac.

Ric kam noch näher und ich zuckte zusammen, als er mit seiner Hand meinen Oberarm berührte. Beruhigend. Freundschaftlich. Wellen unterschiedlichster Emotionen jagten durch meinen Körper. Sie schwemmten alles hinfort, alle Vorbehalte, all den Ärger darüber, wie er mich seit damals behandelte, als wir dieses eine Mal kurz davor waren, einander näherzukommen. Vor mir stand wieder mein guter Freund Ric, der so schüchtern gewesen war, dass er Peter gebeten hatte mir auszurichten, ob wir nicht irgendwann einmal zusammen ausgehen wollten.

Ric erkannte den Moment, in dem mir unsere frühere Beziehung wieder bewusst wurde. Sein Gesicht entspannte sich, spiegelte meine Mimik wider. Er war nicht immer ein Idiot gewesen, sondern hatte mir so viel bedeutet – bis wir unsere Freundschaft für den Versuch eines »Mehr« aufs Spiel gesetzt hatten. Ich seufzte.

»Vertraust du mir?«, fragte er sanft.

»Okay.« Es war die Wahrheit. Es hatte seither nie wieder jemanden gegeben, dem ich mehr vertraut hatte. Jemanden, der in dieser Welt zu Hause war.

»Dann lass uns zu dir gehen und du zeigst mir dieses Buch. Einverstanden?«

Ich nickte und wollte mich umdrehen, um den Weg zurückzugehen, den ich gekommen war. Doch Ric legte mir seine Hand auf den Rücken und ein wohliger Schauer fuhr von dieser Stelle aus durch meinen Körper. Er schob mich vorwärts, hatte nicht bemerkt, welche Reaktionen er in mir ausgelöst hatte. Nach ein paar Metern die Uferpromenade entlang nahm er mich in den Arm. »Du hast toll gekämpft, Tink. Zumindest für so ein kleines Wesen.«

Ich schnaubte und verdrehte die Augen. Da war er wieder. *Dieser* Ric.

5. Kapitel

Der Geist vor ihm ist mächtig, das erkennt man sofort. Er befehligt mehrere niedere Geister und besitzt enormes Wissen, das er wie einen Schatz hütet. Er verlangt als Bezahlung nicht die Lösung seines Problems, damit er weiterziehen kann. Stattdessen besteht seine Bezahlung aus weiteren Informationen, die seine Macht immer weiter anwachsen lassen.

Ist er wirklich bereit solch geheimes Wissen zu opfern, um sie zu finden?

Wären die Umstände nicht so gefährlich, hätte ich den Weg zum Diabolo durchaus genießen können. Zwischen Ric und mir herrschte angenehmes Schweigen. Ich hing meinen Gedanken nach, oder besser gesagt versuchte ich, meine Gefühle zu sortieren. Alte und neue drohten sich zu vermischen – was ebenso gefährlich war wie der dämonische Söldner. Ric war ein Arsch gewesen, diesen Namen hatte er sich nach der Geschichte damals wahrhaftig verdient, aber mein dummes Herz schien sich nur an den Teil zu erinnern, der positiv gewesen war. Die tiefe Freundschaft, die sich während des ersten Ausbildungsjahrs entwickelt hatte, die Erkenntnis, dass auf meiner Seite noch mehr gewachsen war. Dass ich mich in den schlaksigen, schüchternen Drachen verliebt hatte.

Ich seufzte voller Nostalgie und Ric sah mich an, den Arm im-

mer noch über meine Schulter gelegt. »Alles in Ordnung mit dir?«
Sofort entfachte sich Wut in mir. Die Erinnerung an das Gefühl,
das ich hatte, als ich diesen Satz zuletzt von ihm gehört hatte.
Nachdem er mir gestanden hatte, wo er gewesen war, während
ich treudoof und verliebt auf ihn gewartet hatte. Als hätte in diesem Moment alles mit mir in Ordnung sein können. Pah!

Schnell trat ich zwei Schritte zur Seite und entglitt seiner Umarmung. Für einen Moment blitzte tiefe Betroffenheit in seinem
Gesicht auf, was mir jedoch herzlich egal war. Er hatte mir das
angetan! Meine erste große Liebe hatte mich bei unserem ersten
Date, auf das wir so lange hingearbeitet hatten, versetzt. Mona-
telang waren wir umeinander herumgeschlichen, hatten uns ge-
neckt wie immer und nebenbei unsere Ausbildung durchlaufen.
An jenem einen Abend bei einem Gastaufenthalt in London hätte
es so weit sein sollen. Aber dieser Idiot hatte es versaut.

Mit mäßigem Erfolg hielt ich die Tränen zurück. Ich war so
tief verletzt gewesen, dass ich allein durch die Gassen gerannt
war, bis ich wie von einem magischen Band zu diesem alten
Buchladen gezogen wurde. Dort hatte ich Zacs Geschichte gefunden. Und ich hatte mir geschworen mir nie wieder von jemandem aus dieser Welt das Herz brechen zu lassen. Von da an
war Zac bei mir gewesen. Vielleicht hatte ich ihn idealisiert, aber
trotzdem hatte er mich in all den Jahren nie verletzt.

Meine Zähne knirschten, weil ich die Kiefer so stark zusammenpresste. Ric sah mich an, als verstände er nicht, was in mir
vorging. Und ich wollte auch gar nicht, dass er es wusste. Er
durfte nicht wissen, wie sehr er mich damals verletzt hatte. Ich
holte tief Luft und beschleunigte meine Schritte. Ric fiel in Lauf-
schritt und trabte hinter mir her. Die Nacht würde sehr, sehr lang
werden, wenn die Atmosphäre zwischen uns so angespannt war,

und ich hätte gerne darauf verzichten können. Leider gab es kein Entkommen.

Ric parkte den Diabolo direkt vor dem Mehrfamilienhaus, das ich mit Ty bewohnte. Er blockierte die Feuerwehrzufahrt, was ihn jedoch nicht zu stören schien. Ich hatte es wieder mit dem Ekel Ric zu tun, seit mir wieder bewusst geworden war, warum ich ihn behandelte, wie ich es tat. Zu Recht.

Als wäre es das Alltäglichste überhaupt, stieg er aus dem Auto, lief zu der gläsernen Eingangstür, die nie abgeschlossen war, und ging die Treppe nach oben zu meiner Wohnung. Wie früher.

Eilig lief ich ihm hinterher und drückte mich an ihm vorbei, um meine Wohnungstür aufzuschließen. Er war so nah, dass ich seinen rauchigen Vanilleduft riechen konnte. Ich betrat als Erste die Wohnung und sah mich unwillkürlich um, ob auch alles in Ordnung war. Ty neigte ab und an dazu, ein Chaos zu verbreiten, das der Entfesselung meiner Elementarkraft Konkurrenz machte. Sie war aber scheinbar noch nicht nach Hause gekommen, was mir sofort Bauchschmerzen bereitete. Es war schließlich schon nach drei Uhr morgens. Ich sah nach, ob ihre Handtasche in der Küche lag, konnte sie aber weder hier noch anderswo finden. Das Bett in ihrem Zimmer war unangetastet und die Bauchschmerzen wurden zu einem dicken Knoten, der mir Übelkeit verursachte.

»Was ist los?«, fragte Ric ernst, nachdem ich meine Rennerei durch die Wohnung beendet und wieder zu ihm in den Flur zurückgekehrt war.

»Ty ist nicht da!«, rief ich, der Verzweiflung nahe. Ty war nie so lange unterwegs – zumindest nicht ohne mich. Ich kramte mein Handy aus der Tasche, um ihr eine Nachricht zu schreiben. Mehrere verpasste Anrufe und zwei neue Nachrichten wurden auf dem Display angezeigt. Beim Öffnen der Nachrichten wurde mir eiskalt. Ich erstarrte. Die Nachrichten waren von Ty.

Wie aus weiter Entfernung drangen Rics Worte an mein Ohr. Die Besorgnis in seiner Stimme löste das Vakuum um mich herum langsam auf. Wortlos reichte ich ihm das Handy. Ich spürte, wie er sich anspannte, als er die erste Nachricht las:

›Mich hat so ein irrer Typ mitgenommen. Er meint, solange ich mache, was er sagt, wird er mir nichts tun. Du sollst dich aber so schnell wie möglich melden.‹

Dann die zweite Nachricht:

›Lin, der Typ wird langsam ungeduldig und lässt den Bad Boy raushängen. Ich weiß nicht, wie lange ich ihn noch bequatschen kann.‹

Ric wählte sofort Tys Nummer und stellte das Handy auf Lautsprecher. Es klingelte mehrmals, ehe jemand abnahm.

»O mein Gott, Ty. Alles in Ordnung mit dir?«

Meine letzte Hoffnung darauf, dass es nicht der Söldner war, erstarb, als seine Stimme leise an mein Ohr drang. So leise, dass ich kaum etwas verstand.

»Du musst da hineinsprechen«, erklärte Ty. Wie konnte sie in Anbetracht dessen, was mit ihr passiert war, noch so klingen, als würde sie gerade die Augen verdrehen?

Ein kurzes Rascheln später sprach der Söldner laut und deutlich: »Ich bin deinem Geruch gefolgt und wollte auf dich warten. Doch diese Maid hier war vor dir dort, Wächterin. Also schlage ich dir einen Handel vor. So macht ihr das in dieser Welt, hat die

Maid erzählt.« Verflucht. Ty, was hast du getan? »Ich verlange, dass du mir meine Untertanen im Austausch für das Leben der Maid gibst. Dann werde ich sie verschonen. Ich gebe dir zwei Sonnenumläufe Zeit.«

Ein Rascheln und Schaben ertönte, dann wurde die Verbindung beendet. Sämtliche Kraft wich aus meinen Muskeln und ich fiel in mich zusammen. Im letzten Moment fing Ric mich auf. Behutsam führte er mich ins Wohnzimmer und schob mich zur Couch. Ich starrte geradeaus zur Tür, als könnte Ty jeden Moment die Wohnung betreten und ins Wohnzimmer reinschneien. Was hatte ich nur angerichtet?

»Lin.« Ric stieß mich sanft an. »Wo ist dieses Buch?«

Wie ein Roboter stand ich auf und ging zu meinem Zimmer. Mechanisch zog ich die Nachttischschublade auf, holte den Kram heraus und warf ihn achtlos auf den Boden, ehe ich den doppelten Boden anhob und ›Otherside‹ aus seiner Holzkiste befreite.

Ric riss mir das Buch sofort aus der Hand und schleuderte es einen Wimpernschlag später davon. Diese Aktion riss mich aus meiner Lethargie und ich sah ihn fragend an, während ich Zacs Geschichte aufhob.

»Das Buch hat mich verbrannt«, schimpfte Ric.

»Verbrannt? Dich?« Mehr fiel mir dazu nicht ein. Er war ein Feuerelementar. Man konnte ihn nicht verbrennen.

Das schien auch Ric klar zu sein. Er kniff die Augen zusammen und beobachtete mich und das Buch ganz genau. Ich ertappte mich dabei, wie ich zärtlich über den ledernen Einband strich, und ließ die Hand sofort sinken. Er kam näher und streckte den Finger aus. Noch ehe er den Buchrücken berührte, spürte ich die Hitze, die sich wie eine magische Barriere zwischen ihm und dem Buch ausbreitete.

»Was ist das?«, fragte ich wenig geistreich. Ric entfernte seine Hand ein wenig und führte sie dann wieder zum Buch – die Hitze wallte erneut auf.

»Eine magische Barriere. Ich habe davon gehört, aber noch nie eine in Aktion erlebt.«

Wo hatte er davon gehört? Misstrauisch kniff ich die Augen zusammen und fixierte sein Gesicht.

Ric zuckte nur mit den Schultern und hob entschuldigend die Augenbrauen. »Im Institut lernt man eben nicht alles.«

Das reichte mir nicht und ich versuchte meinen strengen Blick zu verstärken, indem ich meine Kiefer zusammenpresste, bis die Muskulatur an den Seiten hervortrat.

»Es ist wichtig, auf alles vorbereitet zu sein«, druckste Ric herum.

Nun hob ich die linke Augenbraue, was vermutlich gepaart mit meinem geübten bösen Blick dämlich aussah, denn Ric stieß ein Lachen aus und schüttelte locker den Kopf. Idiot.

»Wenn ich dir alles erzählen soll, musst du mir ebenfalls alles erzählen«, sagte ich mit fester Stimme.

»Vergiss es«, bekam ich zur Antwort. Der verständnisvolle Ric war wieder komplett dem Drachen gewichen. Ich schnaubte und wandte mich zusammen mit dem Buch ab.

»Ich kann nicht in ein paar Minuten alles erklären, was ich die letzten Jahre erfahren habe«, fügte er hinzu und packte mich sanft an der Schulter, damit ich mich wieder zu ihm umdrehte. »Wo hast du dieses Buch her?«, fragte er.

»Aus London.« Ich hatte auf keinen Fall vor zu erklären, dass ich es nur besaß, weil er mich versetzt hatte.

»Und du hast die ganze Zeit darin gelesen?«

Ich nickte zur Antwort und sofort schoss mir eine zarte Röte ins Gesicht, als wäre ich bei etwas Unanständigem ertappt worden. Daraufhin glitten unwillkürlich unanständige Szenen von Zac und seinen Frauen an mir vorüber und ich wurde knallrot. Verdammt, war das peinlich.

Rics einzige Reaktion war ein wissendes Grinsen und er wandte den Kopf zur Seite.

»Wage es nicht ...«

Geschlagen hob er die Hände und schüttelte schnell den Kopf. Das Grinsen flackerte immer noch in seinen Mundwinkeln auf und ich verzog den Mund.

»Wenn ich es nicht selbst lesen kann, willst du mir wenigstens erzählen, worum es geht und welche Rolle unser *Freund* in der Geschichte hat?« Er warf sich mit Schwung auf mein Bett und lehnte sich gegen die Wand, seine Beine baumelten an der Seite über die Kante.

Ich erwog kurz, stehen zu bleiben und ihn zu bitten mit ins Wohnzimmer zu kommen, kam mir dann aber albern dabei vor. Also setzte ich mich – mit so viel Abstand wie möglich – ebenfalls aufs Bett und schlug ›Otherside‹ vorsichtig auf. Ich zeigte Ric die Karte am Anfang des Buches, damit er sich einen Überblick über Otherside verschaffen konnte. Dann erzählte ich ihm von Zacharias Clays Heldentaten und seiner Vergangenheit, den vielen fantastischen Wesen in Otherside und den Söldnern.

»Der Typ, der Ty hat, ist einer dieser Söldner?«, hakte Ric nach.

»Ja. Es werden im Buch kaum Namen genannt, aber alle reden immer von einem Oberboss, bevor sie von Zac vernichtet werden.«

»Und weil dieser Typ seine ›Untertanen‹ möchte, glaubst du, dass er dieser Oberboss ist? Hat er auch einen Namen?«

Ich dachte angestrengt nach. Doch sooft ich ›Otherside‹ auch gelesen hatte, ich konnte mich nicht an den Namen erinnern. Daher blätterte ich hastig durch die Kapitel und blieb bei dem Lesebändchen hängen. Dort in der Nähe hatte Zac eine Horde Söldner im Visier, meinte ich mich zu erinnern. Doch als ich die Seitenzahl sah, war alles andere plötzlich nebensächlich. Das Band lag zwischen den Seiten 142 und 143. Dort war bislang das Ende des Lesebändchens eingeklemmt gewesen. Hastig suchte ich nach diesem Ende und fand es zwischen 192 und 193. Beide Doppelseiten hatten die rote Verfärbung und den Abdruck des Bändchens, als wäre es schon immer an dieser Stelle gelegen. Fassungslos starrte ich auf das Buch hinunter.

»Lin, was ist los?« Ric rutschte näher zu mir und schaute mir über die Schulter. Sein Atem in meinem Nacken verursachte ein Prickeln, dem ich mich sofort vehement widersetzte.

»Das Buch ...«, stammelte ich, wusste jedoch nicht genau, was mit dem Buch eigentlich passiert war. Die wildesten Theorien geisterten mir durch den Kopf. Hatte es jemand gefunden? Ty? Oder dieser Söldner vielleicht? Nein, der würde es doch niemals wieder ordentlich verstecken. Außerdem hätte das Papier innerhalb dieser kurzen Zeit nicht die Farbe des Lesebändchens annehmen können. Die eine Idee, die sich in meinem Hirn ausbreitete, wollte ich jedoch nicht akzeptieren. Aber hatte nicht Ric selbst etwas davon gesagt, dass das Buch magisch sei?

»Was ist mit dem Buch?«, drängte Ric, während er sich neben mich schob. Zu nah neben mich.

»Es hat sich verändert.« Mit einem Blick auf die letzte Seitenzahl war ich mir sicher. Das Buch hatte plötzlich über hundert Seiten mehr. Ich überflog die letzte Seite und mein Herzschlag setzte für einen Moment aus. Es war nicht der so oft von mir gelesene letzte Satz, in dem Zac behauptete, er würde *sie* – seine

Geliebte – finden. Mit einem Mal verschwand die Dringlichkeit, Ty zu helfen, verschwand Ric neben mir und wurde zu einem Nichts. Alles, was zählte, war Zacs Geschichte weiterzulesen. Ich blätterte wie in Trance Seite für Seite rückwärts, bis ich auf das vorherige Ende stieß.

Ich weiß, sie ist irgendwo dort draußen. Und ich werde sie finden. Der Raum um mich herum dehnte sich und schob alles weit von mir weg. So weit, dass mich nichts und niemand stören konnte, während ich nach Otherside reiste und wie gebannt an den Zeilen hing.

Zac hatte Kenntnis von einer neuen Bedrohung erhalten. In einer weit entlegenen Gegend von Otherside, von der ich bislang nichts gehört hatte, wollte der Söldnerfürst Zodan seine Truppen sammeln, um von dort aus geschlossen gegen die Menschen zu ziehen. Zac machte sich umgehend auf den Weg und ließ *sie* immer wieder durch seine Gedanken ziehen. Er spürte, dass er *ihr* näherkam, glaubte mit seinem ganzen dämonischen Herzen daran – auch wenn er sich im selben Absatz an die Worte einer Hexe erinnerte, die behauptet hatte, dass Dämonen wie er nie zur Liebe fähig wären, weil sie kein Herz hatten. Doch Zac wusste es besser und er glaubte fest daran, dass er *sie* bald finden würde.

Mein Mund war trocken, mein Herz schlug wie nach einem Marathonlauf, als sich Zac dieser neuen Gegend näherte. Von einer Anhöhe aus blickte er in ein vertrocknetes Tal. Die ehemaligen Weiden waren verdorrt, die Bäume glichen toten Gerippen, die man wahllos verteilt hatte. Überall befanden sich dämonische Söldner, die an ihrer charakteristischen Bekleidung erkennbar waren: schwarzes Leder wie ein Panzer über einem dunklen Hemd. Für mich sahen alle Söldner gleich aus, auch wenn Zac sie manchmal näher beschrieb und auf die Besonderheiten der Kleidung einging. Es mussten an die hundert Mann sein.

Zac schlich näher heran, versteckte sich hinter großen Felsbrocken und lauschte einer kleinen Gruppe von Dämonen. Er erfuhr, dass Zodan sie alle herbestellt hatte und sie nun schon seit Tagen hier warteten. Doch Zodan war bislang nicht aufgetaucht. Eine Krähe entdeckte Zac und flatterte um die Felsen, hinter denen er sich versteckt hatte.

Mir blieb beinahe das Herz stehen. Am liebsten hätte ich diesem Mistvieh eigenhändig den Hals umgedreht, ehe es die Söldner auf Zac aufmerksam machen konnte. Doch die Krähe kam nicht mehr dazu, Alarm zu schlagen, sondern stürzte kurzerhand tot mitten in die Gruppe, die Zac belauscht hatte. Ich verzog das Gesicht ob dieser primitiven Lösung des Problems. Hier hatte der Autor eindeutig keine Lust gehabt. Dennoch hatte er es geschafft, mir so viel Angst um Zac zu bereiten, dass mein Puls immer noch raste.

Zac hingegen war irritiert über die plötzliche Stille nach der Flucht der Krähe und erhob sich vorsichtig aus seiner Deckung. Der Blick ins Tal schockierte ihn. Und mich mit ihm. Denn das Tal war leer. Außer den Lagerfeuern zeugte nichts mehr davon, dass hier bis eben eine dämonische Legion auf ihren Einsatz gewartet hatte.

Ich wurde unsanft von Zacs Seite gerissen. Ric stand vor mir und starrte mich merkwürdig an, mein klingelndes Handy in der Hand. In Gedanken noch meilenweit entfernt vermochte ich nicht zu erahnen, was er von mir wollte. Daher nahm er das Gespräch an und hielt sich das Handy ans Ohr.

Langsam kam ich wieder in der Realität an und sofort brachen die hiesigen Probleme über mir ein. Ty!

Ich versuchte etwas zu verstehen, doch der Söldner am anderen Ende der Leitung war zu leise. Einige Sekunden später nickte Ric und legte auf. Anschließend reichte er mir mein Handy. »Was hast du getan?«, fragte er misstrauisch.

Ich? Was wollte er von mir? Mein Gesicht schien Bände zu sprechen, denn er fuhr ohne eine Antwort von mir fort.

»Der Typ hält sich an die Abmachung und hat Ty im Stadtzentrum in einer Seitengasse abgesetzt.« Mit zusammengekniffenen Augen, die loderten wie Höllenfeuer, musterte er mich abschätzend.

»Ich ...«, setzte ich zur Verteidigung an, aber mir fiel nichts ein, weil ich nicht einmal wusste, was überhaupt geschehen war. Die Hälfte meines Hirns hing noch an Zacs Seite und war mit der Frage beschäftigt, wohin die Söldner verschwunden waren.

Ric winkte ab. »Lass uns erst deine Freundin holen, vielleicht kann sie uns mehr dazu sagen.«

Ich beachtete die mir angebotene Hand nicht und hievte mich selbst aus dem Bett. Das Buch wollte ich ungern aus den Augen lassen, daher nahm ich es mit in den Flur und steckte es vorsichtig in meine Handtasche, nachdem ich sämtlichen Müll und unnützes Zeug ausgeschüttet hatte. Ich konnte einfach nicht riskieren, dass noch jemand etwas mit dem Buch anstellte – was auch immer es war. Ric hatte bereits seine Jacke übergeworfen, die er vorhin achtlos auf den Boden hatte fallen lassen, und reichte mir meine. Ohne weitere Worte verließen wir die Wohnung und stiegen in den Diabolo.

Das Röhren des Motors war erstaunlich beruhigend und die Fahrt war viel zu schnell vorüber. Ich war nicht einmal dazu gekommen, meine Gedanken zu sortieren. Was war mit dem Buch geschehen? Was mit den Söldnern, die Zac beobachtet hatte?

»Da ist sie«, sagte Ric, fuhr an den Straßenrand und bremste scharf ab. Ty sah aus wie immer, nicht wie nach einer Geiselnahme, was mich innerlich zwar froh machte, aber dennoch sehr wunderte. Ric ließ das Beifahrerfenster herunter.

»Ist ja nett, dass ihr mich abholen kommt. Nur wo bitte soll ich sitzen?«, begrüßte uns Ty mit einer berechtigten Frage. Denn der Diabolo hatte nur zwei Sitze und die waren besetzt.

»Tinkerbell kann sich verwandeln, dann wäre das Platzproblem gelöst«, sagte Ric, ohne zu uns zu blicken.

»Wie wäre es, wenn du ein Stück deines Egos über Bord wirfst, dann wäre hier Platz für drei«, konterte Ty und ich musste grinsen.

»Komm, setz dich auf meinen Schoß. Wenn wir angehalten werden, müssen wir den Polizisten einfach ein wenig mit unserem Charme benebeln«, schlug ich vor. Ty öffnete die Tür und ließ sich so vorsichtig wie möglich auf mich sinken. Nach einiger Zeit hatten wir uns einigermaßen arrangiert und die Tür des Diabolos nach unten gezogen. Keinen Wimpernschlag später schoss Ric bereits los.

Ich war heilfroh, als wir bei unserer Wohnung ankamen und ich Tys Gewicht endlich loswurde. Sie wog nicht viel, aber mit dem Sportfahrwerk des Diabolos hatte ich jeden Kieselstein auf der Straße doppelt gespürt. Vom Dröhnen des Motors ganz zu schweigen. Daher hatte ich auch noch keine Gelegenheit gehabt, Ty auszufragen.

Ric kam mir zuvor: »Jetzt erzählst du uns alles, was heute Nacht passiert ist«, beschwor er sie mit seinen goldenen Augen, als wir gerade in der Küche angekommen waren.

»Ist ja schon gut. Aber erst Kaffee.«

»Ty, es ist mitten in der Nacht«, warf ich kopfschüttelnd ein.

»Eine Nacht, die ich wohl ohne Schlaf verbringen werde«, konterte sie und hatte Recht damit. Ich stellte meine Tasse daneben und drückte auf den Knopf für die doppelte Portion.

Mit unseren Tassen bewaffnet setzten wir uns zu Ric an die Theke. Dieser schien Mühe zu haben, seine Gestalt nicht zu wechseln. Über den intensiven Kaffeegeruch der frisch gemahlenen Bohnen hinweg drang intensiver Kaminfeuer-Geruch an meine Nase. Ich bedachte ihn mit einem Blick, der Tys bis aufs kleinste Detail glich, während sie dazu »Was?« fragte.

»Ihr ... Ach, vergesst es. Erzähl einfach. Oder brauchst du noch Kekse zum Kaffee?«

»Kekse?«, fragte Ty und schien intensiv darüber nachzudenken. Ungefähr so lange, bis Rics Geruch so dominant wurde, dass er auch von einer Menschennase aufgefangen werden konnte. Dann streckte sie ihm die Zunge raus wie eine Fünfjährige und grinste ihn an. »Keep cool, Drache«, begann sie und nahm einen Schluck aus ihrer Tasse. Jetzt trieb sie es langsam zu weit und auch ich wurde allmählich ungeduldig.

»Nachdem Lin mich heute wegen dir versetzt hat, musste ich allein in das neue Einkaufszentrum gehen.« Sie warf Ric einen bösen Blick zu, aber ausnahmsweise konnte er ja wirklich nichts dafür. »Anschließend war ich noch allein im Kino. Ihr glaubt gar nicht, wie deprimierend das ist.« Sie sah mich mitleiderregend an und ich bekam ein schlechtes Gewissen, obwohl auch ich nichts dafür konnte. Ich wedelte mit meiner Hand, um sie endlich zum Punkt zu bringen.

»Umso erfreulicher war es, dass dieser gut aussehende Typ direkt in unserer Wohnung auf mich wartete.«

»Das war erfreulich?« Ric nahm mir die Worte aus dem Mund und ich starrte meine Mitbewohnerin sprachlos an.

»Also bitte, habt ihr ihn euch genau angeschaut?«, fragte sie zurück.

»Ähm, ja. Oder nein. Vielleicht.« Ich war verwirrt.

»Bist du nicht einmal auf die Idee gekommen, dass es nichts Gutes bedeuten könnte, wenn mitten in der Nacht irgendjemand in der Wohnung steht?« Auch Ric sah fassungslos aus.

»Jetzt beruhigt euch mal. Ich versuche seit so vielen Jahren, Edward aus seiner Geschichte zu lesen, und hoffe jede Nacht auf seinen Besuch. Ich wusste, dass dieser Typ auch wie Edward sein musste.« ›Wie Edward‹ bedeutete in ihrer Sprache ›ein Seelenloser‹.

»Ty, die können richtig gefährlich sein. Und mit ihnen stimmt zurzeit etwas nicht. Selbst die Ungefährlichen werden im Moment zu Monstern.« Ich schüttelte den Kopf. Wie konnte sie so gelassen sein? Für sie war mein Job immer noch eine Art Spiel.

»Vergessen wir diesen Teil erst einmal«, warf Ric ein. »Was ist passiert, nachdem du ihn in der Wohnung gefunden hast?«

»Wir haben geredet.«

Musste man ihr denn jedes Wort aus der Nase ziehen? Sonst war sie so gesprächig. Ich warf ihr einen mahnenden Blick zu.

»Ist ja schon gut.« Sie zog einen Schmollmund und nahm wieder einen Schluck. »Er hat mich als Erstes gefragt, wer ich bin, weil ich nicht nach Verräter rieche, was ich sehr positiv fand. Er war dem Geruch des Verräters jedoch bis zur Wohnung gefolgt, also schloss ich darauf, dass er dich meinen muss.« Sie sah mich an.

»Und du erzählst ihm gleich von mir?« Ich war entsetzt.

»Natürlich nicht. Ich wollte nichts sagen, aber dann hat er mich irgendwo hingebeamt und plötzlich konnte ich gar nicht mehr anders, als ihm die Wahrheit zu sagen. Du musst mir glauben. Es war anfangs einfach schrecklich. Ich bin eine so gute Lügnerin, aber der Typ machte das völlig zunichte.« Nun kniff sie die Augen zusammen und schüttelte den Kopf. »Das war der Moment, in dem ich dir schreiben sollte. Als ich das getan hatte, haben wir uns normal weiter unterhalten, ich weiß auch nicht, es war ... angenehm?«

»O-kay«, antwortete ich nur und fragte sie, über was sie sich denn unterhalten hätten.

»Er hat mir von seiner Welt erzählt. Und dass er der Oberboss einer ganzen Legion ist.«

»Und du hast nicht zufällig gefragt, was er denn mit dieser Legion, die wir im Austausch gegen dich liefern sollten, vorhat?«

»Ich wollte das Gespräch nicht in eine unangenehme Richtung lenken. Es war schon schwer genug, ihn überhaupt bei Laune zu halten. Er wurde immer ungeduldiger, weil du dich nicht gemeldet hast.« Sie sah mich vorwurfsvoll an, als hätte ich das mit Absicht getan. »Und du bist daran vermutlich nicht ganz unschuldig, Drache, oder?« Ihr Blick huschte zwischen mir und Ric hin und her, der darüber nachzudenken schien, ob er noch etwas Wichtiges aus Ty herausbekommen würde oder sie sofort erwürgen sollte. Seine Kiefermuskulatur trat deutlich hervor.

»Er hat mich gerettet«, verteidigte ich Ric. »Als dein Traumtyp mich töten wollte.«

»Nachdem du ihn angegriffen hast«, erwiderte Ty.

»Mein Job ist es, seinesgleichen unschädlich zu machen.« Ich schüttelte den Kopf. Was war denn nur mit Ty los?

»Und wenn es dein Job ist, warum warst du dann ganz allein?« Erwischt. Sie reckte siegesgewiss das Kinn.

»Es ist kompliziert«, nuschelte ich in meine Kaffeetasse.

»Das Zeug ist auch nicht mehr das, was es mal war.« Ty deutete auf die leere Kaffeetasse vor sich und gähnte herzhaft. »Ich werde es doch noch mit Schlafen versuchen.« Sie stand auf, räumte ihre Tasse in die Spülmaschine und ging in Richtung Flur. Ehe sie um die Ecke huschte, warf sie uns noch ein kurzes »Bleibt anständig« zu.

Ric schnaubte. »Die Rettung hat sich ja nicht gelohnt.«

Ich sah ihn nur böse an. Auch wenn Ty sich seltsam verhielt, sie war einfach Ty. Etwas ganz Besonderes.

»Vielleicht ist sie morgen etwas gesprächiger. Sie muss unter Schock stehen, oder?«, fragte ich mehr mich selbst als Ric. Er murmelte ein lang gezogenes »Hmmmmm« und legte mir dabei seine rechte Hand auf die linke. Ein Stromstoß durchfuhr mich, so dass jegliche Reaktion meinerseits unmöglich war. Für einen Moment schien die Zeit stillzustehen.

»Sie kann Realität und Fiktion nicht immer unterscheiden, spürst du das nicht?« Er sah mich prüfend an, las die Antwort in meinem fragenden Blick und schüttelte den Kopf.

Ich war immer noch nicht in der Lage zu sprechen und starrte nur auf Rics Hand, die auf meiner ruhte. Als er es bemerkte, zog er sie schnell zurück. Mein Handrücken brannte wie Feuer, die Wärme breitete sich immer noch meinen Arm entlang aus. Erst jetzt konnte ich ihm ins Gesicht sagen, was ich von seinem Gedanken hielt: »Du hältst Ty für verrückt?«

Er hob beschwichtigend die Hände und bewegte langsam seinen Kopf hin und her. »Manche Menschen – wie Ty – projizieren Passagen aus Büchern auf die aktuelle Situation, in der sie sich befinden. Psychologen würden wohl Realitätsverlust oder Schizophrenie diagnostizieren, aber die Bibliothekare haben ihre eigene Bezeichnung für sie: Fictionmates. Sie sind diejenigen, die wir als beste Freunde unter den Menschen aussuchen, die wie von selbst zu uns Wächtern finden. Wenn wir uns mit Menschen zusammentun, sind es eigentlich immer Fictionmates. Denn sie akzeptieren, was wir sind und was wir tun, fühlen sich sogar als ein Teil davon.«

Ich sah Ric mit großen Augen an. Weder hatte ich irgendwann den Begriff gehört noch bemerkt, dass Ty anders war als andere Menschen. Von Anfang an hatte ich bei ihr das Gefühl, sie schon immer zu kennen. Sie hatte etwas an sich, das mich an meine Mutter erinnerte. Die Erkenntnis musste mir im Gesicht gestanden haben, denn Ric nickte wissend.

»Wenn nicht beide Elternteile Wächter sind, ist einer von ihnen mit hoher Wahrscheinlichkeit ein Fictionmate.«

»Und du bist dir sicher?«, hakte ich noch einmal nach. Aber je länger ich die Freundschaft mit Ty vor meinem inneren Auge vorüberziehen ließ, desto richtiger fühlte es sich an, was Ric sagte.

»Deshalb hat sie auch so cool auf die Entführung reagiert«, bestätigte er. »Sie hielt sich sicher für irgendeine Figur aus einem Buch, von der sie wusste, dass sie bald wieder in Freiheit sein würde, ohne Schaden zu nehmen.«

Vor Erleichterung über diese logische Begründung fiel mir ein Stein vom Herzen und ein Gefühl von Leichtigkeit überkam mich. Ric sah mich genau an. Seine goldenen Augen fixierten mich, sein Blick brannte sich bis in die Tiefe meiner Seele. In meinem Bauch breitete sich eine wohlige Wärme aus, die sich zu einem Prickeln steigerte. Nur mit Mühe widerstand ich dem Drang, ihn zu berühren. Meine Hand lag so nah neben seiner. Ein Zucken in seiner Hand zeigte mir, dass auch er dagegen ankämpfte. Warum quälten wir uns beide so?

Ach ja, er war ein Arsch. Das schien jedoch weder meinen Bauch noch mein Herz zu interessieren, denn beide hatten sich gegen mich verschworen und umnebelten jeglichen schlechten Gedanken. Ehe ich mich's versah, hatte meine Hand die Distanz überbrückt und legte sich behutsam auf seine. Ich glaubte das Knistern von Kaminfeuer zu hören, nahm den herben Geruch nach Kiefernholz wahr, der immer stärker wurde, je näher Rics Gesicht meinem kam. Seine Augen glichen flüssigem Gold, die Iris pulsierte, bewegte sich, als wäre sie lebendig. Wie hypnotisiert beugte auch ich mich über die schmale Küchentheke, dem Feuer entgegen. Mein Herz tat freudige Hüpfer, Endorphine rasten durch jeden Winkel meines Körpers. Ich glaubte eine Mischung aus Pfefferminz und Lagerfeuer zu schmecken, als Rics Atem mein Gesicht streifte. Ich sog tief die Luft ein und schloss die Augen, spürte nur noch die Hitze, Rics Wärme, hörte das Knistern des Feuers, war bereit für die Berührung.

Doch stattdessen umfing mich Kälte, die Abwesenheit dessen, was ich mir gewünscht hatte. Ich schlug benommen die Augen auf. Ric stand bereits, mit beiden Händen umklammerte er die Theke. Ich sah, wie er zitternd Luft holte, wie sich die Haut über seinen Knöcheln weiß färbte. Auch er hatte die Augen geschlossen, rang nach Fassung.

Dann ging alles ganz schnell. Er öffnete die Augen, sah mich abschätzig an, schüttelte den Kopf und rannte aus der Küche.

Es vergingen mehrere Minuten, bis die Realität durch den rosa Nebel in meinem Kopf sickerte: Er hatte mich schon wieder sitzenlassen.

6. Kapitel

Von dem Geist hat er den ersten echten Hinweis erhalten, glaubt er. Er zweifelt, ob es den Preis wert gewesen ist. Hat er denn nicht schon zu viel geopfert?

Für eine ganze Weile saß ich noch allein in der Küche und versuchte einzuordnen, was da zwischen Ric und mir passiert war. Oder eben nicht passiert war. Und was ich dabei fühlte.

Ein erster heller Streifen zeigte sich bereits am Horizont, als ich mich entschied genau dort weiterzumachen, wo Ric mich vor Tys Rettung gestört hatte. Ich brauchte Sicherheit, gewohnte Menschen um mich herum. Also schnappte ich meine Handtasche von der Theke und ging in mein Zimmer. Andächtig holte ich ›Otherside‹ hervor und suchte nach der Stelle, an der die Legion wie vom Erdboden verschwunden war.

Zac konnte es nicht fassen. Langsam erhob er sich immer weiter aus seiner Deckung hervor, als handle es sich um eine Täuschung, ein Trugbild, und jeden Moment könnten sich die Söldner wieder materialisieren. Doch nichts dergleichen geschah. Zac ging hinüber zu der toten Krähe und untersuchte sie. Er kam zu dem Schluss, dass sie einen Genickbruch erlitten hatte.

Ich schnappte nach Luft. Hatte ich beim Lesen nicht daran gedacht, der Krähe am liebsten den Hals umzudrehen, damit sie Zac nicht verraten konnte?

Zac sah sich um, machte sich Gedanken darüber, wer zu einer

solchen Tat fähig sein mochte. Dann wurde er von einem seltsamen Gefühl übermannt. Er glaubte durch das tote Tier in seinen Händen zu spüren, dass *sie* so nah war wie nie zuvor.

Mein Herz schlug schneller und schneller. Ich wusste nicht, was geschehen, warum dieser Teil der Geschichte mir erst jetzt zugänglich war. Aber ich wusste – war mir sicher –, dass Zac wirklich nach mir suchte. Vermutlich wünschte sich das jede Leserin von dem gut aussehenden, heldenhaften Protagonisten – sonst wäre ich ja ohne Job –, aber ›Otherside‹ schien doch in einer ganz anderen Klasse zu spielen. Ein magisches Buch, wie Ric behauptet hatte. Womit er nach den neuesten Erkenntnissen definitiv Recht hatte.

Die nächsten Seiten waren mit Belanglosigkeiten gefüllt, Zac zog Resümee über sein bisheriges Leben, was beinahe einem Exposé glich. Zum ersten Mal hatte ich das Gefühl, dass er mich … langweilte. Die Geschichte hatte sich festgefahren und kam nicht voran, was mich sehr störte, wobei ich nicht einmal genau sagen konnte, warum. Enttäuschung machte sich in mir breit. Enttäuschung über ›Otherside‹, aber auch über Zac. Wieso unternahm er nichts? Mit jeder Seite wurde ich frustrierter. Natürlich war eine solche Reaktion überzogen, aber war er nicht derjenige gewesen, der mich über die letzten Jahre nie enttäuscht hatte? Ich war so lange in einer wundervollen Illusion gefangen gewesen, in ihm den perfekten Mann gefunden zu haben. Er hatte mir über den von Ric verursachten Schmerz hinweggeholfen, hatte in mir die wundervollsten Emotionen hervorgerufen. Das Kribbeln im Bauch, wenn ich nur an ihn dachte, war Beweis genug. Und nun?

Ich erwischte meine Gedanken dabei, wie sie die Bilder von Zac auf seiner endlosen Wanderung durch Bilder von Ric ersetzten. Mein Magen tat einen erfreuten Satz dabei. Dieser Verräter! Prompt projizierte mir mein Gehirn Bilder des Vorabends vor mein geistiges Auge. Mein Herz schlug immer schneller. Ich sah nicht nur einen Funken zwischen uns, es war ein ganzes Elektrizitätswerk. Doch was tat Ric nun? Er flüsterte in mein Ohr. Aber nicht die Worte, die er mir wirklich zugeflüstert hatte.

Ich zuckte zusammen und fuhr hoch. ›Otherside‹ fiel mit einem lauten Poltern zu Boden. Ich musste eingeschlafen sein und hatte einen Albtraum. Ich hatte von Ric geträumt. Doch das war noch nicht einmal das Schlimmste. Die Temperatur sank um gefühlte zehn Grad, als die geflüsterten Worte in meinem Kopf widerhallten: »Du wirst mich niemals verlassen, Lin. Du gehörst mir ganz allein. Du bist *sie*.«

»Was machst du denn für einen Radau?« Ty stand gähnend im Türrahmen und strich sich verirrte Strähnen aus dem Gesicht. »Lin?« Mit einem Mal wirkte sie hellwach und kam mit großen Schritten zu mir. »Was ist passiert? Du bist weiß wie ein Vampir.« Mütterlich legte sie mir eine Hand auf die Stirn und murmelte etwas Unverständliches vor sich hin. »Soll ich dir etwas zu trinken bringen?«

Ich schüttelte den Kopf. Tys Nähe vertrieb das Echo der Worte aus meinem Kopf. »Ich muss beim Lesen eingeschlafen sein.« Ich deutete auf ›Otherside‹, das aufgeschlagen auf dem Boden neben dem Bett lag. »Dann hab ich etwas Schlechtes geträumt.«

»Du träumst schlecht, nachdem du über Zac gelesen hast?« Sie hob ihre Augenbraue auf ein neues Höchstmaß.

»Scheint so.«

»Und was genau hast du geträumt?« Sie setzte sich auf die Bettkante und nahm meine Hand, was mich irgendwie beruhigte. Dann erzählte ich ihr von meinem Traum.

»Das ist ...« Wer Ty kannte, wusste, dass sie niemals sprachlos war. Doch nun schien sie wahrhaftig nach Worten zu ringen.

»... nur ein Traum«, beendete ich den Satz für sie. Meine Stimme verriet jedoch, dass ich nicht einmal ansatzweise davon überzeugt war. Dafür war zu viel geschehen.

»Gruselig trifft es besser.« Sie sprang vom Bett auf und zog mich mit sich. »Jetzt trinken wir erst einmal einen Kaffee, danach überlegen wir, was wir unternehmen.«

Ich ließ mich von ihr in die Küche schieben und setzte mich mechanisch an die Theke. An meinen gewohnten Platz. An dem ich wenige Stunden zuvor beinahe Ric geküsst hätte. Während mein Herz seinen typischen Hopser tat, schlug die Erkenntnis wie ein Blitz in mein Gehirn ein: Ric war der Grund dafür, dass sich Zac so verändert hatte. Zumindest indirekt. Stolz teilte ich den Gedanken Ty mit und sie nickte, während sie mir meine Tasse vor die Nase stellte.

»Nicht schlecht. Und das noch vor dem ersten Kaffee«, sagte sie grinsend. Dann verschwand das Lachen, sie trank einen Schluck und wurde ernst. »Du weißt, dass wir Ric anrufen müssen?«

»Was? Nein. Warum?«

Ty sah mich empört an. »Auch wenn ich den Drachen nicht leiden kann – was aber nur daran liegt, dass er dich so schlecht behandelt hat –, scheint er eine wirklich wichtige Rolle in der Sache zu spielen.« Sie ließ ihre Hand kreisen und schloss die ganze Welt ein.

Ich wusste, dass sie Recht hatte. Doch mit Ric über *so etwas* zu reden widersprach allem, was ich mir die letzten Jahre erarbeitet hatte.

»Lin, ich bin doch nicht blöd. Du hast ihn in der ganzen Zeit nie vergessen. Liebe und Hass liegen sehr nahe beisammen, ich weiß, was du für ihn empfindest. Jeder, der Augen im Kopf hat, weiß es.« Die ernste Miene passte nicht zu ihr. Zu meiner lustigen, gut gelaunten Ty, die für jede Situation den passenden Spruch parat hatte.

Sie ist eine Fictionmate, flüsterte es in meinem Kopf. Tys Verhalten orientierte sich an Buchszenen, wenn sie selbst nicht klarkam. Aber was auch immer sie zu dieser Aussage bewogen hatte, sie war richtig. Ich deutete ein Fahnenschwenken an und ergab mich.

Ty grinste bis über beide Ohren. »Wirst du ihn anrufen?« Sie nickte mir auffordernd zu.

Kopfschüttelnd antwortete ich: »Ich würde ihn nur ungern stören. Der hat sicher fünf Groupies im Bett.« Der Gedanke schmerzte – jetzt, da ich mir meine Gefühle für ihn eingestanden hatte. Ric war trotzdem noch Ric. »Aber er holt mich heut Abend ja ab. Dann erzähle ich ihm von Zac und dem Traum.«

»Mit allen Details?« Die alte Ty war wieder da und ich schüttelte nur lachend den Kopf.

»Ganz sicher nicht. Noch mehr Dünger braucht sein Ego nicht.« Ich trank meinen Kaffee leer. »Ich geh mich erst mal anziehen.« Während ich in mein Zimmer ging, dehnte ich meine Wirbelsäule. Ich fühlte mich regelrecht eingerostet, vielleicht sollte ich das schöne Wetter draußen nutzen und eine Runde joggen.

Keine fünf Minuten später rannte ich in Joggingschuhen und Laufklamotten die Treppe hinunter. Ich wusste, dass das Laufen meinen Kopf frei machen würde. Und das hatte dieser dringend nötig. Vor allem sollte ich mich auf das Gespräch mit Ric vorbereiten.

In regelmäßigem Takt glitten meine Schuhe über den Asphalt. Eins – zwei – drei, einatmen, eins – zwei – drei, ausatmen. Mit jedem Atemstoß fühlte ich mich leichter, befreiter. Ich roch den angrenzenden Wald und sog tief seinen Duft ein. Die Autos auf der parallelen Landstraße wurden leiser und leiser, bald befand ich mich in meiner eigenen, stillen Welt. Einem Ort, wo man Probleme aus der Distanz betrachten konnte, um eine Lösung zu finden. Mein Elementaranhänger pulsierte vor Freude, kühlte mich mit einer Brise, versorgte mich mit reinem Sauerstoff, bis ich mich aufgeputscht, ja beinahe high fühlte.

›Otherside‹ hatte zu mir gefunden, mich wie magisch angezogen, als ich meine bisher größte – und einzige! – Enttäuschung in Sachen Liebe erfahren hatte. Von da an war ›Otherside‹ – oder besser gesagt Zac – an meiner Seite und ich hatte mir jegliche Gefühle für Ric verboten. Bis jetzt. Die letzten sechsunddreißig Stunden hatten so ziemlich alles durcheinandergebracht.

Aber je länger ich darüber nachdachte, desto sicherer war ich, dass es schon vor ein paar Wochen begonnen hatte. Mit sämtlicher Kraft hatte ich versucht Ric zu widerstehen – was von Tag zu Tag schwieriger geworden war. Ungefähr zur selben Zeit waren die ersten Anomalien aufgetaucht.

Ich trug die Schuld an alldem.

Die Prophezeiung glitt wie ein Flüstern des Windes an mir vorüber: »Wer die Grenze überschreitet, wird Verderben säen. Wer die Zeichen zu deuten vermag, wird die Zeit kommen sehen. Wer Opfer bringt, wird verändern.«

Die Grenze hatte ich eindeutig überschritten und damit unausweichliches Verderben gesät. Die Zeichen zu deuten fiel nicht schwer. Die Anomalien traten seit einigen Wochen auf. Nur wem sollte ich mich opfern? Zac?

Der Gedanke daran erschreckte mich. Hatte ich ihm nicht bereits mein Leben geopfert? Er allein hatte mein Herz besessen, seit Ric es mir damals gebrochen hatte. Den Teil der Prophezeiung sollte ich wohl noch mit den anderen erörtern.

Mein Handy vibrierte in der Rückentasche. Ich blieb stehen und angelte es heraus, musste jedoch erst wieder den richtigen Atemrhythmus finden. Meine Waden brannten wie Feuer und ich bat mein Element um Kühlung, als ich das Gespräch annahm.

»Ric?«

»Perry hat uns alle zusammengetrommelt. Wo steckst du denn? Ich bin bei Mrs Fictionmate und sie hat erzählt, dass es dir nicht gut geht.« Litt ich unter Sauerstoffmangel oder schwang da schon wieder diese Besorgnis in seiner Stimme mit? »Lin?«

»Ich bin beim Joggen«, keuchte ich. Auch wenn ich die Luft kontrollieren konnte, sollte ich unbedingt mehr trainieren.

»Wo genau?«

Ich beschrieb ihm die Stelle, während Ric schon durch unser Treppenhaus poltern musste, dem Hintergrundlärm nach zu urteilen. »Ich bin gleich bei dir.« Der Diabolo dröhnte los und ich beendete das Gespräch.

Nachdem ich wieder vernünftig atmen konnte, hörte ich das Auto schon von weitem und mir wurde klar, dass ich das Gespräch mit Ric nun nass geschwitzt – und ohne mir etwas zurechtgelegt zu haben – führen musste. Verdammt.

»Ich habe mir Sorgen um dich gemacht.«

Ich sah Ric an, als hätte ich gerade verstanden, dass er sich Sorgen um mich gemacht hatte.

»Guck mich nicht so an!« Er fuhr sich durch die dunklen Haare, wie er es immer tat, wenn er aufgebracht war.

»Warum?«, fragte ich. Ich war doch nur joggen und verstand die Aufregung nicht.

»Ich ... Ach, nichts.«

»Jetzt hast du schon angefangen, also raus damit.« Nun war meine Neugierde geweckt, auch wenn ich mir streng untersagte, Hoffnungen irgendwelcher Art zu hegen.

Er verzog den Mund und starrte stur auf die Landstraße vor uns. Plötzlich riss er das Lenkrad herum und fuhr in eine der Parkbuchten, die alle paar Kilometer in den angrenzenden Wald gequetscht waren. Sein scharfes Bremsen schleuderte mich nach vorn und der Fünfpunktgurt riss mich wieder zurück.

»Der Traum ...«, begann er und ich wurde sofort rot im Gesicht. Ty war so eine Verräterin. Sie musste ihm natürlich brühwarm alles erzählen. Ich setzte den Punkt »ernstes Wörtchen mit Ty sprechen« auf meine To-do-Liste. Direkt unter Söldner einfangen, Zodan vernichten und das Ric-Zac-Dilemma. Ty hatte vermutlich Glück – denn wenn ich die anderen Punkte abgehakt hatte, noch am Leben sein sollte und nicht in Verwahrung der Bibliothekare war, würde ich wohl so glücklich sein, dass ich sie am Leben lassen würde.

Ric verfolgte neugierig meine Reaktion und starrte mich verwundert an.

»Was ist mit dem Traum?«, fragte ich unschuldig, jedoch nicht ohne das Brennen auf meinen Wangen zu verdammen.

Ric biss sich auf die Unterlippe. Er sah so aus, wie ich mich fühlte. Aber warum sollte *er* beschämt sein, wenn *ich* von *ihm* träumte? Halb nackt und ... Nein, Schluss.

»Ich habe von dir geträumt, Tinkerbell«, sagte er mit zusammengepressten Lippen, als hätte er die Worte lieber nicht herausgelassen.

»Du hast von mir geträumt?« Ich konnte ein Grinsen nicht unterdrücken und mein Herz schlug schneller als beim Joggen. *Keine Hoffnungen*, ermahnte ich mich. »Das muss für dich ja echt ein Albtraum gewesen sein.«

Er sah mich böse an. Irgendwie reagierte er total unvorhersehbar und ich konnte mir nicht mehr sicher sein, was er von mir erwartete, und auch nicht, wie ich mich und mein kleines Herz schützen konnte.

»Du warst mit einem Typen zusammen«, knurrte Ric und seine Hände umschlangen das Lenkrad so fest, dass die Haut über den Knöcheln weiß hervortrat und ich die Sehnen am Handrücken sehen konnte.

»Eifersüchtig?« Ich versuchte mich an einem Lachen, was ziemlich missglückte und als ein Zombie-Gackern aus meiner Kehle drang.

Ric sah mich irritiert an, verkniff sich jedoch jeden Kommentar dazu. »Ich wette, dass es dieser Typ aus dem Buch ist«, fügte er schließlich hinzu.

Ah, daher wehte der Wind. Wie gut, dass ich mir keine Hoffnungen gemacht hatte – oder es zumindest versucht hatte. »Bist du jetzt unter die Propheten gegangen, Drache? Ist das nicht eher etwas für die anderen Elemente?«

Ric schüttelte langsam den Kopf. »Ich weiß es nicht, verstehst du? Das letzte Mal, als ich einen solchen Traum hatte, hat das mein Leben zerstört.«

Sofort drehte ich mich zu ihm und betrachtete ihn genau. Wer auch immer diese Worte aus ihm herausgepresst hatte, der Drachenpanzer hatte sich sofort danach wieder geschlossen. Ich schluckte meine Frage herunter, denn eine Antwort würde ich nicht bekommen.

»Lass uns ins Institut fahren.« Ric startete den Diabolo und schoss aus der Parkbucht, dass der Motor aufheulte und ich in den Sitz gepresst wurde. Er raste über die Landstraße, als wären Dämonen hinter uns her. Doch so schnell er auch fuhr, sie saßen bereits im Wagen und zerstörten auch die letzte baufällige Hängebrücke, die den Graben zwischen uns überwindbar gemacht hätte. Und das Schlimmste daran war, dass dennoch irgendwo in meinem Bauch ein unbelehrbares und resistentes Ding wuchs, das man Hoffnung nannte und seine zarten Triebe in sämtliche Richtungen ausstreckte.

* * *

»Ein Seelenloser ist in der Stadt aufgetaucht«, begann Perry mit ruhiger Stimme. Die Anspannung war ihm dennoch anzusehen. Ich hörte ein fernes Tosen von Wellen, die gegen felsiges Ufer schlugen. Wir waren erneut alle versammelt. Sogar die von dem Seelenlosen Cam verletzte Laurie saß in der Besprechung, auch wenn sie noch kreidebleich und eingefallen aussah. Ich beobachtete sie an der Seite von Josh und plötzlich war mir alles klar. Warum sich Josh so extreme Sorgen und Vorwürfe gemacht hatte. Die Verbindung zwischen den beiden war nicht zu übersehen. Sie waren ein Paar. Feuer und Wasser, die klassischen Gegensätze. Ich lächelte in mich hinein und freute mich ehrlich für die beiden. Josh schien in Ordnung zu sein.

Perry sah uns alle nacheinander an, sorgte dafür, dass wir ihm die ungeteilte Aufmerksamkeit schenkten. Der Duft aller Elemente war präsent, ehe Perry mit der wahren Neuigkeit herausrückte: »Er hat uns eine Warnung hinterlassen.«

Ein kollektives Aufkeuchen ging durch die Reihen. Seelenlose kommunizierten nicht. Sie wussten in der Regel nicht einmal, wieso sie überhaupt aus ihrer gewohnten Umgebung gerissen worden waren, folgten nur ihren Überlebensinstinkten und ihrer vom Autor verliehenen Natur.

Ich rutschte auf meinem Stuhl nach unten, hätte mich am liebsten unsichtbar gemacht. Mein Elementaranhänger pulsierte, spürte meine Sorge. Ric berührte kaum spürbar meine Hand, die ich auf dem Tisch liegen hatte. Auch wenn der Kontakt mehr eine Erinnerung als tatsächliche Berührung war, flatterte mein Herz und das unverrückbare Wissen, dass er zu mir stehen würde, breitete sich wie eine zarte Welle in meinem Körper aus. Ich nickte kaum merkbar, ich hatte verstanden.

»Was für eine Warnung?«, fragten mehrere Wächter gleichzeitig.

Perry trat zu dem kleinen Pult, das vor der Seitenwand aufgebaut war, und aktivierte den Beamer, der das Bild eines zerrissenen Blattes Papier an die Wand warf. In krakeliger Schrift, die kaum zu entziffern war, stand geschrieben: ›Eure Macht wird bald versiegen. Z.‹

Zodan. Mir wurde eiskalt und ich begann zu zittern. Nun scheute sich Ric nicht mehr, seine Hand auf meine zu legen. Er sandte mir über sein Element Wärme, was zumindest einen kleinen Teil von mir erreichte. Doch die Schuldgefühle, die ich hatte, konnte sie nicht wegbrennen. Als er seine Hand wieder wegnahm, blieb eine tiefe Leere zurück.

Das Gemurmel um uns herum wurde immer lauter, so dass ich Corals geflüsterte Worte kaum vernahm. »Es ist so weit. Die Prophezeiung.« Sie saß da wie erstarrt, ihren Blick in die Ferne gerichtet.

Perry ließ das Geräusch eines prasselnden Regenschauers erklingen, alle zuckten zusammen. Als Ruhe eingekehrt war, sprach er mit fester Stimme: »Die Bibliothekare sind sich einig: Es ist so weit, die Prophezeiung tritt ein. Die Welt verändert sich und ein Krieg, der wichtigste Kampf in unserem Dasein, steht kurz bevor. Der weltweite Rat ist zu dem Entschluss gekommen, dass die Zeit reif ist, das fünfte Element zu suchen.« Perry ließ uns allen Gelegenheit, das Gesagte zu verarbeiten.

Ich konnte sehen, wie in den Köpfen aller die uralte Legende ablief. Das sagenumwobene fünfte Element war ein Mythos, keiner glaubte daran. Dasselbe hatte jedoch bis vor kurzem auch für die Prophezeiung gegolten.

Die Legende besagte, dass neben uns normalen Wächtern mit der Macht über Feuer, Wasser, Erde und Luft ein Überelement existierte: das Licht, aus dem alles andere hervorging. Mit Hilfe dieses fünften Elements, so war es überliefert, sollte die Grenze zwischen Fiktion und Realität endgültig geschlossen werden können. Schon seit Jahrzehnten waren unsere Gelehrten auf der Suche danach, folgten jedem winzigsten Hinweis, die jedoch alle ohne Resultat im Sande verlaufen waren.

»Gibt es neue Hinweise auf das fünfte Element?«, sprach Peter die Frage aus, die vermutlich in allen Köpfen herumgeisterte.

Perry antwortete wenig zuversichtlich: »Wir haben Grund zu der Annahme, dass unser Element ein Seelenloser ist.«

Sofort hatte ich Zacs Bild vor Augen. Ich weiß nicht, warum ich mir sicher war, warum ich alles, was ich besaß, darauf hätte setzen können. Ric warf mir einen Blick von der Seite zu. Er dachte mit Sicherheit dasselbe wie ich. Nur sollten wir die anderen einweihen? Ich antwortete mir selbst mit einem Kopfschütteln. Zuerst musste ich mir selbst Klarheit darüber verschaffen und mit Ric sprechen – auch über meinen Traum. Schon beim Gedanken daran verzog ich das Gesicht.

»Wie kam der Rat zu diesem Entschluss?«, fragte Ric und ließ sich nicht anmerken, dass er vermutlich mehr wusste als Perry selbst.

Dieser lief vor dem projizierten Papierschnipsel auf und ab. »Im Nachlass einer alten Wächterfamilie wurden Briefe gefunden, die sich mit der Thematik des fünften Elements beschäftigen. Natürlich hatten auch die Bibliothekare schon die These aufgestellt, dass es sich um eine Buchfigur handelt – und diese wieder verworfen, als wir annehmen mussten, dass dieses Buch schon längst vernichtet war. Es konnte keine Figur sein, die in einer Tausender- oder Millionenauflage gedruckt wird. Es musste ein einzelnes Buch sein, ein Unikat. In den aufgefundenen Briefen stellten zwei Wächter die These auf, dass zwischen einem Protagonisten, der nur eine einzige Bezugsperson hat, eine noch stärkere Bindung auftreten muss, als wenn das Leid der Figur mit vielen anderen geteilt wird. Ein solches Buch zu lesen muss noch größere Gefühle auslösen als das Lesen einer Erstausgabe.«

»Und darauf war bisher niemand gekommen?« Rics Stimme klang spöttisch, beinahe respektlos, was Perry mit einem scharfen Blick bestrafte. Da so etwas an Ric grundsätzlich abprallte, starrte er Perry nur aus seinen goldenen Augen an und wartete auf eine Antwort.

Perry verzog den Mund und nuschelte: »Vielleicht haben der Rat und die Bibliothekare in einem zu großen Rahmen gedacht? Ich weiß es nicht, tut mir leid.«

Ric wirkte sichtlich zufrieden über die entblößend ehrliche Antwort und nickte. »Wie sehen die weiteren Pläne aus?«

»Ihr geht abends weiterhin planmäßig auf Patrouille. Tagsüber werdet ihr in Antiquariaten und alten Bibliotheken nach
Unikaten suchen. Der Rat setzt alles auf diese Karte. Denn sollte
sich dieses Werk in Privatbesitz befinden, wären wir alle verloren.«

»Aber was ist mit den Studien?«, fragte Heather, eine Erdelementarierin.

»Wir verzichten weltweit auf das Lesen der Neuerscheinun-
gen in der *Bibliotheca Elementara*. Das Auffinden des fünften Elements hat oberste Priorität.« Er ging erneut zum Stehpult und
schaltete den Beamer aus. Für einen Moment musste ich mich an
das Halbdunkel gewöhnen, das nun nach dem grellen Leuchten
des Beamers übrig blieb.

»Ihr habt mit dem Universalcode wie immer freien Zugang zu
allen Büchern, die ihr erreichen wollt. Ich habe eure Gruppen bereits den einzelnen Buchhandlungen zugewiesen.« Perry rief die
Anführer der Gruppen nacheinander zu sich und gab den Zielort
bekannt.

Sobald Ric die Information hatte, verließen wir die *Bibliotheca
Elementara* und standen im Foyer des Instituts zusammen.

»Uns wurde das Antiquariat im alten Einkaufszentrum zugewiesen«, erzählte Ric. »Wir sollten gleich aufbrechen. Bist du mit
dem Auto da?«, fragte er an Peter gewandt, der ebenfalls einen
der begehrten Parkplätze in der Tiefgarage besaß. Coral wohnte
nur wenige Blocks entfernt und kam immer zu Fuß.

»Soll ich fahren? In mein Auto passen wenigstens alle auf einmal.«

Rics Blick war unbezahlbar. Er schwankte zwischen Ungläubigkeit und dem Drang, einen fiesen Spruch loszulassen. Hastig schritt ich ein: »Ric sollte ebenfalls fahren, dann können wir

anschließend gleich nach Hause und du musst uns nicht extra hierherfahren.«

»Klar«, antwortete Peter und ging in Richtung Fahrstuhl. Coral folgte ihm sofort.

Ich wollte gerade hinterherlaufen, als Ric mich am Arm zurückhielt. Ich drehte mich um und war schon im Begriff, ihn anzuzischen, was das sollte, als er mir mit einem dankbaren Blick zunickte. Mein verräterisches Herz polterte schon wieder los und jeglicher bissige Kommentar war im geistigen Nirvana verschwunden. Spitze, Lin.

»Kommt ihr?«, rief uns Coral aus dem Fahrstuhl zu. Sie hielt die Hand vor die Lichtschranke, damit er sich nicht schloss. Mit schnellen Schritten liefen wir zu ihr und Peter.

Peters Corsa stand ganz vorne, er musste bereits den ganzen Tag im Institut verbracht haben. Coral stieg nach Peter ein und schloss mit einem »Bis gleich!« die Tür. Ich ging neben Ric die Reihe von Autos entlang, als die beiden schon an uns vorbeifuhren.

»Du hast dasselbe gedacht, als Perry sagte, dass das fünfte Element ein Seelenloser ist, nicht wahr?«

Er hielt an und zwang auch mich stehen zu bleiben. »Das Buch, in dem du liest ...« Er brauchte den Satz nicht zu beenden.

»Ja, es muss ein Unikat sein. Ich habe die Geschichte, das Szenario, sämtliche Namen darin, einfach alles gegoogelt, aber keinen Hinweis auf das Buch gefunden.«

»Und es besitzt eine magische Barriere«, fügte Ric mit einem wissenden Nicken hinzu. »Hast du es dabei?«

Ich klopfte auf meine Handtasche, in die ich das Buch zu Hause wieder gepackt hatte. »Ich lasse es nicht mehr aus den Augen.«

»Gut. Vielleicht können wir es so drehen, dass es aussieht, als hättest du es heute in dem Antiquariat gefunden.« Er fuhr mit einer Hand übers Gesicht und sah dabei irgendwie ... verletzlich aus. Nicht der Drache, sondern der alte Ric von früher. Er tat bereits den ersten Schritt, als ich ihn zurückhielt. Sein fragender Blick durchbohrte mich.

Ich schloss für einen Moment die Augen. Jetzt war der perfekte Zeitpunkt, ihm von meinem Traum zu erzählen. Ich holte tief Luft. Die Aufregung ließ meinen Elementanhänger pulsieren und die Luft begann zu kreisen.

»Lin?«

»Ich hatte letzte Nacht ebenfalls einen Traum«, begann ich und schickte mein Element an, meine Wangen zu kühlen, doch der Lufthauch ließ meine Augen tränen.

»Was hast du denn geträumt?« Ric berührte mich behutsam am Arm – eigentlich eine rein freundschaftliche Geste zur Aufmunterung, doch sie bewirkte das genaue Gegenteil.

»Ich habe von dir geträumt.« So, jetzt war es raus und ich wappnete mich für einen Spruch des Drachen. Als der nicht kam, stieß ich hektisch die angehaltene Luft aus.

»Was genau hast du geträumt?« Kein Grinsen, kein Zucken in den Mundwinkeln, kein Drache. Daher erzählte ich ihm alles, wirklich alles. Von Zacs Bild, das sich mit seinem überschnitt, der Begegnung in seiner Wohnung und den Worten, bei denen es mir erneut eiskalt den Rücken hinunterlief.

Ric antwortete nicht, verzog nur grimmig das Gesicht und ging in Richtung Diabolo. Hatte er nichts dazu zu sagen? Als ich mich endlich aus der Erstarrung löste, musste ich beinahe joggen, um ihn einzuholen.

»Willst du nicht mit mir darüber reden?«

»Ich muss das erst für mich selbst sortieren. Aber wir vergessen den Plan, dieses Buch heute zu finden, okay? Wenn wir alles durchgesehen haben, fahren wir zu dir nach Hause. Ich muss mit deiner Freundin reden.« Er öffnete die Fahrertür des Diabolos und ließ sich hineingleiten.

Mit Ty? Er musste mit Ty reden? Verwirrt kletterte auch ich in den Wagen und nahezu zeitgleich schlossen wir die Türen.

* * *

Die Suche im Antiquariat war natürlich eine Fehlanzeige gewesen. Peter, Coral, Ric und ich hatten den ganzen Tag über sämtliche Bücher aus dem Regal gezogen und mit einer Datenbank auf dem Handy abgeglichen. Wir hatten in Zweierteams gearbeitet, damit einer den Titel entziffern, der andere in der App danach suchen konnte. Es gab einige besondere Exemplare in dem alten Laden, doch jedes Buch, das sich dort in den Beständen befand, war in der App der Bibliothekare bereits gelistet. Die fiktive Welt und ihre Charaktere waren bereits bekannt.

Unser schnelles Arbeiten hatte sich gelohnt, denn Ric und ich schafften es tatsächlich noch, nach Hause zu fahren, ehe unsere Patrouille begann. Ric ließ immer noch nicht durchblicken, was genau er Ty fragen wollte. Umso erleichterter war ich, dass Ty tatsächlich auf dem Sofa in unserem gemeinsamen Wohnzimmer saß und – was auch sonst? – las.

Ric trat näher und nahm ihr das Buch aus der Hand, als könne er sich daran mit der Pest anstecken. »Aliens? Nicht dein Ernst, oder?«

»Daemon ist das Heißeste, was die Jugendbücher derzeit zu bieten haben«, entgegnete Ty empört und riss das Buch wieder an sich. »Und ich hätte garantiert nichts dagegen, wenn er an Stelle von dir hier im Wohnzimmer stehen würde, Lindwurm.« Sie wackelte verheißungsvoll mit den Augenbrauen und ich konnte ein Lachen nicht mehr zurückhalten.

Ric warf mir einen vernichtenden Blick zu. In Tys Richtung schüttelte er einfach nur abfällig den Kopf.

»Mensch, Lin, unterstütz mich hier mal.« Ty hüpfte an meine Seite und legte mir den Kopf an die Schulter. »Jetzt, wo Zac nicht mehr an erster Stelle steht, musst du dich doch nach was Neuem umschauen.« Ich hörte ihr an, wie sie Ric mit Blicken herausforderte. »Und gib's zu, in den vielen Szenen, in denen Katy Daemons halb nackten Körper anstarrt, ist's dir auch ganz warm geworden – ums Herz natürlich.« Sie sah zu mir nach oben und zwinkerte mir zu. Ich musste schon wieder lachen, was Ric – erneut – mit einem vernichtenden Blick quittierte.

»Ein Lachen hin und wieder würde dir auch nicht schaden«, konterte Ty schnaubend und gab auf.

»Wenn du jetzt wieder auf normalem Level bist, würdest du Lin dann erzählen, was du mir heute Mittag gesagt hast?«, bat Ric in übertrieben freundlichem Ton.

Ty presste die Lippen zusammen und schüttelte den Kopf so stark, dass ihre Haare hin und her flogen. Dabei warf sie Ric einen flehenden Blick zu, der mich misstrauisch machte. Was hatte sie jetzt schon wieder angerichtet?

»Das über den Verräter«, half ihr Ric auf die Sprünge und Ty war die Erleichterung anzusehen. Ty ging zurück zum Sofa und ließ sich darauffallen, ich folgte ihr und warf meine Handtasche neben mich. Ric nahm im Lesesessel gegenüber Platz.

»Dieser Typ, der mich weggebeamt hat, hat mir gesagt, dass der Verräter der Schlüssel wäre«, erklärte Ty.

»Zac.« Ich hatte es ja bereits vermutet. »Meinst du, er ist das fünfte Element?«, fragte ich an Ric gewandt. Dieser presste sich die Finger an die Schläfen, als würde es ihm beim Denken helfen. Mir lag schon ein böser Spruch auf der Zunge, doch Ty war schneller.

»Soll ich dir auf den Hinterkopf schlagen? Das soll die Denkfähigkeit erhöhen.« Sie grinste ihn frech an, aber Ric reagierte nicht.

Nach schier endlosen Minuten schüttelte er den Kopf. »Ich glaube nicht, dass er das fünfte Element ist. Das sagt mir mein Gefühl.«

»Aber es deutet einiges darauf hin, oder? Der magische Schutz um das Buch, die vermeintliche Interaktion mit ›Otherside‹«, überlegte ich laut, doch Ric schien nicht überzeugt. Ty hingegen nickte kräftig.

»Etwas stimmt mit dem Buch nicht, da gebe ich dir Recht, aber ...« Er fuhr sich nervös durch die Haare und sofort wurde ich misstrauisch.

»Du weißt schon wieder mehr, als du mir sagen willst, oder?« Meine Stimme wurde lauter. Warum konnte er diese Heimlichtuerei denn nicht einfach sein lassen?

Ty sah wie bei einem Tennismatch zwischen uns beiden hin und her.

»Es ist ...«, setzte er an.

»... kompliziert, ich weiß. Mein ganzes Leben ist kompliziert, seit du ...« Ich brach abrupt ab und sah zur Seite. Ty schien plötzlich irrsinniges Interesse an ihren Fingernägeln zu entwickeln und pulte hoch konzentriert an ihnen herum.

»Seit ich was?«, fragte er skeptisch.

Ich spürte Rics Blick auf meiner Wange, wagte es jedoch nicht, ihn anzusehen. »Vergiss es«, presste ich hervor, ehe ich seinen Blick auffordernd erwiderte. »Wenn du mir nicht vertraust, warum sollte ich dir alles erzählen?«

Ric fuhr hoch und strahlte dabei eine Hitze ab, die wie ein Wüstenwind zum Sofa wehte. Er war aufgebracht. Sehr aufgebracht. Aber ich war im Recht. Daher sprang auch ich auf, um einigermaßen mit ihm auf Augenhöhe zu sein.

»Was? Ärgert es dich etwa, wenn man dich nicht anhimmelt und dir nicht jeden Wunsch erfüllt wie deine Groupies?« Jetzt kam ich so richtig in Fahrt. Mein Element umwirbelte mich und peitschte mir einzelne Strähnen ins Gesicht. Im Augenwinkel sah ich Ty, die auf dem Sofa immer kleiner und kleiner wurde. Sie sah aus, als wäre sie lieber woanders.

Rics Gesicht wechselte schimmernd die Farbe. Die Drachenhaut drohte durchzubrechen. »Du weißt gar nichts«, fauchte er und rannte in Richtung Flur. Eine halbe Sekunde später schlug unsere Wohnungstür mit so viel Schwung zu, dass das Geschirr in den Küchenregalen klapperte. Die Luft war noch immer erfüllt von der Wut eines alles verschlingenden Feuers.

»Da hat aber jemand sein Temperament nicht unter Kontrolle«, sagte Ty emotionslos. Sie wusste vermutlich selbst, dass es jetzt nicht der richtige Zeitpunkt für irgendwelche Sprüche war.

Ich schüttelte den Kopf und ging mitsamt meiner Handtasche in mein Zimmer. Mit einem Mal sehnte ich mich nach Zac, ganz gleich wie sehr sich seine Geschichte nun festgefahren hatte. Ich musste nach ›Otherside‹.

7.  Kapitel

Er muss sich von ihr fernhalten, doch es scheint ihm unmöglich.
Er kann nicht beides zugleich haben. Und sie zu finden hat oberste
Priorität. Er fühlt sich zerrissen.

»Verdammt«, schniefte ich und wischte mir die Tränen aus den Augen. So konnte ich nicht lesen.

Ich saß auf meinem Bett, hatte es mir unter der kuscheligen Decke bequem gemacht und ›Otherside‹ auf meinen angewinkelten Beinen liegen. Ich musste zu Zac, aber der Streit mit Ric schien mir näherzugehen, als ich vermutet hatte. Und nun machte es mir der Tränenschleier unmöglich, auch nur einen Satz am Stück zu lesen.

Ich zog ein Papiertaschentuch aus der Box auf dem Nachtschrank, wischte mir die Tränen aus dem Gesicht und warf das Tuch neben das Bett zu den anderen, die auf dem blauen Linoleum wie kleine Eisberge aussahen. Ich verstand mich selbst nicht. Es war ja nicht so, dass ich die letzten Jahre nie mit Ric wegen irgendwas gestritten hätte – auch heftiger. Aber heute war es anders. Weil mein kleines dummes Herz der Meinung war, dass Ric sich geändert hatte und nun eine neue Chance für uns bestand.

Was absolut nicht der Fall ist, ergänzte mein Hirn, als es sich aus der Wattewelt geschält hatte. Ich legte ›Otherside‹ auf den Nachtschrank und betrachtete seine abgenutzte Oberfläche, während die Tränen weiter scheinbar grundlos aus meinen Augen drängten.

Ich war so tief in mein Selbstmitleid oder was auch immer versunken, dass ich gar nicht hörte, wie Ty hereinkam. Sie stand urplötzlich neben mir und sah mich aus großen Augen an.

Mit einer Geste bat ich sie sich zu setzen. Vielleicht brauchte ich gerade jetzt jemanden, der mit mir zusammen litt. Geteiltes Leid und so. Ty kam meiner Aufforderung nach und nahm meine Hand. Ich sah sie skeptisch an, wartete noch immer auf irgendeinen Spruch, der mich aufmuntern oder zumindest ablenken sollte. Doch der kam nicht. Ty war – für ihre Verhältnisse – sehr lange still. Nichts außer meinen unregelmäßigen Atemzügen gemischt mit Schniefen war zu hören. Dennoch wurde ich immer ruhiger, je länger Ty bei mir war.

»Du weißt, dass du ihm mindestens genauso viel bedeutest wie er dir, oder?«, sagte sie so plötzlich in die Stille hinein, dass ich zusammenzuckte.

»Ja, klar«, antwortete ich krächzend. Scheinbar litten meine Stimmbänder mit mir. Wenigstens etwas.

»Ich spüre, dass da mehr ist«, begann sie. »Merkst du denn nicht, wie er sich immer an einem bestimmten Punkt abwendet?« Als ich nicht antwortete, fuhr sie fort. »Sein Verhalten muss eine Ursache haben. Wer die Funken zwischen euch nicht bemerkt, muss blind sein. Das sind keine Funken mehr, sondern ein ganzes Feuerwerk.«

Meine Mundwinkel hoben sich bei dem Vergleich, auch wenn er völlig absurd war. Ich schüttelte den Kopf.

»Sieh ihn dir doch mal genau an. Beobachte ihn.« Sie musterte mich von der Seite und korrigierte sich. »Nicht anstarren und schwärmen, wie heiß er ist. Beobachte sein Verhalten. Dann wirst du schon sehen, dass ich Recht habe. Er verbirgt etwas. Und wenn wir herausfinden, was es ist, könnt ihr heiraten und Drachenfeen gebären bis zum Sankt-Nimmerleins-Tag.« Sie lachte ihr glockenhelles Lachen und steckte mich damit unfreiwillig an. Nebenbei bekam mein Gehirn Knoten bei dem Versuch, sich Drachenfeen vorzustellen. »Und bis es so weit ist«, sagte sie, »liest du mir meinen Alien aus diesem Buch oder vergnügst dich mit Zac.« Sie drückte mir »Obsidian« in die Hand und wackelte verheißungsvoll mit den Augenbrauen.

Ich schüttelte lachend den Kopf und lehnte das Buch dankend ab. Ich hatte die Geschichte bereits gelesen und war sogar schon dem einen oder anderen Daemon begegnet – was wirklich immer sehr nett anzuschauen war, aber nicht ungefährlich. Wer konnte schon ahnen, was in diesen unruhigen Zeiten mit einem Lux passieren würde?

»Ich werde mich wohl doch weiter um Zac kümmern«, sagte ich nach einem kurzen Räuspern. »Irgendwas passiert in Otherside und ich muss herausfinden, was es ist. Wenn Zac wirklich das fünfte Element ist, muss ich ihn da irgendwie rauskriegen.«

Ty nickte verständnisvoll und hievte sich vom Bett hoch. »Du weißt, dass du immer zu mir kommen kannst.« Ich nickte lächelnd, während sie mit einem breiten Grinsen hinzufügte: »Sobald du ein paar tolle Typen in unsere Welt geholt hast, die dringend eine fantastische Frau suchen, die sie anschmachtet.« Dem Kissen, das ich lachend nach ihr warf, wich sie geschickt aus, während sie aus meinem Zimmer hüpfte.

Sie schaffte es immer wieder, mich bis in den hintersten Winkel meines Ichs aufzumuntern. Diese Gabe besaß ansonsten niemand. Kurz überlegte ich, ob ich das Papiertaschentuchchaos auf dem Fußboden beseitigen sollte, entschied mich dann aber doch für ›Otherside‹. Wie gewohnt platzierte ich es vorsichtig auf meinem Schoß und schlug es bedächtig auf, während ich den ganz speziellen Duft genoss, den die uralten Seiten verströmten.

Ich suchte neugierdehalber nach den Seiten, zwischen denen das Lesebändchen eingeklemmt war, und war nicht einmal überrascht, als sich sein Platz wieder verändert hatte. Die Geschichte war wieder gewachsen. Ich blätterte zu meinem eigenen Lesezeichen – mittlerweile war ich froh, mich nicht auf das Lesebändchen verlassen zu müssen. Es steckte noch immer in der öden Szene von Zacs Selbstreflexion. Das erste Wort, das mir ins Auge fiel, war »Elizabeth« und ich verzog das Gesicht. Sie tröstete Zac mit den Waffen, mit denen sie ihn immer ablenkte. Mir fuhr ein Stich ins Herz, die lächerliche Eifersucht nagte wieder einmal an mir.

Elizabeth war mir immer suspekt gewesen. Sie tauchte an den seltsamsten Stellen auf, auch Zacs Aufträge schienen ihn immer wieder in ihre Nähe zu treiben, obwohl er ansonsten in der ganzen Welt von Otherside unterwegs war und kaum einem Menschen oder einer anderen Kreatur mehrmals begegnete. Ich schüttelte den Kopf. Es gab einfach Charaktere, die man hasste, obwohl man sie nicht sehr gut kannte. Oder zu gut? Ich kannte jede Stelle von Elizabeths Körper, wusste, dass sie nach Rosen duftete und ein Muttermal direkt über ihrem wohlgeformten Po hatte. Ich seufzte.

Zac öffnete die Verschnürung ihres Mieders und ließ es achtlos zu Boden gleiten. Danach streifte er eine halb transparente Bluse von ihren Schultern und küsste ihren Nacken.

Ich bekam eine Gänsehaut, glaubte die Küsse – ja selbst Zacs

Atem – zu spüren, wie er meinen Hals liebkoste. »Ich brauche dich«, flüsterte Zac und ich schlug vor Schreck das Buch zu.

Hatte ich den Satz gelesen oder gehört? Mein Herz schlug so schnell, als wollte es mir aus der Brust springen. Ich hatte Angst davor, die Seite noch einmal zu suchen. Was wäre, wenn ich mich täuschte? Wenn ich irgendwie verrückt wurde? Doch ganz gleich, ob das Flüstern real oder eingebildet war: Ich sehnte mich nach Zac. Vielleicht sprach aus mir auch einfach die Eifersucht auf Elizabeth, ganz nach dem Klischee, das diejenigen, die unerreichbar waren, immer interessanter wurden. Tja. Ein Klischee war das aber nicht, sondern die verfluchte Realität.

Ich sah auf die Uhr und erschrak. Wir mussten schon bald auf Patrouille gehen und ich war mir nicht sicher, ob mich Ric nach unserem Streit überhaupt abholen wollte. Wenn ich selbst ins Zentrum fahren musste, wurde die Zeit knapp. Hastig fischte ich mein typisches Arbeitsoutfit aus dem Schrank, sprang ins Bad, um meine Haare zu bezwingen und meine verquollenen Augen mit Wasser zu kühlen – was relativ zwecklos war.

Bevor ich die Wohnung verließ, reichte mir die beste Mitbewohnerin der Welt noch ein Sandwich, das ich eilig hinunterschlang, während ich die Treppe nach unten rannte und aus dem Haus stürmte. Wo ich mit Ric zusammenprallte, der soeben um die Ecke bog.

Er gab ein »Umpf« von sich und ich stöhnte auf. Ich hatte mir eben den letzten Bissen in den Mund geschoben und durch den Zusammenprall selbst einen Kinnhaken verpasst. Mein normales Ich wollte bereits losschimpfen, aber ich hielt es gerade noch rechtzeitig zurück, um dem wohlwollenden, verständnisvollen Ich, das Ty in mir sehen wollte, Platz zu lassen.

Nachdem ich einen Schritt zurückgetreten war, registrierte

ich mit einem innerlichen Lächeln, wie Ric den Mund öffnete, dann die Fäuste ballte und den Mund wieder schloss. Die Hitze seiner Elementarkraft verriet den unterdrückten Ärger dennoch. Aber der gute Wille zählte.

»Ich hatte nicht mit dir gerechnet«, sagte ich ruhig, während ich einen weiteren Schritt zurücktrat. Dann hob ich die Augenbraue nach Tys Vorbild. »Vor allem so früh.« Ich hatte das Haus ja extra früher verlassen, weil ich die Parkplatzsuche in der Innenstadt eingeplant hatte.

Ric sah zur Seite, als wäre er ... verlegen? »Ich habe gedacht, dass du sicher schon früher losgehst, wenn du selbst fährst.« Ich war beeindruckt, wie sehr er mitgedacht hatte, und brachte nur ein Nicken zu Stande. An ihm vorbei ging ich in Richtung Diabolo.

»Hör zu«, sagte er und hielt mich am Oberarm zurück. Die Berührung glich einem Stromstoß, der mich bewegungsunfähig machte. Daher drehte Ric mich wieder zu sich um.

»Das vorhin«, setzte er an und holte erst mal tief Luft. Ich spürte die Gegenwart seines Elements, er war nervös. »Der Streit war idiotisch. Es tut mir leid.«

»Mir tut es auch leid«, antwortete ich, während ich überall hinsah, um zu vermeiden von den goldenen Augen gefangen genommen zu werden. »Vergessen wir den Nachmittag einfach, in Ordnung?« *Aber wenn du mir erzählen willst, was du vor mir verheimlichst, dann nur zu*, ergänzte ich in Gedanken.

»Danke.« Mehr sagte er nicht, aber die Erleichterung war ihm anzumerken. Er ging an mir vorbei zu seinem Auto und bedeutete mir mit einem Kopfnicken, dass ich doch *endlich* kommen sollte. Ich stöhnte auf.

Während der Autofahrt unterhielten wir uns über Zac und meine feste Überzeugung, dass er das fünfte Element sein musste. Ric glaubte mir immer noch nicht, auch wenn er nach wie vor zugeben musste, dass es sein könnte. Wenn der Idiot mir endlich sagen würde, was er wusste, dann könnte er mich vielleicht von meiner Gewissheit abbringen. Aber nein, er verschloss sich nach wie vor und wir waren gleich weit wie am Nachmittag.

Nach einer kurzen Einsatzbesprechung gingen wir los. Laurie sollte immer noch nicht auf Patrouille gehen, daher begleitete Josh uns wieder. Ihm war jedoch anzusehen, dass er lieber weiterhin bei Laurie in der *Bibliotheca Elementara* geblieben wäre. Doch Auftrag war Auftrag.

Kaum dass wir den Marktplatz erreicht hatten, meldete sich Peters Element. Er eilte zu einem der Bäume, seine Hände wurden zu Zweigen und verbanden sich mit dem Stamm. Während er sich unterhielt, wurde er immer blasser. Schier endlose Minuten vergingen und wir anderen wurden ungeduldig. Endlich verblasste das Chlorophyll in Peters Augen und er kam auf uns zu. Inzwischen hatte er wieder Finger, die jedoch noch von Rinde überzogen waren.

»Was hast du herausgefunden?«, fragten Ric und Josh nahezu zeitgleich. *Feuerelementare*, dachte ich kopfschüttelnd. Coral lächelte vorsichtig.

Peter fühlte sich wie immer etwas befangen, wenn er im Zentrum der Aufmerksamkeit stand, und eine zarte Röte zeigte sich auf seinen Wangen. Er sah ständig um sich, als er zu erzählen begann: »Heute haben sich unzählige Seelenlose materialisiert. Doch einige von ihnen sind sofort nach ihrer Ankunft verschwunden, sagen die Bäume.«

»Was heißt *verschwunden*? Haben sie sich aufgelöst?«, hakte Ric nach.

Peter schüttelte den Kopf. »Es klang eher so, als hätten sie eine

Tarnung. Dasselbe muss heute Vormittag schon einmal passiert sein. Die Bäume im Park haben von einer großen Gruppe erzählt, die sogleich wie vom Erdboden verschluckt war. Unauffindbar für mein Element.« Er schüttelte ungläubig den Kopf. »Ihre Energie war zwar präsent, aber nirgendwo konnte man die Seelenlosen noch spüren.«

Die Söldner. Es musste die Söldner-Gruppe sein. Zodan musste es geschafft haben, sie von den Elementen fernzuhalten. Nur wie?

»Wie viele Seelenlose waren es heute Abend?« Ric überging den Bericht über die Söldner und ich war ihm dankbar dafür. Er sah kurz zu mir und nickte kaum merkbar.

»Fünf oder sechs. Sie sind sich nicht sicher.« Peter deutete auf die Gruppe von Bäumen, die sich leicht im Wind bewegte.

»Was wollen wir jetzt unternehmen?«, fragte Josh.

Ric wies ihn an, Perry Bescheid zu geben und Verstärkung zu rufen. Josh zog sofort sein Handy aus der Tasche und drückte auf dem Display herum. Anschließend entfernte er sich ein paar Schritte.

»Wie geht es jetzt weiter? Wo sollen wir mit der Suche anfangen?«, fragte Coral vorsichtig.

»Ich könnte die Luft fragen, was sie weiß«, schlug ich vor. Die Erde war eine solide Quelle für Informationen. Die Luft war eher wie Klatsch und Tratsch unter Nachbarn. Sehr viele falsche Informationen, aber ab und an war doch etwas Brauchbares dabei. So hatte ich schließlich auch Zodan gefunden.

Coral nickte sofort begeistert – zumindest zeigte sie für ihren Charakter Begeisterung, indem sie ihren Kopf schneller als sonst bewegte und ihre blauen Augen funkeln ließ. Auch Peter stimmte dem Vorschlag zu.

Ich sah zu Ric, was er davon hielt. Wie immer verzog er skeptisch den Mund, wenn ein Vorschlag nicht von ihm selbst kam. Bei Aither, der Typ war einfach schrecklich. Meine Augen funkelten ihn nervös an und ich schickte ihm einen sachten Windstoß, um ihn anzuschubsen.

»Wenn du denkst, du bekommst etwas heraus, meinetwegen.« Sein Blick war so arrogant, dass ich ihm am liebsten einen etwas stärkeren Luftzug geschickt hätte.

Mein Element wartete schon auf den Einsatz, als ich an meinen Anhänger griff. Eine leichte Brise umwirbelte mich, da trat Josh wieder zur Gruppe. Ich ließ meine Hand sinken und sah ihn wie alle Übrigen fragend an.

»Die anderen Teams sind alle in ihren Bereichen im Einsatz. Es wurden starke magnetische Schwankungen registriert. In der Stadt scheint heute sehr viel gelesen zu werden.«

»Das glaube ich nicht.« Peter schüttelte den Kopf. »Da geschieht etwas Größeres.«

Josh und Coral nickten, ich stimmte ihm nur in Gedanken zu.

Auch Ric äußerte sich hierzu nicht. Stattdessen sagte er: »Wir sehen jetzt zu, dass wir die Seelenlosen erwischen, die Peter gespürt hat.«

Sein Befehlston ließ alle anderen Gedanken verstummen. Ich griff an meinen Elementaranhänger und rief die Winde zu mir. Die offenen Strähnen meiner Haare peitschten mir ins Gesicht. Ich schloss die Augen. Das anfänglich zaghafte Flüstern wuchs zu einem Rauschen an, aus dem ich keine einzelnen Stimmen filtern konnte. Ich bat um einzelne Sprecher und einzelne Hinweise drangen in meinen Geist. *Fünf identische Seelenlose, Richtung Park unterwegs, langes Haar, Rapunzel ...* Ich sog alle Informationen in mich auf, bis der Wind verstummte.

Märchen? Wie lange hatten wir es nicht mehr mit einer Märchenfigur zu tun gehabt? Ich bedankte mich bei meinem Element und strich mir die losen Strähnen aus dem Gesicht. »Sie sind in Richtung Park unterwegs. Es sind fünf identische Seelenlose.«

»Fünf gleiche Charaktere?« Josh sah irritiert in die Runde. »Ist das in eurem Genre normal?«

Wir schüttelten zeitgleich die Köpfe.

»Und es handelt sich um Rapunzel.«

»Märchen? Das ist schon eine ganze Weile her.«

Das war es. Mit Märchen hatten in der Regel nur die Wächter in der Ausbildung oder die im ersten Jahr nach Abschluss zu tun.

»Kommt, gehen wir eine Runde im Park spazieren.« Ric lief los und wir anderen folgten ihm.

Der Park war nicht weit vom Marktplatz entfernt, schloss direkt an das alte Schloss an, das auf einer Anhöhe über der Stadt thronte. Im Licht des vollen Mondes wirkte es mysteriös, beinahe unheimlich, und ließ zahlreiche Buch- und Filmszenen vor meinem inneren Auge vorbeiziehen. Der Zugang zum Park erfolgte über schmale bekieste Wege, die zwischen etlichen Teichen hindurchführten. Coral hielt ihre Hand in einen der Teiche und sprach mit dem Wasser, das glucksend antwortete.

»Sie sind hier entlanggekommen«, sagte sie, als sie sich wieder aufrichtete.

Wir folgten dem Weg und drangen tiefer in das Gehölz ein. Uralte Bäume ragten über uns auf, die Stämme zu breit, als dass ich sie mit beiden Armen hätte umgreifen können. Nur auf Grund der guten Nachtsicht der Wächter konnten wir überhaupt etwas sehen, der Mondschein drang kaum bis zum Boden durch. Der Geruch nach nassem Laub dominierte und Peter schien gelöster denn je. Das hier war die natürlichste Version seines Elements.

In der Stadt, in der alles gepflastert und geteert war, ja selbst die Bäume nur in kleinen Ausbuchtungen aus Beton wachsen durften, könne er kaum atmen, hatte er einmal erzählt. Wir besuchten den Park selten bei unseren Einsätzen. Denn er lag nicht auf unserer Route. Aber soviel ich wusste, kam Peter sehr oft hierher.

»Sie sind hinten auf der Naturwiese«, flüsterte Peter, um die Stille des Parks nicht zu stören. Hier brauchte er scheinbar nicht einmal direkten Kontakt, um mit der Natur zu kommunizieren.

»Dann los.« Ric beschleunigte seine Schritte und folgte dem Pfad zwischen Bäumen hindurch zu einer großen Lichtung. An warmen Tagen tanzten hier unzählige Schmetterlinge um die Wildblumen. Die Stadt ließ die Wiese unangetastet, hier wurde weder gemäht, noch etwas gesät oder gepflanzt. Irgendwo zwischen dem hüfthohen Gras müsste sich ein kleiner Teich befinden, der ebenfalls völlig naturbelassen war. Und roch es hier irgendwie nach einem Lagerfeuer oder war Ric bereits so angespannt, dass sich sein Element manifestierte?

»Hier ist niemand«, stellte Josh fest.

Peter berührte die Gräser am Rand der Wiese und deutete mit dem Kopf nach links. Wir folgten einem Trampelpfad, der sich um die Bäume am Rand der Lichtung schlang. Gemeinsam umrundeten wir die Wiese zur Hälfte, bis Ric stehen blieb und Peter fragend ansah. Peter zuckte mit den Schultern, strich erneut über die Gräser und kniff konzentriert die Augen zusammen.

»Sie sind gerade eben noch hier gewesen«, murmelte er vor sich hin, ließ seinen Blick erneut über die Lichtung gleiten und schüttelte den Kopf.

Hatten sie sich versteckt? Ich hob meine Hand und sandte einen starken Windstoß über die Wiese, der die Gräser kurz niederdrückte und Blätter umherwirbeln ließ. Doch da war nichts. Frustriert ließ ich die Hand wieder sinken.

»Mach das noch mal«, flüsterte Ric direkt hinter mir, dass mich sein Atem im Nacken kitzelte – und natürlich Gänsehaut hervorrief. Dummer Körper. Ich atmete tief ein und wiederholte den Windstoß. Rics Arm deutete auf eine Stelle ungefähr zehn Meter von uns entfernt. Und jetzt erkannte ich, was er meinte: Die Blätter hingen an dieser Stelle fest, als hätte der Wind sie gegen ein Hindernis geweht. Sie flatterten und etwas verzögert befreiten sie sich, um ihren Weg über die Wiese fortzusetzen.

»Was bei Hephaistos ist das?«, fragte Ric und starrte immer noch die Stelle an, während er meinen Arm herunterdrückte. Der Wind verschwand, die Blätter, die soeben noch in der Luft gehangen hatten, glitten langsam zu Boden.

Als das letzte Blatt zwischen den Gräsern verschwunden war, bemerkte ich, dass Coral den Pfad weitergegangen war und sich immer weiter von uns entfernte. Ich wollte nicht rufen, daher folgte ich ihr mit schnellen Schritten. Was auch immer dieses Phänomen hervorgerufen hatte – ich war mir sicher, dass wir uns besser nicht trennen sollten. Vielleicht bräuchten wir die Macht aller vier Elemente. Wie ein Blitz fuhr der Gedanke durch meinen Kopf. Ich winkte Ric, Peter und Josh zu und bat sie mit Gesten, sich zu beeilen.

Coral kniete bereits neben dem Tümpel und hielt die Hand in das grünliche Wasser, auf dem Algen und etwas schleimiges Grünes schwammen. Ich erschauderte. Schmutziges Wasser war eindeutig nicht nach meinem Geschmack.

Die anderen stießen endlich zu uns und ich erzählte ihnen flüsternd, dass wir unsere Elemente verbinden mussten. Um

Josh nicht auszuschließen, reichte ich ihm meine rechte und die andere Hand Peter. Coral stand kopfschüttelnd auf – auch das Wasser hatte scheinbar keine Neuigkeit –, wischte ihre Hand an ihrem Kleid ab und reichte sie Peter. Ric bildete das andere Ende. Wir konzentrierten uns auf unsere Elemente und sofort war die Luft von sämtlichen Gerüchen getränkt. Sommerregen, Lagerfeuer, eine taufeuchte Wiese … Ich sog alles in mich auf und genoss die Stärke unseres Verbundes.

Dann sah ich sie. Zumindest eine von ihnen. Sie stand genau an der Stelle, an der die Blätter in der Luft gehangen hatten. Sie war nicht sehr groß, vielleicht einen Meter fünfzig, zierlich und hatte unnatürlich große Augen. Doch das war nicht das, was meine Blicke magnetisch anzog. Ihr blondes Haar war zu einem Zopf geflochten, den sie sich mehrmals um Taille und Arme geschlungen hatte. Als Kind hatte ich mir immer Haare wie Rapunzel gewünscht, aber wenn ich das so sah, war ich ausgesprochen froh, dass sich dieser Wunsch nicht erfüllt hat. Das Mädchen schien unter der Last zu leiden. Ihr linker Arm, der das Ende des Zopfes trug, zitterte bereits vor Anstrengung.

Meine Wächterkollegen waren ebenfalls wie erstarrt. Ich konnte nicht sehen, was das Mädchen dort tat, das hohe Gras verbarg das, worauf sie sich zu konzentrieren schien. Endlich löste ich meinen Blick von ihr und sah zu Ric hinüber, der sich kurz darauf in meine Richtung drehte. Die Ungläubigkeit war ihm ins Gesicht geschrieben. Ich wandte mich wieder dem Mädchen zu.

»Was …«, setzte Josh an. Das Mädchen zuckte zusammen und sah sich auf der Lichtung um. Ich ließ sofort Josh und Peter los und beendete die Verbindung zwischen uns allen und unseren Elementen. Das Mädchen verschwand.

»Das war knapp«, sagte Peter.

Josh entschuldigte sich. »Ist das eine Art magische Barriere?«, fragte er.

Niemand wusste eine Antwort.

Ric hob seine Hand und trat einen Schritt nach vorne, dann einen weiteren. Doch beim Versuch, das Gras zu teilen, um weiterzugehen, stieß seine Hand gegen etwas. »Ich glaube, wir sollten das dringend melden.« Er zog sich zurück und schob uns den Weg zurück, den wir gekommen waren. Erst am Rand des Parks atmete er auf. »Geht schon mal ins Institut, ich muss noch kurz etwas erledigen.«

Josh, Peter und Coral folgten seiner Anweisung ohne Widerworte, ich jedoch wurde skeptisch und blieb bei Ric stehen.

Als die anderen außer Hörweite waren, hakte ich nach: »Was hast du vor?«

Ric schüttelte den Kopf. Er hatte wieder seine distanzierte Art aufgesetzt, doch seine Augen brannten wie ein Höllenfeuer. Er war aufgeregt. Ich glaubte sogar, über den Geruch des Parks hinweg wieder diese Rauchnote wahrzunehmen, was mich noch viel skeptischer machte. Doch sosehr ich auch drängte, gegen Rics Drachenpanzer halfen weder Flehen noch etwas anderes. Daher gab ich vor, den anderen eingeknickt zu folgen, während er seinen *Erledigungen* nachgehen konnte. Mit einem Schulterblick sah ich, dass er sich bereits wieder auf dem Weg entlang der Teiche befand.

Schnell schlüpfte ich in einen halb geschlossenen Carport und versteckte mich hinter dem Auto. Ich griff an das Dreieck an meiner Halskette und sog die gesamte Macht meines Elements in mich auf. Binnen Sekunden war ich auf Miniaturgröße geschrumpft und befreite mich aus dem Kleiderberg. Die Sachen musste ich hier liegenlassen und konnte nur hoffen, dass sie niemandem auffallen würden. Aber ich spürte, dass das, was ich vorhatte, am besten in Feengestalt zu bewältigen war.

Schwirrend glitt ich an dem nun riesigen Auto vorbei und zischte zum Park hinüber. Ric musste schon an den Gewässern vorbeigekommen sein, denn ich konnte ihn nirgendwo mehr erkennen. Die Bäume, die ich passierte, glichen Riesen, kein Ende in Sicht. Wo war Ric?

Der Pfad, den wir kurz zuvor benutzt hatten, war verwaist. Hastig wandte ich mich in alle Richtungen, schoss hierhin und dorthin, die Feengeschwindigkeit machte es möglich. Doch nirgendwo war eine Spur von Ric. Mir blieb nur eine Möglichkeit. Der kleine Ast an einem der Baumriesen war ein perfekter Sitzplatz für mich. Ich ließ mich darauf nieder, mit herunterbaumelnden Beinen. Dann bat ich die Luft mir bei der Suche nach Ric zu helfen. Sofort stürmte das Gewisper auf mich ein. In meiner Feengestalt konnte ich jeden einzelnen Satz davon verstehen, ohne mich anzustrengen. Ich selbst war ein Teil der Luft. Ich brauchte für die Kommunikation nicht einmal mehr meinen Anhänger, der gemeinsam mit mir geschrumpft war.

Kaum hatte ich meine Antwort, stieß ich mich ab und ließ mich von den Böen tragen. Sie führten mich direkt zu einem Spielplatz hinter dem Wald. Hier lockte im Sommer eine große Grillstelle unzählige Familien an, die sich gemütlich auf den steinernen Sitzgelegenheiten niederließen und die Natur genossen. Ich suchte mir einen Ast, von dem aus ich alles beobachten konnte.

An einem der Tische saß Ric, ihm gegenüber befand sich – mit dem Rücken zu mir – eine Frau in weitem T-Shirt. Sie hatte die Haare im Nacken zu einem Pferdeschwanz zusammengebunden und lehnte sich Ric weit entgegen, der seinerseits ebenfalls locker bis über die Mitte des kleinen Tisches gebeugt war.

Er schickte uns voraus ins Institut, um Alarm zu schlagen, und traf sich in der Zwischenzeit mit einer seiner Anhängerinnen? Ich kochte vor Wut. Wäre ich nicht schon in meiner Elementargestalt, würde ich spätestens jetzt wie von selbst überwechseln. Was bildete er sich nur ein? Das Schnauben, das aus meiner Kehle drang, klang wie das Niesen einer Maus auf Helium. Ich duckte mich hinter ein paar vertrockneten Blättern, doch es war zu spät. Ric sah zu mir hoch und auch sein Gegenüber wandte sich um. Ich wurde puterrot im Gesicht. Der junge Mann kniff die Augen zusammen und versuchte die Quelle des seltsamen Geräuschs zu orten.

Ein Mann, stöhnte mein Gehirn und ich widerstand dem Drang, mir mit der Hand gegen die Stirn zu schlagen. *Nur ein Mann*, setzte mein Herz mit einem Hopser hinzu.

Ohne die beiden zu beachten, überlegte ich skeptisch, was die Situation dann bedeuten mochte. Meine Neugierde war geweckt und nur zu gern würde ich wissen, was an dem Tisch gesprochen wurde. Daher bat ich die Luft um Hilfe, sie solle alles zu mir tragen. Noch ehe ich das erste Flüstern des Windes hören konnte, stand Ric auf und reichte dem Fremden die Hand. Dieser nickte Ric zu, trat vom Tisch weg und die Luft um ihn herum vibrierte. Und ich mit, da ich als Fee Teil der Luft war. Jede Ader meines Körpers pulsierte vor Energie, bis auf einen Schlag alles vorbei war. Ich schüttelte die Benommenheit in meinem Kopf ab und sah wieder zu dem Fremden hinunter. Er war verschwunden.

Das Schlagen von Flügeln ein wenig über mir ließ mich aufblicken. Ein schwarzer Rabe erhob sich über dem Spielplatz und flog eilig davon. Der Fremde war ein Gestaltwandler.

8. Kapitel

Er fragt sich, wieso er diesen Ort nicht schon vorher entdeckt hat. Nun muss er seine Freunde erneut mit fadenscheinigen Begründungen abweisen. Einer seiner Spione ist ihnen gefolgt und hat Informationen über diesen Ort. Ich hoffe, er hat alles wie gewünscht weitergegeben. Das Mädchen hat sich natürlich nicht täuschen lassen. Nun muss er ihr wohl alles erzählen.

»Ich glaube, ich bin dir eine Erklärung schuldig«, sagte Ric in meine Richtung.

Und ob! Ich ließ mich vom Baum fallen, flog zu ihm hinab und schwirrte so schnell vor seinem Gesicht hin und her, dass seine goldenen Augen mir kaum mehr folgen konnten. Ich versuchte ihn dabei möglichst verärgert anzuschauen und hob drohend den Arm, aber der Drache schien meine Gesten nicht einmal zu bemerken. Ich wollte nicht sprechen, ich hasste diese Stimme, aber wie konnte ich ihm begreiflich machen, dass er endlich loslegen sollte?

»Willst du dich zurückverwandeln?«, fragte Ric in ruhigem Ton.

Ich schüttelte hastig den Kopf und sank auf den steinernen Tisch vor Ric. Meine Kleidung lag in dem Carport und ich weigerte mich, nackt vor ihm zu sitzen, während er mir – hoffentlich – alles erklärte. Ich seufzte, was einem quietschenden Pfeifen glich. Verdammt. Ich stampfte mit dem nackten Fuß auf dem Tisch auf und die Steinplatte knirschte.

Ric stellte seinen Rucksack neben mich, der mindestens viermal so groß war wie ich. Er wirkte ebenso imposant wie sein Besitzer, der nun neben dem Tisch stand. »Du kannst meine Ersatzkleidung anziehen, Lin.«

Hatte ich richtig gehört? Ich legte den Kopf schief. Mein Herz flatterte aufgeregt, als mein Hirn ihm vermittelte, dass die Kleidung sicher nach ihm duften würde. Die beiden hatten sich gegen mich verschworen.

»Lin, bitte verwandle dich zurück. So kann ich unmöglich mit dir reden. Du siehst so ...«, er wedelte mit der Hand und ich wusste nicht, was er damit meinte. Aber zumindest hatte er in einem Recht: In dieser Gestalt konnte ich ihm weder Fragen stellen noch antworten. Daher signalisierte ich ihm, er solle sich umdrehen. Zu meiner Überraschung kam er dem ohne einen weiteren blöden Spruch nach. Ich entließ mein Element und wuchs mitten auf dem Tisch zu meiner normalen Größe an. Sofort öffnete ich den Rucksack zu meinen Füßen, zog Rics T-Shirt heraus und streifte es hastig über. Es reichte mir bis zur Hälfte des Pos. Gleich danach schlüpfte ich in die Boxershorts und atmete erleichtert aus, dass Ric sich bis dato nicht umgedreht hatte.

Was Ric hingegen veranlasste genau das zu tun. Seine Augen waren auf Höhe meines Bauchnabels. Ich spürte förmlich, wie sein Blick erst nach unten wanderte, über seine Boxershorts hinweg meine Beine entlangglitt, dann in die andere Richtung. Blut schoss mir in die Wangen, als er auf Höhe meiner Brust innehielt, die nur durch das hauchdünne weiße T-Shirt bedeckt war. Ric schluckte, schien sich zu zwingen den Kopf weiter zu heben und mir ins Gesicht zu schauen. Seine Augen brannten, das Gold loderte vor Begierde und hielt mich gefangen, während mein Herz raste.

Scheinbar willenlos beugte ich mich seinem Gesicht entgegen. Näher und näher. Gänsehaut überzog meine Arme und ich konnte nicht sagen, ob es an der Temperatur oder Rics Gegenwart lag. Das war mir auch schlichtweg egal. In mir drängte alles ihm noch näher zu sein. Ric seinerseits streckte sich mir entgegen, schien immer mehr zu wachsen.

Mit einem Mal kam er mir sehr schnell entgegen. Zu schnell. Erst da bemerkte ich, dass ich das Gleichgewicht verloren hatte und dabei war, auf ihn zu fallen. Doch da war es schon zu spät. Ich riss Ric mit mir und wir landeten zusammen im taufeuchten Gras zwischen den Tischen. Ric schüttelte benommen den Kopf und stemmte sich auf die Ellbogen. Sein Blick fand erneut meinen, dann sah er hinab auf meine Lippen, was mich irgendwie befangen machte. Während ich die Unterlippe einsog und darauf herumkaute, versuchte ich, mich irgendwie von Ric zu lösen. Ich wollte ihm nicht wehtun – der Sturz war sicher schon nicht ganz angenehm gewesen –, aber meine Beine waren so eingekeilt, dass ich mich nicht auf die Knie manövrieren konnte, ohne Ric empfindlich zu treffen. Schon wieder schoss mir die Röte in die Wangen.

Ric musste meine Gedanken erahnt haben, denn von der einen Sekunde zur anderen lag ich unter ihm, er auf seine Unterarme gestützt, nichts als ein paar Zentimeter zwischen uns. Der Saum seines T-Shirts berührte meine Oberschenkel knapp unter den Boxershorts, als wolle er mich necken. Ich glaubte Rics pochendes Herz trotz der Distanz zu spüren.

»Das ist keine gute Idee«, murmelte er, als er seine Lippen auf meine hinabsenkte. Mit der Wucht von zehn Verwandlungen detonierte etwas in mir und überschwemmte jegliche Bedenken, jeden Ärger, jede Distanz zwischen uns, ja selbst die Zeit. Mit geschlossenen Augen schmeckte ich den Atem des Feuers. Ich seufzte, mein ganzes Wesen sehnte sich nach ihm, hatte sich so lange nach ihm verzehrt.

Er drückte mir einen zarten Hauch auf den Mundwinkel, liebkoste meine Wange bis hin zu meinem Ohr. Sein stockender Atem verursachte mir eine Gänsehaut, mein Herz schlug immer noch schneller.

»Keine gute Idee«, flüsterte er ein weiteres Mal, ehe seine Zunge meinen Hals hinabwanderte. Ich seufzte auf, meine Hormone fuhren Achterbahn und ich hörte die Luft um mich herum knistern und wispern. Ohne nachzufragen, ließ er sich vorsichtig auf mich sinken. Der Druck seines Körpers ließ mich für einen Moment erstarren, ehe ein Kribbeln meinen Körper erschaudern ließ. Eine leichte Brise meines Elements hüllte uns ein, während Ric mich küsste, mich neckte und sich dann zurückzog. Als wäre es das Natürlichste auf der Welt, presste ich mich noch stärker an ihn, um das Gefühl seiner Liebkosungen, seiner zarten Küsse, zu intensivieren. Er stöhnte ganz nah an meinem Ohr leise auf, erhöhte den Druck auf meinen Unterleib und auch mir entfuhr ein wohliges Seufzen. Das Wispern um mich herum wurde lauter und lauter, irgendwann konnte ich es nicht mehr ignorieren. Ich wollte mein Element zwingen zu verschwinden, meine ganze Aufmerksamkeit Ric widmen, doch die Luft gab keine Ruhe.

Ric biss mir gerade zärtlich auf die Unterlippe, als es mir zu viel wurde. Ich entzog mich seinem Mund und zischte ein »Verschwinde!«, woraufhin Ric erstarrte.

Ich wollte eben erklären, dass ich nicht ihn meinte, da stemmte er sich schon hoch – ohne sein Gewicht fühlte ich mich irgendwie unvollständig. »Du warst nicht gemeint«, flüsterte ich und stemmte mich auf die Ellbogen. Ric war in Verteidigungshaltung, starrte über den Tisch hinweg in Richtung des Baumes, von dem aus ich ihn beobachtet hatte. Ich setzte mich auf und zog mich an der Tischplatte hoch. »Ich wollte nur mein Element ...«

Und dann sah ich ihn am Rand des Platzes unter den Bäumen stehen. Er glich einem Foto, so unbewegt stand er dort. Seine grauen Augen jedoch folgten jeder meiner Bewegungen, während ich mich vollends aufrappelte.

Ric neben mir ballte die Fäuste, bereit sein Element auf den Beobachter zu schleudern. Ich berührte ihn beschwichtigend am Unterarm, doch er entspannte sich nur wenig. Mein Blick glitt zwischen Ric und den Bäumen hin und her, zwischen denen Zac nun hervortrat.

Ich wusste, dass er es war. Ich hätte ihn unter Tausenden ähnlicher Charaktere erkannt. Er war meiner Fantasie entsprungen, meine Gedanken hatten ihn während des Lesens geformt und daher sah er exakt so aus, wie ich ihn mir vorgestellt hatte. Sogar wie er auf mich zukam, erinnerte mich an eine Szene in ›Otherside‹. Nur, dass es dieses Mal ich war, auf die er vorsichtig zuging, um mich nicht zu verängstigen – und keine andere Frau.

Das Geräusch prasselnden Feuers drang an mein Ohr. Ric war nach wie vor angespannt und er hatte auch allen Grund dazu. Ein Dämon stand uns gegenüber und ich hatte nichts anderes zu tun, als die Vorfreude zu genießen? Was lief nur falsch mit mir? Ich schüttelte die Gedanken ab und machte mich ebenfalls bereit.

»Lin?« Ich schrak hoch und kniff die Augen zusammen. Woher kannte Zac meinen Namen?

»Woher ich dich kenne?«, fragte Zac lachend und überwand die Distanz zwischen uns mit einem Sprung, so dass mir nicht einmal Zeit blieb zusammenzuzucken. Seine Finger glitten über meine Wange, ohne dass ich mich wehren konnte. Er beugte sich in seiner Dämonengeschwindigkeit über mich: »Ich habe dich mein Leben lang gesucht«, hauchte er in mein Ohr und meine Knie wurden weich.

Im selben Moment wurde Zac von mir gerissen. Ich konnte nur benommen verfolgen, wie Ric ihn zu Boden warf, er jedoch sofort wieder auf den Beinen war. Rics Haut verwandelte sich bereits – und Zac würde das Drachenfeuer vielleicht nicht überleben. In seinen Händen erschien bereits das blaugleißende Licht des Dämonenfeuers, bereit es auf Ric zu schleudern.

Ich musste die beiden aufhalten. Binnen eines Wimpernschlags war ich in Feengestalt und hetzte eine starke Windböe auf die Männer, die sich im Moment umkreisten, um den Gegner besser einzuschätzen. Ihre Blicke waren stur auf ihr Gegenüber gerichtet, so dass sie nicht bemerkt hatten, wie ich mich verwandelt hatte. Mein Windstoß kam überraschend und riss beide mit großem Abstand voneinander zu Boden. Für einen Moment sahen sie zu mir, dann fixierte jeder erneut seinen Gegner. Ich glitt auf einer Brise zwischen sie und hob demonstrativ je eine Hand auf Höhe der Brust der Kontrahenten. Der Wind, der meinen Handflächen entströmte, war stark genug sie davon abzuhalten, erneut aufeinander loszugehen.

»Halt!«, schrie ich mit meiner Mickymaus-auf-Helium-Stimme und beide sahen zu mir. Das Echo des Wortes hallte von irgendwoher wider. »Wir reden. Alle.«

Ich rechnete den beiden hoch an, dass sie keinen Lachanfall bekamen und sich vor Bauchkrämpfen auf dem Boden wälzten. Ich gestikulierte Ric, dass sie sich umdrehen sollten, und er übersetzte wenig begeistert. Sie beäugten einander so argwöhnisch, dass der andere nur ja keinen auch noch so kurzen Blick zu mir warf. Auf diese Weise konnte ich mir in Ruhe Rics T-Shirt, seine Boxershorts und die Trainingshose überwerfen, die noch im Rucksack steckte. Nachdem ich sie so eng wie möglich über meiner Hüfte festgeknotet hatte, ging ich erhobenen Hauptes zu den beiden. Die Luft knisterte, als würden selbst ihre Energien miteinander kämpfen.

»Wollen wir uns setzen?«, fragte ich und beide schüttelten zeitgleich die Köpfe. Na, das konnte ja was werden. »O-kay.« Ich zuckte mit den Schultern. »Wie ihr wollt.« Ich ging zu den Sitzgruppen und setzte mich auf eine der steinernen Tischplatten, so dass ich beide im Auge hatte. »Zuerst zu dir.« Mit einem Kopfnicken deutete ich in Zacs Richtung. »Wie bist du hergekommen? Dein Buch ...« Ich verstummte. ›Otherside‹ lag in meiner Tasche neben meinen Klamotten in einem Carport, der für jeden zugänglich war. Ich hatte nur an Ric gedacht und war so unvorsichtig gewesen, dass ich nicht einmal meine Handtasche versteckt hatte. Ich schlug mir in Gedanken an den Kopf. Dennoch erklärte es noch nicht, wie Zac sich materialisiert hatte. Ich konzentrierte mich auf ihn und versuchte seinen Gesichtsausdruck zu deuten. Er war noch schlechter zu lesen als Ric und ich stöhnte innerlich auf. Nun hatte ich zwei solcher Typen um mich. *Geschieht dir ganz recht, Lin*, grinste mein Unterbewusstsein hämisch.

Nach schier endlosen Minuten räusperte sich Zac. »Ich habe gespürt, wie sich jemand meiner angenommen hat. Jemand, dessen Emotionen sofort zu mir drangen, kaum dass er meine Geschichte begonnen hatte zu lesen.«

»Deine Geschichte?«, fragte Ric dazwischen. Mir lag dasselbe auf der Zunge, denn die Seelenlosen wussten nie, dass sie Charaktere waren, sondern hielten sich und ihr Leben für völlig real.

»Ihr nennt es doch Geschichte, oder? Hätte ich es besser als Buch bezeichnet? Der Mensch hatte kaum das Buch aufgeschlagen, da drangen seine Gefühle zu mir durch und ich wusste, dass etwas mit dir geschehen sein musste, Lin«, sagte Zac in einem mitfühlenden Tonfall, der mir einen wohligen Schauer bescherte, unsere Frage jedoch nicht beantwortete.

»Warum weißt du, dass du eine Figur aus einem Buch bist?«, hakte ich nach.

»Jeder in Otherside weiß das.«

Für eine Unendlichkeit schien einfach alles zu verstummen, die Welt um uns herum stillzustehen. Als sich diese Information endlich in meinem Hirn festgesetzt hatte, wagte ich es wieder zu atmen und schaute zu Ric hinüber. Der sah ebenso ratlos aus, wie ich mich fühlte. Ich stellte ihm die stumme Frage, ob er so etwas schon einmal gehört hatte, er antwortete mit einem entschiedenen Kopfschütteln. Nun war eindeutig, dass ›Otherside‹ anders war als alles uns bisher Bekannte. Mehr, als wir bisher über die Seelenlosen und unsere Aufgabe gewusst hatten. Blieb die Frage, ob die Bibliothekare dieses Wissen ebenfalls teilten. Und wenn ja, warum sie es vor uns verheimlichten.

»Und du hast gespürt, dass nicht ich es bin, die deine Geschichte liest?«

Zac nickte bescheiden. Ich konnte nicht anders, als ihn ausgiebig zu beobachten. Bislang hatte er nur in meinem Kopf existiert, war reine Fantasie. Ich hatte mich an seiner Seite versteckt, war vor der realen Welt geflohen. Nun war mein Fluchtort mit der Realität verschmolzen und ich musste mir erst darüber klar werden, was ich dabei fühlen sollte.

Ich warf einen Blick zu Ric hinüber, der Zac misstrauisch musterte, die Kiefermuskulatur arbeitete, als hätte er so vieles sagen wollen, das er nun kauen und wieder herunterschlucken musste. Ein erneuter positiver Schauer überkam mich, gefolgt von einer Wärme, die sich von meinem Herzen ausgehend in alle Richtungen ausbreitete. Ich erinnerte mich an den Kuss, die Zärtlichkeit, die wir nur kurz zuvor geteilt hatten.

Ric und Zac. Ich war in einem Buchklischee gefangen. Verdammter Mist. Wie oft hatte ich beim Lesen die Augen verdreht, wenn ein Autor seinen Charakteren ein Liebesdreieck anhängte. Und nun steckte ich selbst mittendrin. Bei Aither, womit hatte ich das denn verdient?

»Geht es dir nicht gut, Liebste?« Zac trat mit besorgtem Gesicht einen Schritt auf mich zu. Rics ganzer Körper spannte sich an und er machte sich bereit Zac jeden Moment wieder an die Kehle zu springen.

»Ich bin nur etwas ... verwirrt«, antwortete ich.

»Wie kann ich dir helfen?« Ein weiterer zaghafter Schritt.

»Ach, bitte«, Ric verdrehte die Augen und kam ebenfalls näher. »Lass diese edelmütigen Rittersprüche. Die wirken vielleicht bei den Frauen in deiner Geschichte, aber nicht bei Lin. Sie ist realistisch.«

War ich das? Ich war mir nicht mehr sicher. Ich konnte nicht leugnen, dass Zacs Art mich beinahe träumerisch seufzen ließ, wie es all die Frauen in ›Otherside‹ taten, wenn sie von ihm beachtet wurden. Zac war ein so wichtiges Puzzleteil in dem Rätsel, das wir zu lösen hatten. Und er wollte mich! Ich grinste geschmeichelt in mich hinein. Oder auch aus mir heraus, denn Ric räusperte sich lautstark und ich setzte sofort wieder einen neutralen Gesichtsausdruck auf.

Zac bedachte Ric mit einem siegesgewissen Lächeln, das geradezu »Ha!« schrie. Da konnte ich mich ja auf etwas gefasst machen.

»Lasst uns von hier verschwinden«, bat ich. »Wir können das alles«, ich ruderte mit meiner Hand in der Luft umher, »vielleicht besser bei mir zu Hause besprechen.« *In meinen eigenen Klamotten,* fügte ich in Gedanken hinzu.

Ich schickte mich eben an vom Tisch zu springen, da war Zac schon bei mir und reichte mir die Hand. Ric schnaubte, was ich geflissentlich ignorierte. Von meinem Helden gestützt kam ich zum Stehen. Ich reckte das Kinn hoch und marschierte den bekiesten Weg entlang in Richtung Parkausgang. Nach einem kurzen Moment hörte ich, wie mir beide Männer folgten. Leise lachend schüttelte ich den Kopf. Das konnte doch nur ein dämlicher Traum sein. Ein Albtraum.

Am Institut angekommen eilte ich direkt zum Carport. Doch wie vermutet war ›Otherside‹ verschwunden. Meine Handtasche – inklusive Handy und Portemonnaie – lag jedoch noch immer neben meiner Kleidung, die ich hastig vom Boden aufsammelte und in die Tasche stopfte. Wer hatte das Buch gefunden und so schnell angefangen zu lesen? Die Fragen häuften sich.

Das Handy zeigte mehrere verpasste Anrufe. Coral und Peter hatten mehrmals versucht mich zu erreichen. Doch das war mir jetzt egal. Andere Angelegenheiten hatten jetzt Vorrang.

Ganz automatisch lief ich zum Parkhaus unter der Bibliothek. Erst hier fiel mir ein, dass nur zwei Leute in den Diabolo passten. Ric grinste frech, als er den Autoschlüssel aus der Tasche zog. Zac zuckte nur mit den Schultern. »Ich werde dorthin kommen, wo du bist, meine Liebste.« Er öffnete die Beifahrertür des Diabolos, als hätte er nie etwas anderes gemacht. Skeptisch sah ich ihn an und er hob entschuldigend die Hände. »Ich bin vielleicht eine Buchfigur und muss meine Rolle spielen, das heißt jedoch nicht, dass ich nichts anderes auf der Welt mitbekomme.« Er küsste meine Hand, nachdem ich mich ins Auto fallen gelassen hatte, und ließ mich etwas dümmlich grinsend zurück.

Während Ric den Motor startete und davonjagte, überlegte ich, wie Zac vom Rest der Welt wissen konnte und wo er mehr darüber hatte erfahren können. Der Gedanke daran verursachte Knoten in meinem Hirn und ich war froh, als Ric sich laut neben mir räusperte.

Ich wandte mich zu ihm um und hob fragend die Augenbrauen. Da keine weitere Reaktion von ihm kam, fragte ich laut: »Was?«

Ric druckste herum, was ich von ihm so gar nicht kannte. Dann schoss er mit dem Diabolo auf den Kundenparkplatz eines Supermarktes und stellte den Motor ab. »Lin«, begann er und sog anschließend die Unterlippe ein, was mich wie von selbst an die Berührung seiner Lippen denken ließ. In meinem Magen schienen die klischeehaften Schmetterlinge zu flattern und keine Ruhe zu geben.

»Lin«, setzte Ric erneut an und registrierte mit einem Blitzen in den goldenen Augen, dass ich errötete. So ein Idiot! Ich hätte am liebsten geschnaubt. »Das vorhin ...«, er zögerte. War das der Punkt, an dem er mir sagen würde, dass es ein Fehler gewesen war, mich zu küssen? Das hatte er währenddessen schon oft genug getan, wie mir jetzt wieder einfiel.

»... war ein Fehler«, beendete ich für ihn und er verzog schmerzhaft das Gesicht.

»Nein, Lin. Es war kein Fehler.« Er nahm meine linke Hand und strich zärtlich darüber. »Ganz gleich, was du von mir denkst, ich wollte dich immer nur beschützen und dir niemals wehtun.«

Das hatte er ja wohl nicht geschafft. Ich verzog verärgert den Mund, was ihm sofort Schmerzen zu bereiten schien.

»Du verstehst es nicht.« Er schüttelte den Kopf, startete den Motor und der Diabolo preschte davon.

Den Rest des Heimwegs wechselten wir kein Wort. Gerade als ich aus dem Auto aussteigen wollte, materialisierten sich vor dem Fenster schwarze Rauchschwaden, die sich zu einem Zac zusammensetzten. Selbiger öffnete mir sofort die Autotür. Ich staunte nicht darüber, wie er sich hierhergebeamt hatte, sondern schüttelte nur den Kopf ob dieses nervigen Kavaliergehabes. Ich fand das nicht angenehm, sondern eher aufdringlich, deshalb ignorierte ich seine ausgestreckte Hand, drängte mich an ihm vorbei und konnte beinahe spüren, wie Ric ihn hämisch angrinste. Am liebsten würde ich beide einfach stehenlassen, um mir erst einmal in Ruhe über alles Gedanken zu machen und auch meine Gefühle zu sortieren, die an diesem Abend doch ziemlich durcheinandergeraten waren. Ich stapfte die Treppen hinauf und öffnete die Wohnungstür. Ric und Zac zischten sich irgendetwas zu, das ich besser gar nicht wissen wollte.

Die beiden betraten gerade die Wohnung, als ich in mein Zimmer schlüpfte, um mir meine eigene Kleidung anzuziehen. In meiner quietschpinkfarbenen Jogginghose und dem weißen Longshirt fühlte ich mich sofort wohler und betrat mit neuer Energie die Küche, in der sich Ric und Zac am Tresen gegenübersaßen und mit Blicken zu töten schienen. Mit einem tiefen Atemzug ging ich zur Kaffeemaschine und schaltete sie an. Während sich der Duft des frisch gemahlenen Kaffees ausbreitete, beruhigten sich meine Gedanken. Ich setzte mich mit meiner Tasse ans Ende des Tresens, so dass ich die beiden im Blick hatte.

»Jetzt reden wir«, sagte ich und beide öffneten den Mund, um etwas zu sagen. Ich hob die Hand. »Er redet zuerst und erzählt uns alles. Wer hat dich aus ›Otherside‹ herausgelesen?«

»Nicht du, meine Liebste«, antwortete Zac prompt.

»Das wussten wir schon«, schnaubte Ric und verschränkte die Arme vor der Brust. »Erzähl uns, wer es war.«

Zac warf Ric einen vernichtenden Blick zu. »Du kennst das Mädchen sehr gut. Natalia.«

Ric zuckte zusammen, als hätte Zac ihn getreten.

»Was meint er damit? Wer ist Natalia?«, fragte ich. Ist sie eine von Rics Groupies?

»Ich wollte dir vorhin alles erklären, als …« Er verstummte, sein Blick glitt kurz in die Ferne und der Hauch eines Lächelns lag auf seinen Lippen. Aber nur für einen winzigen Moment, ehe der Drachenpanzer wieder die Oberhand gewann und er zischte: »… uns der da unterbrochen hat.«

»Und was wolltest du mir erklären?« Waren wir hier denn im Kindergarten?

»Dass ich mich mit dem Gestaltwandler getroffen habe, weil er Informationen für mich hatte.«

»Informationen über was?« Meine Augen wurden zu schmalen Schlitzen.

»Informationen über meine Schwester.«

»Seine Schwester, die vor so langer Zeit verschwunden ist«, fügte Zac hinzu.

»Was weißt du davon?« Ric war von dem Barhocker aufgesprungen und beugte sich drohend über den Tresen.

»Ich weiß, dass sie vor vier Jahren verschwunden ist und du seither die Buchwelt auf den Kopf stellst und Charakteren hinterherrennst, die etwas über ihren Verbleib wissen könnten.« Zac

130

richtete sich auf dem Barhocker auf, um mit Ric auf Augenhöhe zu sein.

»Wovon spricht er?« War ich hier die Einzige, die nicht folgen konnte? Ich beobachtete Ric, der um Worte zu ringen schien.

»Ich wollte dir das eigentlich alles in Ruhe erklären.« Ric atmete tief ein und setzte sich wieder. Seine Aufregung manifestierte sein Element. Die Luft war geschwängert vom Duft nach Kamin und Vanille. Er strahlte eine unnatürliche Hitze aus. »Meine Schwester Natalia ist vor vielen Jahren verschwunden. Ich war noch in der Ausbildung, bei ihr war noch nicht sicher, welches Element sie erwählen würde. Meine gesamte Familie hat nach ihr gesucht, dann den Rat der Bibliothekare eingeschaltet. Ohne Erfolg. Niemand scheint sie gesehen zu haben.« Er fuhr sich mit beiden Händen durch die Haare. Meine Hand wollte sich ihm schon entgegenstrecken, um ihn zu trösten – ich hielt sie gerade noch zurück. »Seit dieser Zeit habe ich auch diese Träume. Sie geben mir Zeichen, wo sich etwas zusammenbraut, wo Seelenlose unsere Welt bedrohen. Ich folge den Hinweisen und versuche meine Schwester zu finden. Sie spielt in dem Ganzen eine große Rolle, das spüre ich.« Nach dem Geständnis senkte er den Kopf und sackte auf dem Stuhl in sich zusammen.

Bei mir hingegen setzten sich die Puzzleteile, die bislang ein unvollständiges Bild von Ric ergeben hatten, neu zusammen. Viele kleine Szenen liefen vor meinem inneren Auge ab. Bilder, die den unnahbaren Idioten Riccardo Fiorenzo zeigten, wie er nur mit den Augenbrauen wackelte, als ihm wieder jemand eine neue Frauengeschichte unterstellte. Ich erinnerte mich an den Geruch von Blut, als ich zuletzt in seiner Wohnung war. Da hatte ich mir tatsächlich Sorgen um ihn gemacht. Mein Blick schoss nach oben. Ric musterte mich gespannt. Er nickte langsam, als wolle er mir bestätigen, dass ich die richtigen Schlüsse gezogen hatte. Wieso hatte er mir nichts davon erzählt? Mit dieser Erkenntnis kam die Wut. Er hatte mich lieber von sich weggestoßen, als meine Hilfe anzunehmen. Mein Element brauste durch die Küche.

»Er konnte es dir nicht sagen.« Zacs Stimme wirkte beruhigend auf mich. »Er wollte dich aus allem heraushalten.«

Zac verteidigte Ric? Ich schüttelte benommen den Kopf und versuchte aus diesem seltsamen Traum aufzuwachen.

»Ich wollte dich da nicht mit hineinziehen. Meine Eltern sind bei der Suche nach Nat bereits umgekommen. Einer der Träume machte mir deutlich, dass alle in Gefahr sind, die ich ...«

Ich schnappte nach Luft, auch wenn er den Satz nicht beendete. Mein Herz pochte wie verrückt.

»Wie rührend.« Zac lachte. »Und damit hast du genau das erreicht, was *sie* wollte.«

9.

Der Junge ist mit dem Mädchen und dem Söldner zusammen, genau wie geplant. Scheint so, als wäre er doch kein Verräter, oder täusche ich mich?

Der Vollmond schien genau über den Dächern des Nachbarhauses zu sitzen. Ich starrte zum Fenster hinaus, während Zacs Aussage Silbe für Silbe in meinem Gehirn ankam.

»Wer wollte was?« Eine gähnende Ty betrat die Küche und schaltete das Licht an, so dass wir alle zusammenzuckten. Mir war gar nicht aufgefallen, dass wir im Dunkeln gesessen hatten. Dank des Vollmondes konnten wir auch so genug sehen.

Zac sprang vom Barhocker und baute sich vor mir auf. Ty schlurfte zur Kaffeemaschine und beachtete ihn gar nicht weiter. Sie hatte die Augen noch halb geschlossen, ein mir bekanntes Phänomen. Zac hingegen verfolgte jeden ihrer Schritte mit drohendem Blick. Ich legte ihm meine Hand auf den Unterarm und ein elektrischer Schlag ließ uns beide zusammenzucken.

»Sie kommt mir bekannt vor«, zischte Zac. »Und sie riecht nach Söldner, nach Zodan.«

Bei der Erwähnung dieses Namens fuhr Ty herum und öffnete mit etwas Anstrengung die Augen. Der Moment, in dem sie Zac erkannte, war ihr anzusehen. Sie riss die Augenbrauen nach oben und die Augen weit auf. Ihr Mund stand weit offen. Sie sagte jedoch nichts, ihr Blick glitt stattdessen zu Ric, der nach wie vor alles andere als freundlich aussah.

»Kann mir mal jemand erklären, was hier los ist?«, fragte Ty, drehte sich dann jedoch, ohne eine Antwort abzuwarten, zur Kaffeemaschine, holte sich und mir eine Tasse und stellte sich dann neben meinen Hocker. Nach einem ersten Schluck sah sie uns reihum fragend in die Augen.

»Zac ist im Park aufgetaucht, Ric hat eine verlorene Schwester und Zac meint, alles hängt irgendwie zusammen«, fasste ich so knapp wie möglich zusammen, ohne auf verwirrende Gefühle und das Chaos in meinem Herzen oder Stromschläge einzugehen. »Und ›Otherside‹ ist verschwunden.«

»O-kay«, sagte Ty mit einem Stirnrunzeln. »Und wer ist jetzt diese *sie*, von der ihr gesprochen habt, als ich reingekommen bin?«

Sofort waren alle Augen auf Zac gerichtet. »Elizabeth«, gab er knapp zur Antwort.

»Elizabeth?«, fragte Ty, legte die Stirn wieder in Falten und wandte sich an mich. »Etwa die Elizabeth, die du am liebsten ...«

Schnell hob ich die Hand, um sie zu unterbrechen, und hoffte gleichzeitig, nicht zu rot zu werden. Nur Ty wusste, was ich am liebsten mit Elizabeth angestellt hätte – vor allem beim ersten Lesen, als ich quasi frisch verliebt in Zac gewesen war. »Und warum wollte Elizabeth, dass ich das Buch finde?«, lenkte ich ab.

»Sie will die Grenzen zerstören. Die Barriere, die Otherside und all die anderen Buchwelten von eurer Welt trennt. Sie ist eine mächtige Magierin.«

Ty verschluckte sich an ihrem Kaffee und begann zu husten. Ich klopfte ihr mechanisch auf den Rücken, während ich überlegte, ob irgendwas in ›Otherside‹ darauf hingedeutet hatte.

»Sie hat mich mit einem Bann belegt.« Zac knirschte mit den Zähnen. Die Muskeln seiner Oberarme spannten sich an, die Tätowierung an seinem Hals schien durch seine Wut zu pulsieren. »Sie lockte mich immer wieder an ihre Seite.« Aha! Daher wehte der Wind. Hatte ich's doch gewusst, dass mit dieser Frau etwas nicht stimmte. Mein Bauchgefühl täuschte mich nie. Na ja, fast nie.

»Ist sie denn mächtig genug, die Grenzen zu zerstören?«, fragte Ty unschuldig.

Zac nickte. »Sie beherrscht das Licht, aus dem alle anderen Elemente entstanden sind.«

»*Sie* ist das fünfte Element?« Meine Stimme überschlug sich fast. »Diejenige, die unsere Welt retten soll?«

»Elizabeth will unsere Welt retten. Die Welt der Bücher, ehe sie von anderen zerstört wird.«

»Niemand zerstört die Buchwelt. Wie kommt sie darauf?«, warf Ric ein. Er hatte lange geschwiegen – zumindest lange für seine Person.

»Die Charaktere werden immer lebloser, es wird zu wenig gelesen, um ihnen dauerhaft Leben einzuhauchen. Dadurch werden sie ausgelöscht. In eurer Welt gibt es Entwicklungen, die für uns bedrohlich sind. Veränderungen, die schon vor Jahren begannen.«

Ich schluckte. Unrecht hatte er ja nicht. »Und was möchte Elizabeth«, ich spuckte den Namen beinahe aus, »dagegen unternehmen?«

»Wie wäre es mit einem Lesekreis«, versuchte Ty die angespannte Atmosphäre zu lockern, ganz die Fictionmate, die sich in die Szene hineindachte.

»Sie möchte die Grenzen öffnen und den Charakteren so ewiges Leben schenken.«

Meine Hand erhob sich wie von selbst zu meinem Mund, der weit offen stand. Sie wollte alle Buchcharaktere in unsere Welt holen? Etliche Bilder zuckten wie von Stroboskoplicht beleuchtete Szenen durch meinen Kopf. All die Monster, die sich zwischen den Seiten verbargen. Die Menschen, die schreiend vor Dracula und Frankenstein, Werwölfen und Zombies davonrannten. Mir lief es eiskalt den Rücken hinab. So viele Seelenlose könnten wir Wächter nicht bekämpfen – und wohin sollten sie denn auch zurückgeschickt werden? Konnte man sie dann überhaupt noch friedlich binden?

»Ihr könnt sie nicht mehr aufhalten. Es hat schon begonnen. Ihre Armee ist bereits hier.«

Zodan und die Söldner. Da fiel mir etwas ein. »Zodan hat nach dir gesucht.«

Zac nickte langsam. »Elizabeth macht Jagd auf mich.«

»Warum?«, fragte Ric skeptisch.

»Weil ich mich ihr widersetzt habe.«

»Inwiefern?«

»Ich habe versucht dich ziehen zu lassen.« Er sah auf die Theke vor sich, auf der seine Hände ruhten. »Nachdem ich gesehen habe, dass du zu meinem Schutz die Söldner hast verschwinden lassen, war ich gewillt dich von mir fernzuhalten.«

Er hatte das getan? Ich starrte ihn ungläubig an.

»Das war ja eine wirkliche Heldentat«, sagte Ty bissig, sah Zac dabei jedoch mit recht schwärmerischem Ausdruck im Gesicht und leicht geneigtem Kopf an.

Ric schüttelte über ihre Reaktion nur verwundert den Kopf, ehe er Zac wieder einmal mit einem bösen Blick bedachte. »Und warum hast du sie nicht *ziehen lassen*, wenn du doch ein so großer Held bist?«

Zac sah zu mir, seine grauen Augen hielten meine gefangen. »Ich konnte es nicht, weil ich sie liebe.«

»Ja, klar. Was weißt du denn schon von Liebe«, konterte Ric, seine Stimme drang jedoch kaum durch die Verbindung zwischen Zac und mir, die uns wie in einen Kokon hüllte. Ric pikte mich mit dem Finger in den Oberarm und die Verbindung riss ab. »Lass dich nicht von diesem Typen einlullen, Lin. Wer weiß, was die Hexe ihm aufgetragen hat.«

Mein Kopf war wie leer gefegt. Ich wusste nicht mehr, was ich denken sollte. Kopfschüttelnd stand ich auf. »Ich glaube, ich brauche erst einmal eine Pause«, sagte ich benommen und verließ die Küche. Ein paar Sekunden später, ich war gerade dabei, meine Zimmertür zu öffnen, spürte ich einen warmen Atem im Nacken. Ric? Gänsehaut überzog meinen Körper, aber ich wehrte mich dagegen und drehte mich schnell um. Doch da war niemand. Ich tat es als geistige Verwirrung ab und betrat mein Zimmer, das sich weniger wie ein Zuhause anfühlte als jemals davor.

Du läufst vor deinen Problemen weg, sagte mir mein Unterbewusstsein, was ich längst wusste. In meiner Küche saßen gleich zwei Typen, die glaubten mich zu lieben. Zwei gut aussehende junge Männer, die unterschiedlicher nicht sein könnten. Und was tat ich? Ich versteckte mich in meinem Zimmer.

In dieser Nacht war so viel passiert, über das ich mir erst mal Klarheit verschaffen musste. Ric hatte mich geküsst. Nicht irgendwie, nein. Es war wie ein Versprechen auf mehr gewesen. Und genau in diesem Moment war Zac aufgetaucht. Ich warf mich seufzend auf mein Bett und überlegte, ob ich über meine Situation lachen oder heulen sollte. Ich entschied mich für keines von beidem, rollte mich auf den Rücken und umfasste das Dreieck an meiner Kette.

Mein Element strich mir sanft über die Haare, sandte mir den Duft einer Sommerwiese und mein Kopf wurde klarer. Als dann noch der Geruch nach Lagerfeuer hinzukam, schreckte ich hoch und erwartete Ric in der Dunkelheit stehen zu sehen. Doch da war niemand. Aber der Geruch machte mir eins deutlich: Ich hätte mir gewünscht, dass es Ric gewesen wäre. Nicht Zac, ich wünschte mir Ric. Er war es, an dem mein Herz hing. Er war es immer gewesen.

Kaum dass ich den Gedanken zu Ende gedacht hatte, verschwand die Feuernote in der Luft und zarte Vanille umhüllte mich wie zur Bestätigung. Lächelnd schüttelte ich den Kopf. Die Gewissheit, dass ich mich im Fall der Fälle für Ric entscheiden würde, ließ mich gleich beschwingter werden, als sei eine Last von mir abgefallen. Jetzt konnte ich die armen Seelenlosen verstehen, die von ihrem Autor dazu verdonnert waren, in einer Dreiecksgeschichte festzusitzen, und nicht die Freiheit hatten, sich zu entscheiden. Glücklicherweise war ich frei und die kurze Auszeit hatte mir sehr geholfen.

Draußen dämmerte es bereits. Ich sprang vom Bett auf und eilte in die Küche. Dort saßen Zac und Ty an der Theke.

»Wo ist Ric?« Mein Herz schnaubte ehrlich enttäuscht, dass er so schnell gegangen war.

»Der wollte nach zwei Stunden nicht mehr länger warten, bis du zurückkommst«, erklärte Ty.

»Zwei Stunden?«

»Es dämmert bereits«, sagte Zac zeitgleich mit Tys »Wir haben nach sieben Uhr morgens. Was hast du denn so lange getrieben?«.

Ich sah sie völlig schockiert an, warf einen Blick zur Wanduhr und überlegte angestrengt, wohin die Zeit verschwunden war.

Um drei Uhr hatten wir noch zusammen in der Küche gesessen, da war ich mir sicher.

»Ich muss eingeschlafen sein«, versuchte ich mich selbst zu überzeugen. »Hat Ric noch etwas gesagt?«

»Die beiden hatten sich ständig in den Haaren. Wegen jeder Kleinigkeit.« Ty nickte mit dem Kopf in Richtung Zac, der nicht mich, sondern Ty mit einem seltsam verträumten Blick ansah.

»Und er hat dich einfach mit Zac allein gelassen?« Ric war egoistisch, ja. Aber er würde Ty doch nicht einfach mit einem Seelenlosen, mit einem Dämon ohne Schutz lassen!

»Ich habe ihn gebeten zu gehen«, murmelte Ty zur Erklärung, sah dabei aber nicht mich, sondern Zac an. Daher wehte also der Wind. Ich legte demonstrativ die Hände auf die Hüften und tappte mit dem rechten Fuß auf den Boden, bis Ty sich zu mir umdrehte.

»Wir sollten reden.«

Weder sie noch Zac machten Anstalten, etwas an der Situation zu ändern. Also setzte ich hinzu: »Allein. Zac, würdest du bitte ein wenig spazieren gehen?«

Er sah mich an wie vom Blitz getroffen.

»Sie will, dass du für eine Weile verschwindest«, erklärte Ty. Zac sprang sofort auf und nickte, ehe er sich in schwarzen Rauch auflöste und verschwunden war.

»Er ist großartig.« Ty schaute ganz offensichtlich durch eine rosarote Brille auf die Stelle, an der Zac bis eben noch gesessen hatte. Diesen Blick hatte ich zumindest noch nie an ihr gesehen.

Ich seufzte. »Ich war jahrelang in ihn verschossen. Ich weiß, dass er großartig ist.«

»Du *warst*?« Tys Kopf schnellte in meine Richtung. »Was habe ich verpasst?«

Ich erzählte ihr von Ric, der das Team zum Institut geschickt hatte, wie ich ihm hinterhergeflogen war und was ich dort zu sehen bekommen hatte. Ty wollte wissen, was wir zuvor entdeckt hatten und was Ric über den Gestaltwandler erzählt hatte. Und natürlich zog sie mir jedes noch so kleinste Detail über *die Sache* mit Ric aus der Nase.

»Wie in einem Buch.« Sie seufzte verträumt. »Aber was hat Rapunzel mit der ganzen Sache zu tun?«, änderte sie anschließend das Thema.

»Das ist eine gute Frage. Was hat Zac denn so alles erzählt?«

»Dass Elizabeth ihn beeinflusst hat. Von ihren eigentlichen Plänen und so.«

Ich hob die Augenbraue, wie sie es immer tat.

»Er sagte, dass sie Zac von den Söldnern gelöst habe, um aus ihm einen Helden zu erschaffen, der liebenswert sei.« Bei der Erwähnung von Zacs Namen glaubte ich, dass sich ihre Augen für einen Moment verdunkelten. Vielleicht lag es jedoch auch an dem Glanz, der mir gleich darauf entgegenstrahlte. »Danach hat sie ihm all diese selbstlosen Heldensiege beschert, um ihn noch attraktiver für eine Leserin zu machen.«

»Sie hat ›Otherside‹ geplottet?«

Ty schüttelte schnell den Kopf. »Nein, das kann sie nicht. Nur die Charaktere selbst können ihre Geschichte ändern. So wie jeder Mensch sein Schicksal in der Hand hat. Aber sie hat ihn in diese Richtung gedrängt, sorgte mittels Intrigen für einen Twist mit Zodan und stellte Zac die Hindernisse in den Weg, die er beseitigen musste, um ein gefeierter Held zu werden. Er konnte sich praktisch gar nicht anders entscheiden.«

Ich brauchte ein paar Minuten, bis ich das Gesagte mit der Geschichte in Einklang brachte, die ich so viele Jahre lang immer und immer wieder voller Emotionen verschlungen hatte. »Aber warum das alles?«

»Sie braucht einen Verbündeten hier in dieser Welt«, sagte Ty, ohne zu zögern. »Irgendeinen Schlüssel.«

Der Verräter ist der Schlüssel, geisterte mir durch den Kopf, was Zodan gesagt hatte. War es möglich, dass sie Zac immer noch dafür nutzen konnte? Und bräuchte sie dafür vielleicht ›Otherside‹? Nach wie vor grummelte mein Magen bei dem Gedanken, dass Rics verloren geglaubte Schwester das Buch gelesen haben sollte.

Wie war diese Schwester überhaupt an das Buch gekommen? Hatte sie mich beschattet und die Gelegenheit ergriffen, als ich mich verwandelt hatte? Oder hatte sie einen Helfer? Schnell verbarg ich den aufblitzenden Gedanken, dass Rics Schwester vielleicht nicht auf unserer Seite stand. Damit würde ich bei Ric sowieso nicht weit kommen.

Ty bereitete uns beiden einen Kaffee zu, als ich das Röhren des Diabolos – ein unverkennbarer Klang – durch das geschlossene Fenster hörte. Mein Herz schlug sofort schneller. Wie ein kleines verliebtes Mädchen rannte ich zur Tür und riss sie auf. Ric kam gerade die Treppe hinauf, die Stirn in Falten gelegt.

»Hi«, sagte ich lächelnd.

Ric sah sich um und lächelte halbherzig zurück, als bei ihm ankam, dass er gemeint war.

»Ausgeschlafen?«, fragte er und ging an mir vorbei in die Wohnung. Kein Kuss, nichts. Meine Enttäuschung war greifbar, doch der Drache bemerkte es natürlich nicht.

»Ich habe nicht geschlafen. Ich war nur kurz …« Okay, ich war vermutlich doch eingeschlafen, also wollte ich darüber nicht weiter diskutieren. »Wo warst du?«

»Im Park. Bei der Wiese. Allein kann ich die Barriere aber nicht aufheben.«

Wir betraten gemeinsam die Küche.

»Solltest du nicht längst bei der Arbeit sein und Bücher verkaufen?« Ric schien nicht gerade begeistert darüber, dass Ty noch hier war.

War das ein gutes oder ein schlechtes Zeichen? Wollte er mit mir allein sein? Meine Gedanken glitten sofort zurück zu unserem Kuss und mein Herz hopste voller Vorfreude auf und ab.

»Ich habe heute freigenommen«, antwortete Ty, ohne auf Rics Tonfall einzugehen. »Ich werde Zac die Stadt zeigen.« Sie lächelte in ihren Kaffee, bevor sie trank. Klarer Fall von akuter Verliebtheit.

»Wir sollten los, Perry schickt uns heute in ein Archiv in der Altstadt. Josh ist zurück in seinem Team, Laurie ist wieder im Einsatz.«

»Okay, wir können gehen.«

»So?« Ric musterte mich von oben bis unten und mir wurde bewusst, dass ich noch immer meine pinkfarbene Jogginghose und das weiße Shirt trug. Ich wurde rot und huschte schnell in mein Zimmer.

Während ich meine Jeans anzog, trat Ric, ohne zu klopfen, ein. Auch wenn ich mit dem Rücken zu ihm stand, konnte ich seinen Geruch wahrnehmen und mein Herz polterte los. Ric trat näher. Mir wurde wärmer, mein Nacken kribbelte in Erwartung einer Berührung. Ich rührte mich keinen Millimeter. Wie lange wollte er mich denn quälen? Ein weiterer Moment verging. Irgendwann hielt ich es nicht mehr aus.

»Wenn das einer deiner blöden Scherze ist ...«, fuhr ich herum. Doch dort stand niemand. Die Zimmertür war noch genauso angelehnt, wie ich sie zugeschubst hatte. So langsam wurde ich irre.

Meine Fantasie brach mit mir durch. Schnell warf ich mir einen dunklen Pullover über und verließ den Raum. Ric wartete bei der Wohnungstür auf mich.

»Was ist los?«

Immer noch irritiert schüttelte ich den Kopf. »Nichts. Wir können los.«

Ric hielt mir meine Handtasche entgegen, die ich dankend annahm. Aus der Küche hörte ich Zacs Stimme und ein Kichern von Ty.

Auf Rics Kopfnicken hin gingen wir los.

* * *

»Wir sollten sie einweihen«, flüsterte Ric neben mir, der mit der Bibliothekars-App die Bücher überprüfte, die ich ihm nannte. Er deutete mit dem Handy auf Coral und Peter, die zwei Regale weiter dasselbe Spiel spielten.

Wir hatten von Perry eine Standpauke erhalten, weil wir nicht mehr zurückgekommen waren, um unseren Bericht abzuliefern. Dank unserer Freunde, die eine Familiensache bei Ric für unsere Abwesenheit vorschoben, war diese jedoch nicht ganz so schlimm ausgefallen. Die Ältesten waren letzte Nacht noch zu der Wiese im Park gegangen, konnten jedoch keine Seelenlose mehr aufspüren. Sie hatten uns für übereifrig oder zu fantasievoll gehalten und die Sache abgehakt. Als ich das gehört hatte, wäre ich am liebsten an die Decke gegangen. Die Bedrohung saß direkt vor ihrer Nase, sie kannten die Prophezeiung und ließen eine so gute Vorlage ungenutzt? Manchmal konnte ich die Bibliothekare nicht verstehen.

Ich zögerte mit einer Antwort auf Rics Frage. Coral und Peter gehörten zu unserem Team, aber beide waren sehr loyal. Und die oberste Loyalität eines Wächters lag bei den Bibliothekaren und beim Rat. Was, wenn sie uns verrieten?

»Ich weiß, dass wir ihnen vertrauen können.« Ric klang so sicher, dass ich mich umdrehte und ihn genau musterte.

»Ich habe davon geträumt, okay?« Er hob entschuldigend die Arme.

»Na, dann.« Ich verdrehte die Augen.

»Bislang lag ich mit meinen Träumen immer richtig.«

»Bislang hast du mir nicht sehr viel darüber erzählt.« Ich verzog das Gesicht.

»Vielleicht, weil wir Besseres zu tun hatten?« Er zuckte mit den Augenbrauen und brachte mich damit zum Lachen.

Coral und Peter sahen kurz fragend zu uns und wandten sich dann wieder ihrer Arbeit zu.

»Bist du dir sicher?«, vergewisserte ich mich. Ric nickte und wir gingen beide im selben Moment los zu unseren Freunden.

»Was gibt's?«, fragte Coral, die gerade die Daten eines alten Wälzers, den Peter ihr hinhielt, ins Handy eintippte. Als der Bildschirm kurz grün aufleuchtete, schüttelte sie den Kopf und Peter stellte das Buch wieder zurück ins Regal. Anschließend drehten sie sich zu uns.

»Ich habe in meiner Freizeit ein Buch gelesen«, platzte es aus mir heraus.

»Willst du uns einen Regelverstoß melden?«, fragte Coral ruhig und sah mich aus ihren tiefblauen Augen an.

Ric neben mir schüttelte den Kopf. »Es geht um etwas viel Größeres. Und wir brauchen eure Hilfe.«

Taten wir das? Was hatte er denn nur schon wieder geträumt? Er fasste in weniger als zwanzig Sätzen wirklich alles zusammen, was ich tief beeindruckend fand. Ich hätte vermutlich bis zum Ende der Schicht gebraucht. Er hatte auch seine Schwester Natalia nicht ausgelassen – unsere Beziehung jedoch schon, was ich im Moment auch gut fand. Im Anschluss an das bisher Geschehene erzählte er von sich und seinen Träumen.

»Wann haben diese Träume angefangen?« Für sein sonst so trübes Wesen war Peter regelrecht euphorisch.

»Kurz nachdem Nat entführt wurde«, antwortete Ric knapp. »Ende des ersten Lehrjahres. Damals hielt ich es noch für ganz normale Träume. Sie kamen auch nur selten, behielten jedoch immer Recht. Außer ...« Er machte eine kurze Pause. »Außer bei Nat selbst. Die Träume sagen, dass es ihr gut geht, dass ihr nichts geschieht. Immer und immer wieder.« Ric fuhr sich mit der Hand durch die Haare.

»Daran glaubst du nicht?« Coral sah ihm tief in die Augen, als könne sie die Wahrheit aus ihnen lesen. Ich war mir manchmal nicht ganz sicher, ob so etwas nicht tatsächlich auch zu ihren Sirenen-Fähigkeiten gehörte.

»Nein. Wenn sie nicht von irgendwem verschleppt worden wäre, würde sie jetzt gemeinsam mit uns in der *Bibliotheca* arbeiten.«

»Vielleicht ist genau das der Grund, warum sie sich versteckt hält«, sagte Peter emotionslos. Nachdem wir ihn alle fragend ansahen, wurde er wieder rot. »Ich habe letzte Nacht mitbekommen, wie sich meine Eltern über die Bibliothekare unterhalten haben. Ich bin oft nicht derselben Meinung wie die beiden, aber was ich gehört habe, klang beunruhigend.«

»Nun sag schon«, drängte ich im selben Moment, in dem Ric »Komm zum Punkt« sagte.

Peter hob beschwichtigend die Arme. Er war aufgeregt, seine

Finger hatten sich bereits zur Hälfte in kleine Zweige verwandelt, was seltsam raschelte, als er sie zur Faust ballen wollte. »Sie haben schon lange diese Verschwörungstheorien, deshalb habe ich mir im ersten Moment nichts dabei gedacht. Als sie mir dann aber erklärten, dass der Einsatz gestern bewusst und gegen jede Regel gar nicht stattfand, war ich mit ihnen einer Meinung. Einer der Bibliothekare vertuscht die Vorkommnisse, die *Störungen*.« Er holte tief Luft, seine Hände verwandelten sich wieder zurück und er war nicht mehr so aufgeregt. »Vor ein paar Tagen hatten sie auch nichts davon gehört, dass sich die Charaktere verändern. Es wurde nicht weitergegeben. Meine Eltern sind aus allen Wolken gefallen, als ich ihnen von Laurie erzählte.«

»Meint ihr, Perry gibt die Berichte nicht weiter?«, fragte ich, glaubte aber selbst nicht daran. Perry war so ordentlich und zuverlässig, schon der Gedanke schien absurd. Auch die anderen verneinten sofort.

»Perry hätte auch nicht die nötigen Befugnisse, Geschehnisse außerhalb des Jugendbuchbereichs zurückzuhalten«, sagte Peter.

»Geschieht denn auch außerhalb unseres Bereichs etwas? Ich habe gar nichts davon gehört.« Man munkelte nur über die Jugendbuchcharaktere.

»Sicher«, nickte Peter. »Aber es gibt nichts Offizielles dazu. Genauso wenig, wie die Erwachsenen von unseren Zwischenfällen wissen. Ich habe meine Eltern für Spinner oder paranoid gehalten, als ich zum ersten Mal davon gehört habe. Aber jetzt ... Es passt alles zusammen.«

»Dann fällt der Vorschlag wohl weg, mit den Bibliothekaren zu sprechen und sie um Hilfestellung zu bitten, hm?« Dabei hatte ich genau darin die einzige vernünftige Lösung gesehen. Dann hieß es wohl unvernünftig zu sein.

»Sieht so aus. Zumindest, solange wir nicht wissen, wer da manche Sachen vertuschen will. Aber vielleicht könnten uns meine Eltern helfen«, sagte Peter.

Seine Eltern, Paul und Linda Bernstein, überprüften und optimierten sämtliche Abläufe im Institut. Sie unterstanden eigentlich niemandem außer dem Hohen Rat der Bibliothekare, waren daher unabhängig und konnten so alles mit etwas Abstand beurteilen. Mir waren sie immer etwas seltsam vorgekommen, insbesondere, als ich ihre Arbeit während des Ausbildungspraktikums im Qualitätsmanagement genauer kennengelernt hatte. Sie hatten einfach an allem etwas auszusetzen und jammerten viel herum. Aber vielleicht machte das dieser Job aus einem. Ich war froh gewesen, als ich wieder auf Patrouille gehen konnte.

»Als ob sie mit uns darüber sprechen würden«, gab Ric zu bedenken.

»Da hast du vermutlich Recht. Soll ich mit ihnen reden?«

»Wenn du ihnen in der Sache vertraust ...«

»Das tue ich. Meine Eltern sind absolut vertrauenswürdig. Sonst hätten sie doch nicht so einen tollen Sohn wie mich.« Hatte Peter gerade einen Witz gemacht? Coral gluckste wie ein Bergfluss. Bei ihr schien Peters Humor großartig anzukommen.

Wir vereinbarten, dass Peter sich nach der Schicht mit seinen Eltern unterhalten würde, die größtenteils von zu Hause aus arbeiteten. Am Abend würde er uns über alles informieren.

»Dann sollten wir mal besser mit unserer Arbeit hier fertig werden«, sagte Coral, nachdem wir unsere Pläne besprochen hatten.

»Sie hat Recht. Wir sollten zumindest vorerst den Anschein wahren, dass wir auf der Suche nach dem fünften Element sind. Auch wenn wir es bereits gefunden haben«, stimmte Ric zu.

Also machten wir uns wieder auf die Suche nach uns unbekannten Titeln und gaben sie in die App ein. Sicher wurden die Bücher während des Vorgangs irgendwo zentral gespeichert und so nebenbei katalogisiert.

Nach der Schicht im Archiv gingen Ric und ich durch die Altstadt zu seinem Wagen, den er in einiger Entfernung hatte abstellen müssen, aus Angst, dass der tiefergelegte Diabolo die Fahrt durch die sehr unebenen gepflasterten Gassen nicht unbeschadet überstehen würde. Vor einem kleinen Café verharrte er für einen Moment.

»Willst du noch etwas trinken gehen?«, fragte ich hoffnungsvoll.

Ric presste die Lippen zusammen, schüttelte den Kopf und ging weiter. Schnell schloss ich zu ihm auf, enttäuscht über seine Reaktion. Warum hatte ich mich doch gleich für ihn entschieden? Eine zarte Brise strich mir den Rücken entlang. Es fühlte sich beinahe an wie die Berührung eines Armes, der mich zu sich ziehen wollte. Ich sah zu Ric neben mir, der beide Hände in die Taschen der dünnen Jacke gesteckt hatte.

Traurig senkte ich den Kopf. Das wäre es gewesen, was er hätte tun sollen. Mich in den Arm nehmen, während wir nebeneinander durch die alten Gassen schlenderten, um Jahre in der Zeit zurückversetzt. Er hätte mich an sich drücken und mir das Gleichgewicht nehmen sollen. Sein Arm zuckte, als müsste er ihn mit aller Willenskraft zurückhalten. Ich spürte die Funken zwischen uns, die Luft bestand aus reinem Knistern und doch gingen wir Schritt für Schritt weiter. Wir überquerten eine der alten Personenbrücken über den kleinen Bach, der die Altstadt durchzog, und gingen auf eine Unterführung zwischen Altstadt und neuem Zentrum zu.

Eine starke Brise schob uns praktisch in den kleinen Tunnel und drängte uns in die falsche Richtung – eine Abzweigung, in der eine Treppe nach oben zur Straße führte.

»Was tust du?«, zischte Ric und sah mich aufgebracht an. Die Hände hatte er aus den Taschen genommen, um bei diesem starken Wind sein Gleichgewicht besser halten zu können.

»Ich tue gar nichts«, antwortete ich ihm wahrheitsgemäß – denn ich tat nichts, außer mich gegen den Wind zu stemmen, der mir einfach nicht gehorchen wollte.

Wir waren nun am Fuß der Treppe angekommen. Von oben drang die Oktobersonne zu uns hinab und ließ Schatten über den Boden wandern. Mein Element meldete sich, das Amulett pulsierte. »Gefahr!«, schien es zu rufen. Ric sah sich aufmerksam um, während ich von der Wand der Unterführung aus alles beobachtete. Er war angespannt, hatte die Arme zur Verteidigung bereits erhoben. Als sich nichts auf uns stürzte, entspannte er sich und wandte sich zu mir um. Für einen kurzen Moment blitzte etwas in seinen Augen auf, das sogleich von einem schmerzhaften Ausdruck ersetzt wurde.

Etwas kitzelte mich im Nacken und ich strich unter Rics wachsamem Blick mit der Hand darüber. Die goldenen Augen schienen sich an meinen Lippen festzusaugen. Prompt spürte ich eine Hitze auf ihnen, als wäre Ric direkt vor mir und nicht zwei Meter entfernt. Ich fuhr mit der Zunge über die Lippen. Ric schloss kurz die Augen. Seine Kiefermuskulatur war angespannt. Als er die Augen wieder öffnete, war das Feuer darin lebendiger als je zuvor. Ein erneuter Windstoß fegte durch die Unterführung und schob Ric auf mich zu, der sich vergeblich dagegenstemmte. Erst als sich seine Hände rechts und links von meinem Kopf an die Wand pressten, ließ der Wind nach.

»Das Benutzen der Elementarkräfte für eigene Zwecke ist verboten«, raunte er mit stockender Stimme, nicht mehr als zehn Zentimeter von mir entfernt.

»Ich ... war das nicht«, flüsterte ich. Mein Herz sprang Ric bereits entgegen – zumindest fühlte es sich so an.

Ric überging das Gesagte und kam noch ein Stück näher, die Arme bereits gebeugt. »Als hättest du meine Gedanken gelesen«, flüsterte er neben meinem Ohr. »Du kannst gar nicht erahnen, wie sehr ich mich eben danach gesehnt habe, dir nahe zu sein.«

Mein Körper brannte, ich war nicht länger in der Lage, an irgendetwas anderes zu denken als an Ric. Seine Lippen streiften mein Ohrläppchen, heizten das Feuer weiter an. Rics Hände glitten meine Arme hinab, er umgriff meine Hüfte und zog mich noch enger zu sich. Seine unregelmäßigen Atemzüge hypnotisierten mich, trugen mich irgendwo anders hin, weit weg. Ich schloss die Augen und erschauderte, als er meinen Hals mit zarten Küssen bedeckte, hinab bis zu meiner Schulter. Ich vergaß zu atmen – es war mir unmöglich zu atmen. Unmöglich überhaupt etwas anderes zu tun, als zu genießen. Sein feuriger Atem streifte meine Wange, meinen Mund. Ich öffnete die Lippen, sehnte mich nach seinem Kuss.

Doch stattdessen dröhnte es neben meinem Kopf. Ric umgriff die blutende Faust mit seiner gesunden Hand.

»Du schlägst lieber auf Wände ein, als mich zu küssen?«, fragte ich mit immer noch atemloser Stimme, versuchte meine Enttäuschung zu überspielen. Und fing mir einen vernichtenden Blick aus Rics Feueraugen ein, in denen dieselbe Begierde stand, die ich in jeder Zelle meines Körpers fühlte.

»Die Nähe zu mir ist gefährlich, Lin.«

Er war kurz davor, erneut auf die arme Unterführung einzuschlagen, die wohl als letzte etwas dafür konnte. Daher griff ich nach seinem Arm und hielt ihn zurück. Nicht dass ich die Kraft hätte aufbringen können, wenn er sich nicht selbst zurückgehalten hätte – aber das tat er. Für ein paar Sekunden blieben wir reglos stehen, meine Hand auf seinem Arm, die Gesichter einander zugewandt, wurden wie zwei Magnete voneinander angezogen. Die Anspannung schmerzte, das Sehnen war die reinste Qual.

Nach Minuten oder vielleicht auch Stunden, in denen er sich gegen diese Anziehung gewehrt hatte, gab er auf und überbrückte die letzte Distanz zwischen uns. Unsere Lippen berührten sich. Flammen zischten empor, nahmen uns in ihre feurigen Arme. Mein Element umhüllte uns und verbarg uns vor dem Rest der Welt, die nicht mehr existierte. Es gab nur noch Ric und mich und diesen Kuss, der einfach alles vergessen ließ.

10. Kapitel

*Die Anziehung zwischen den beiden ist zu groß. Er stößt die
Warnungen in den Wind. Was sollen wir unternehmen?
Gegen sie kommen wir nicht an.*

Gefahr? Ich habe bereits Vampire und Werwölfe getötet, bin Wesen begegnet, die an Grausamkeit nicht zu überbieten sind. Gefahr – ein niedriger Preis für die Zeit mit Ric. Natürlich sagte ich ihm das nicht, sein Ego musste nicht noch weiter aufgeplustert werden. Aber ich erwischte mich tatsächlich bei dem Gedanken.

Irgendwie – und ich konnte es wirklich nicht erklären – waren wir in seiner Wohnung gelandet und hatten den Rest des Nachmittags mit Dingen verbracht, die im Jugendbuchbereich immer ausgelassen wurden. Bevor es bis zum Äußersten kam, hatte allerdings meine Mutter angerufen. Ich grinste dennoch immer noch auf seinem Bett sitzend vor mich hin, als Ric zurück in sein Zimmer kam – zwei Tassen Kaffee in der Hand. Doch der Kaffee zog nicht meine Blicke auf sich. Wie auch, wenn er sie vor seinem nackten Oberkörper hielt.

»Ich möchte ja nicht, dass du an Koffein-Entzug stirbst«, sagte er lachend und reichte mir eine der Tassen. Ich wollte sie gerade an mich nehmen, da zog er sie zurück. »Umsonst gibt es hier nichts.« Er beugte sich geschickt zu mir hinab, ohne den Kaffee zu verschütten.

Ich gab mich geschlagen und drückte ihm einen Kuss auf die Lippen. »Das sind ja Wucherpreise hier!«, lachte ich und schnappte nach der Tasse.

Während der warme Kaffee meinen Hals hinabglitt, sah ich mich in Rics Zimmer um. In einem verwaisten Bücherregal standen etliche Fotos des Mädchens, von dem ich die Zeichnung am Flurspiegel gesehen hatte, als ich das letzte Mal hier gewesen war. Ich hatte sie für eine von Rics Groupies gehalten, die ja anscheinend alle erfunden waren.

Ric schien meinen Gedanken zu erraten. »Natalia. Meine Schwester.« Er betonte das letzte Wort, um ja alles andere auszuschließen.

»Wie alt ist sie jetzt?«, fragte ich.

»Achtzehn«, antwortete er nur knapp.

Ich stellte meinen Kaffee auf das Sideboard neben dem Bett und strich Ric mit den Fingern über den Rücken. Lächelnd nahm ich wahr, dass er erschauderte.

»Willst du mir von damals erzählen?«, fragte ich leise.

In seinem Gesicht blitzte Schmerz auf. Dann nickte er langsam, stellte seine Tasse auf den Boden und zog mich zu sich. Gemeinsam rutschten wir zur Wand und ich schmiegte mich an ihn, während er zu erzählen begann. Ich vermutete, dass er besser erzählen konnte, wenn ich ihm nicht in die Augen sah, sondern mich gegen seinen Brustkorb lehnte.

»Nat war vierzehn, als sie zum Test in der *Bibliotheca Elementara* war. Ich erinnere mich noch, wie stolz sie war, dass auch sie eine Gabe besaß. Sie beherrschte das Feuer in der Schale mit links.«

Meine Gedanken glitten zu meinem eigenen Test zurück; ich war damals etwas über vierzehn Jahre alt gewesen und aufgeregt wie nie zuvor in meinem Leben. Mein Vater, der selbst keine Macht über ein Element besaß, hatte mir also nichts vorführen oder raten können. Er hatte mir nur von seinem eigenen Test erzählt. So wurde ich quasi blind in die *Bibliotheca Elementara* geführt und trat vor die versammelten Bibliothekare, die an einem großen Tisch saßen und mich von oben bis unten musterten. Es war schrecklich. Vor ihnen waren die einzelnen Elemente aufgereiht. Eine goldene Schale mit Feuer, daneben die mit Wasser, dann die mit Erde und zuletzt eine Schale, die auf den ersten Blick leer aussah. Erst bei genauerem Betrachten erkannte ich, dass über der Schale ein winziger Tornado wirbelte.

Ich wurde gebeten meine Hand über die einzelnen Elemente gleiten zu lassen. Hier, in den heiligen Hallen der Wächter, würde meine Macht auch mit vierzehn schon ausreichend sein, um mein Element zu kontaktieren. Ich glitt über die Schale mit dem Feuer und zuckte instinktiv zurück, als mich die Hitze der Flammen erreichte. Das Wasser reagierte genauso wenig wie die Erde und ich fürchtete schon, dass die Gabe der Familie an mir vorbeigegangen war wie an meinem Vater.

Meine Hand befand sich noch zur Hälfte über der Erdschale, da beugte sich der kleine Tornado bereits in meine Richtung. Es war ein unbeschreibliches Gefühl. Plötzlich war ich vollständig, obwohl ich nicht gewusst hatte, dass mir etwas fehlte. Ich fuhr über die Schale meines Elements und ein starker Windstoß glitt meinen Arm hinauf und kitzelte mich, bis ich lachen musste. Ich wusste nicht, wie ich den Wind abstellen sollte, und wünschte mir nur lautlos, er würde endlich damit aufhören – und schon herrschte Windstille.

Der Blick der Bibliothekare war eine Mischung aus Wissen und Erstaunen. Später erzählte mir mein Vater, dass normalerweise die Bibliothekare die Elemente zurückrufen mussten, um den Prüfling von seinem Element zu trennen. Er wusste jedoch auch nicht, ob ich ein Einzelfall war oder mehrere ihr Element von Beginn an unter Kontrolle hatten. Ich hatte auch nie jemanden danach gefragt.

Der zarte Kuss auf meinen Kopf holte mich ins Jetzt zurück. Zurück in die Arme von Ric und Natalias Geschichte.

»Sie hatte die Hand noch nicht einmal über der Feuerschale, da schossen die Flammen empor, hat meine Mutter mir erzählt. Die Flammen umhüllten sie vollständig, ehe Nat sie wie selbstverständlich zurückzwang. Die Bibliothekare erzählten meiner Mutter später, dass bislang kein Prüfling das Feuer so unter Kontrolle gehabt hatte wie sie. Du glaubst gar nicht, wie stolz meine Mutter war.« Ich spürte, wie er sich neben mir kurz anspannte, die Hand an meiner Seite zur Faust ballte. »Sie wurde in unserer Familie als Wunderkind beschrieben. Meine Großmutter hat ein Familienfest veranstaltet, zu dem Natalia nicht erschienen ist. Seit jenem Morgen habe ich sie nicht mehr gesehen.« Ric drückte mir erneut einen Kuss auf den Scheitel und legte dann sein Kinn auf meine Schulter.

So saßen wir eine ganze Weile da. Wortlos, damit meine Gedanken kreisen konnten.

»Warum dachtest du, sie sei entführt worden? Gab es einen Erpresserbrief oder etwas in der Art?«, fragte ich nach einer Weile.

Er schüttelte den Kopf und rieb dabei meine Schulter, was kitzelte. »Warum hätte sie weglaufen sollen?«

»Ich weiß es nicht.« Ich senkte den Kopf und überlegte weiter. »Erzählst du mir auch, was mit deinen Eltern passiert ist?« Ich biss mir auf die Lippe und wappnete mich innerlich für eine Abfuhr, weil ich seine Reaktion nicht abschätzen konnte. Der Drache Ric hatte schon während der Ausbildung, kurz nachdem das Unglück passiert war, stets alle Fragen danach mit vernichtenden Blicken beantwortet. Doch mein Ric war anders.

»Sie gaben die Suche nach Nat nie auf. Selbst als die Bibliothekare den Suchtrupp, den sie zusammengestellt hatten, zurückgepfiffen hatten. Sie folgten jedem Hinweis und nutzten sogar ihre Elemente dafür. Meine Mutter war wie du, mein Vater wie ich«, sagte er verträumt. War das eine Anspielung? Mein Herz hopste kurz vor Freude. »Sie zogen jeden Abend los und waren fast die ganze Nacht unterwegs. Am nächsten Tag erzählte mir Großmutter immer am Telefon, was sie ihr berichtet hatten. Selbst sie hatte täglich die Erde angerufen, um Hinweise zu sammeln. Die drei waren ein nahezu perfektes Team. Nur das Wasser fehlte.«

Ric schwärmte beinahe und mir wurde sprichwörtlich warm ums Herz. Für einen Familienmenschen hätte ich Ric nie gehalten, was nach seinem Abblocken von Fragen über dieselbe ja auch verständlich war. Er wohnte bei seiner Großmutter, aber ich hatte sie in all den Jahren nie zu Gesicht bekommen.

Ohne dass ich nachhakte, fuhr Ric fort: »In dieser einen Nacht hat mich meine Großmutter angerufen.« Ich nickte. Wir hospitierten damals bei einem ausgebildeten Team im Außendienst. »Sie hat mir gesagt, dass sie meine Eltern nicht mehr spüren kann. Sie, die Erde, hatte meine Eltern verloren.« Rics Herz pochte an meinem Rücken. Sein Element manifestierte sich. »Am nächsten Tag fand man ihre Leichen im Park.« Er glühte nun.

Ich wagte es nicht, nach der Todesursache zu fragen, sondern musste ihn irgendwie beruhigen. »Aber deine Großmutter kann Natalia immer noch spüren?«, war das Erste, das mir zur Ablenkung einfiel. Ein Lichtblick, so hoffte ich zumindest.

Er nickte. »Sie spürt sie immer noch jede Nacht auf. Sie ist noch da – aber Großmutter kann sie nach wie vor nicht orten.«

»Deshalb suchst du die ganze Zeit nach ihr?«

»Mein Element kann mir nichts erzählen. Wo gibt es heutzutage schon noch Feuer? Ich muss auf andere Weise an Informationen kommen.«

So hatte ich das noch nie gesehen. Für mich – und auch alle anderen Wächter – war Feuer das stärkste Element. Kriegerisch, fast immer siegreich. Aber Feuer war nicht gegenwärtig, konnte keine Informationen zuflüstern wie der Wind. Daher waren seine Eltern ein so gutes Team gewesen: Feuer und Luft, Stärke und Wissen. Beeindruckend. Und doch hatten sie ihre Tochter nicht aufspüren können. Aber vielleicht konnten Ric und ich es.

»Ich kann dir helfen«, schlug ich vor. »Ich beschaffe dir die Informationen und wir suchen Natalia zusammen.«

»Es ist zu gefährlich, Lin.« Ric nahm meine Hand und verflocht seine Finger mit meinen.

»Ich dachte, es wäre gefährlich, das zu tun, was wir ...« Binnen einer halben Sekunde lag ich auf dem Rücken und Ric war über mir. Er hielt meine beiden Hände über meinem Kopf fest.

»Ich will nicht sagen, dass es ein Fehler war. Das empfinde ich nicht so. Aber ich würde es mir nie verzeihen, wenn dir etwas zustoßen würde. Ich würde mich für immer dafür verantwortlich fühlen. Bitte spiel nicht damit, Lin.« Seine Augen flackerten und wechselten die Farbe wie in einem Flammenspiel. Ich versuchte mich zu befreien, wand mich und drehte mich, hatte jedoch gegen seine Muskelkraft und sein Gewicht plus Erdanziehung keine Chance.

»Versprich es mir«, sagte er hypnotisch.

Ich presste die Lippen zusammen und schüttelte den Kopf, bis ich laut loslachte. »Ich kann auf mich aufpassen, Ric.«

»Das habe ich gesehen. Du erinnerst dich: Dämon, Schatten, Fee …«

Das war unfair. In dem Moment hatte ich mich überschätzt – oder den Söldner unterschätzt. Wer konnte schon ahnen, dass der Chef höchstpersönlich erschienen war. Ich verzog das Gesicht und Ric grinste triumphierend.

»Idiot.«

»Tinkerbell.«

Jetzt lachten wir beide, was befreiend war und die düsteren Gedanken vertrieb, die nach wie vor über uns schwebten. Die Stimmung schlug jedoch sofort in eine ganz andere um, als er begann meinen Hals zu küssen und dabei weiterhin meine Hände fixierte. Jede Berührung seiner Zunge glich einem kleinen Stromstoß, der mich mit Energie versorgte. Und dem Verlangen nach mehr.

11. Kapitel

Du greifst nicht ein.
Waren das deine Pläne? Erneut machen sich Feuer und Luft auf die Suche nach ihr. Entschlossen wie eh und je.

Der Nachmittag war viel zu schnell zu Ende und die Sonne arbeitete noch zusätzlich gegen uns. Oder besser gesagt die Umstellung auf die Winterzeit. Denn Sonnenuntergang war für 17.07 Uhr angesetzt. Ich hasste es.

Der Vorteil, die Zeit gemeinsam zu verbringen, war, dass Ric mich nicht extra abholen musste und wir daher ungefähr zwei Minuten Zeit einsparten, die wir mit ausgiebigen Küssen verbrachten. Wir verhielten uns wie zwei Mädchenromancharaktere. Pfui. Beim Gedanken daran grinste ich an Rics Lippen.

»Ich mag es, wenn du lächelst«, sagte er und ich prustete bei so viel Kitsch und Klischee erst richtig los. Erst als ich mich beruhigt hatte, war ich fähig ihn aufzuklären und wir gingen gemeinsam in die Hölle.

Nach all den Jahren hatte ich mich richtig an den Diabolo gewöhnt und auch an die Blicke, die man beim Vorbeifahren von allen – seltsamerweise hauptsächlich Männern und Jungs – kassierte.

Ehe wir ausstiegen, hielt mich Ric noch kurz zurück: »Sei mir nicht böse, aber ich würde das hier«, er deutete mit dem Finger von mir zu ihm und noch mal zu mir, »gerne geheim halten.« Die Enttäuschung stand mir ins Gesicht geschrieben, denn er setzte sofort hinzu: »Ich möchte nicht, dass der Spion – wer auch immer das ist – weiß, wie viel du mir bedeutest.« Er griff nach meiner Hand. »Ich will nicht, dass dir etwas zustößt, Lin.« Die Intensität seines Blicks, das Leuchten seiner goldenen Augen sagten mehr als alle Worte. Er zog mich zu sich und gab mir einen letzten zärtlichen Kuss, ehe er sich während des Aussteigens in den Ric verwandelte, den ich die letzten Jahre an meiner Seite gehabt hatte. Na toll.

»Feuer und Luft geben uns die Ehre ihrer Anwesenheit.«

Perry war es gewohnt, dass wir im letzten Moment hereinrauschten, daher reagierten wir nicht darauf und setzten uns auf unsere Plätze neben Coral und Peter.

»Dann kann ich euch ja von den neuesten Vorkommnissen berichten, die alles andere als erfreulich sind.« Er ging zu dem kleinen Stehpult und wollte schon den Beamer anschalten, als er sich noch einmal umwandte. »Die weltweite Suche nach dem Unikat war bislang erfolglos. Die Bibliothekare hatten heute eine Videokonferenz. Wir sind in dieser Sache noch keinen Schritt weiter.« Er aktivierte den Beamer und eine Karte der Stadt erschien. »Die Techniker haben ein erhöhtes Aufkommen von Seelenlosen registriert.« Nach einem weiteren Knopfdruck war die Karte übersät mit grünen Punkten.

»Dann haben wir heute Nacht ja einiges zu tun. Gibt es spezielle Einsatzpläne?«, rief jemand aus Gruppe A dazwischen.

Perry schüttelte den Kopf und drückte erneut die Fernbedienung. Die grünen Punkte wurden fast alle durch rote Punkte ersetzt. »Die meisten von ihnen sind bereits verschwunden.«

»Sie dematerialisieren sich selbst? So viele?«, fragte ein Mädchen – Anna? – von weiter hinten.

»Ich befürchte, dass sie das nicht tun. Etwas anderes passiert mit ihnen. Sie verschwinden einfach. Hätte ich nicht gerade bei den Technikern gestanden, hätte ich es selbst vielleicht gar nicht mitbekommen.« Perry verzog das Gesicht. Er war wohl auch unzufrieden mit der Kommunikation innerhalb des Instituts. Das sprach für ihn und gegen die Theorie, dass er der Spion war oder derjenige, der Informationen zurückhielt. Nach einem Blick zu Peter, der leicht nickte, war ich gespannt darauf, was er aus seinen Eltern herausbekommen hatte, und konnte kaum erwarten, bis wir auf Patrouille gingen.

»Und was werden wir dagegen unternehmen?«, fragte Ric und konfrontierte Perry so mit einer vermutlich unlösbaren Aufgabe.

»Wir gehen weiter auf Patrouille und spüren diejenigen auf, die nicht verschwunden sind.« Perry deutete auf die grünen Punkte und wirkte dabei selbst nicht überzeugt. »Mehr können wir vorerst nicht tun. Wir können nur hoffen, dass dieses Buch bald auftaucht und wir das fünfte Element extrahieren können, ehe es zu spät ist.«

Ha! Genau dann wäre es zu spät. Wir mussten alles dafür tun, dass ›Otherside‹ nicht gefunden wurde. Doch es könnte bereits in den Händen des Feindes liegen.

Perry gab die üblichen Hinweise bezüglich Sicherheit und Vorschriften und betonte dieses Mal besonders, dass wir uns vor den Menschen nicht offenbaren sollten. Ich zuckte zusammen, auch wenn es nur Zufall sein mochte. Oder hatte uns jemand verraten? Misstrauisch sah ich zu Josh hinüber und bemerkte dabei, dass Ric dasselbe tat. Niemand außer ihm war dabei gewesen, als Coral den vermeintlichen Menschen Zodan besungen hatte. Stand Josh auf der falschen Seite?

Als wir das Institut verlassen hatten, fühlte ich mich irgendwie befreit. Diese Verräter-Sache zehrte an meinen Nerven. Wir waren kaum ein paar Schritte gegangen, da schob uns Ric mit Schwung in eine Seitengasse, die nicht zu unserem Weg gehörte.

»Was hast du von deinen Eltern herausgefunden?«, fragte er Peter.

Dieser erholte sich gerade noch vom Schreck, so schnell in eine dunkle Gasse gezerrt zu werden, und brauchte ein paar Sekunden, was meine Anspannung noch mehr steigerte.

»Ich habe sie natürlich nicht direkt mit einem Verräter konfrontiert«, begann Peter. »Aber ich habe sie nach ihrer Arbeit befragt und sie wurden schnell gesprächig. Ihre Arbeit ist ja streng geheim und ich darf niemandem davon erzählen, blablabla«, schnaubte er und wir drei nickten wissend, damit er endlich fortfuhr. »Sie haben mir erzählt, dass sie aktuell eine ganz große Sache verfolgen. Auf allen Hierarchieebenen gibt es jemanden, der Informationen zurückhält, aber auch teaminterne Angelegenheiten weitergibt, um den Unmut im Institut zu schüren.«

Josh in Gedanken vor mir, sah ich hinüber zu Ric, der nur die Augen zusammenkniff und nickte.

»Die Beschwerden über einzelne Mitglieder, die an meine Eltern herangetragen werden, häufen sich. Irgendwer spinnt Intrigen und hetzt uns alle gegeneinander auf, so dass oft nicht genügend Zeit für den eigentlichen Job bleibt. Bisher haben sie jedoch nicht herausgefunden, wer es ist. Ich soll meine Augen offen halten, sagten sie.« Peter blickte peinlich berührt zu Boden.

»Dann kannst du ihnen gleich berichten, was Perry heute erzählt hat«, sagte ich. »Er vermutet auch, dass Informationen nicht weitergegeben werden. Und dann ist da noch die Sache mit Josh.«

Peter und Coral sahen mich fragend an.

»Der Hinweis wegen der Menschen kam doch nicht von irgendwoher. Wann hat Perry uns das letzte Mal darauf aufmerksam gemacht? Als die Neuen dazukamen?«

Nun blitzte Erkennen in Peters und auch Corals Augen auf. »Ihr meint, Josh ist ...«, setzte Coral an und wir nickten zur Antwort.

»Wir müssen mit all diesem Wissen sehr vorsichtig sein«, ermahnte uns Ric.

»Und vor allem sollten wir schnellstmöglich ›Otherside‹ zurückbekommen«, fügte ich hinzu. »Kannst du dich mal bei deinem Element umhören?«, fragte ich Peter, der sich sofort umsah. In der dunklen Gasse gab es jedoch keine Bäume, mit denen er hätte sprechen können.

»Wir sollten uns auch die alte Wiese im Park noch einmal genauer ansehen«, sagte Coral. »Dieses Mädchen entsprach für mich nicht ganz einer Rapunzel.«

»Was zuerst?«, fragte ich.

»Wir gehen normal auf Patrouille. Danach gehen wir in den Park. Dort kann unser Setzling mit seiner Familie quatschen, wir können uns bei der Naturwiese umsehen und Tinkerbell kann den neuesten Klatsch in Erfahrung bringen«, bestimmte Ric.

Während Peter ihm nur böse Blicke zuwarf, rief ich eine starke Brise und stieß Ric an, so dass er ins Straucheln geriet. Musste er es mit dem Arsch-Sein so übertreiben?

Peter und Coral gingen bereits zurück zur Straße, als Ric mir einen entschuldigenden Blick zuwarf. Ich zerzauste mit einem Windstoß seine akkurat gestylten Haare. Ha! Schon fühlte ich mich befreit und marschierte erhobenen Hauptes hinter Coral und Peter her.

Ein Kribbeln im Nacken verriet mir, dass Ric mir hinterher-starrte. Und plötzlich hatte ich das Gefühl, dass er direkt hinter mir stand. Sein warmer Atem kitzelte mich im Nacken und be-scherte mir unwillkürlich Gänsehaut. Sein Geruch war so prä-sent, dass sich mein Herzschlag beschleunigte. Verdammt, ich glaubte sogar zu spüren, wie er die Hände um mich schlang und sein Kinn auf meine Schulter legte wie heute Nachmittag.

Ich drehte mich um. Ric hatte sich keinen Zentimeter bewegt, nur seine Augen loderten vor Begierde. Schnell wandte ich mich um und ging weiter. Nun hörte ich auch seine Schritte hinter mir und schnell hatten wir Peter und Coral eingeholt.

Die Patrouille verlief ohne große Vorkommnisse. Wir hat-ten es nur mit gewöhnlichen Seelenlosen zu tun, die vermutlich wirklich vor lauter Anschmachten herausgelesen wurden: einen Edward (er wurde wirklich noch immer herausgelesen!), einen Jacob (da konnte sich wohl jemand nicht entscheiden?) und einen Halbgott, den wir nur deshalb erkannten, weil er seinem Film-pendant zum Verwechseln ähnlich sah. Wo blieb denn da die eigene Fantasie? Auch wenn ich zugeben musste, dass ich die Bücher wirklich mochte.

Nachdem wir Perry unseren Bericht abgeliefert hatten, fuhren wir mit zwei Autos zum Park. Ric hatte Peter wieder einmal spü-ren lassen, was er von der vorgeschlagenen Fahrt in seinem Corsa hielt. Im Diabolo stellte ich ihn zur Rede. »Du kannst Peter nicht immer so behandeln.«

»Wie denn?«, wagte er es zurückzufragen.

»So, als wäre er weniger wert als du. Wieso willst du, dass dich die anderen nicht mögen?«

»Ich brauche niemand anderen«, sagte er knapp. »Außer dir vielleicht«, fügte er hinzu.

Ich wollte schon zu einem empörten »Vielleicht?« ansetzen, als sein breites Grinsen sogar im Profil zu erkennen war. Ich schlug ihm auf den Oberschenkel und er jaulte theatralisch auf. Schade, dass ich ihn nicht fester getroffen hatte. Er hätte es verdient.

Der Parkplatz beim Park war verwaist. Nach Mitternacht trieben sich – wenn überhaupt – nur zwielichtige Gestalten herum. *Solche wie wir*, lachte ich innerlich mit Blick auf die dahinzugleiten scheinende hochgewachsene Coral im Batik-Kleid, den hageren Peter und den im Vergleich beinahe bulligen, sehr muskulösen Ric daneben. Kurz dahinter ich, das zierliche unscheinbare Mädchen in Jeans, Chucks und Longsleeve, das bis über meinen Po reichte. Man konnte ja nie wissen, ob ich nicht mal ohne Hose abhauen musste.

Coral sprach zuerst mit dem Wasser der Teiche am Eingang und teilte die Informationen mit uns: »Es sind sehr viele Seelenlose hier vorbeigekommen, wenn sogar mein Element es bemerkt.« Wasser war fast so träge wie Peters Element, doch die Erde stand in Verbindung mit nahezu allem und war somit andauernder. Bei Regen hingegen war Coral im Vorteil – da bekam sie nahezu alles mit. Oder bei Schnee. Wenn die Erde praktisch unter ihrem Element begraben lag.

Wir passierten die breiten Wege am Parkeingang und liefen die schmalen Pfade zwischen den Bäumen hindurch, wo Peter Kontakt herstellen konnte.

»Die Seelenlosen sind alle in Richtung Naturwiese gegangen«, übersetzte er das Knarren der Bäume. »Sie sind jedoch verschwunden. An einem Punkt, der wie ein weißer Fleck für mein Element sein muss. Hinter der Brücke.«

»Die Naturwiese«, vermutete ich und er nickte.

»Die Erde kann nicht spüren, was dort vor sich geht. Der Bereich ist wie abgeschottet, der Kontakt zu den Gräsern und Bäumen ist komplett abgeschnitten.«

»Dein Element konnte die Barriere durchdringen«, sagte Ric zu mir. Sofort hatte ich die Blätter vor Augen, die an dem Rapunzel hängen geblieben waren.

»Ich versuche es.« Ich griff nach meinem Elementaranhänger und rief die Luft zu mir. Ich lauschte angestrengt dem Wispern und Flüstern, Rascheln und Brummen, das von allen Seiten auf mich eindrang. Es brauchte enorme Konzentration, die einzelnen Aussagen herauszufiltern. Als Coral neben mich trat und mir die Hand auf den Unterarm legte, wurde es besser und ich lächelte sie dankbar an. Auch Peter trat zu mir und legte seine Hand neben die von Coral. Die Stimmen des Windes wurden klarer. Zuletzt bequemte sich auch das Feuer zu uns und unterstützte mich.

Mit einem Mal fühlte ich mich nicht mehr wie auf einem Bahnhof, sondern verfolgte eine Diskussion mit mehreren Teilnehmern. Entspannt hörte ich zu, was die Luft zu sagen hatte, was die einzelnen Winde berichteten und wie sie darüber debattierten, was geschehen sein mochte. Irgendwann waren sie bei Lästereien angekommen, die jeder neugierigen, besserwisserischen alten Dame in der Nachbarschaft Konkurrenz gemacht hätten. Zu diesem Zeitpunkt entließ ich mein Element, den Kopf voller Neuigkeiten, die ich erst kurz sacken lassen musste.

Meine Freunde wurden ungeduldig und drängten mich mit ihren Blicken geradezu endlich zu erzählen. Ich rechnete es ihnen hoch an, dass sie mich trotzdem in Ruhe ließen. Vor allem Ric.

»Danke für die Unterstützung. Ich glaube, ich hatte noch nie so tiefen Kontakt mit meinem Element.« Ich war immer noch wie berauscht und drohte mich zu verwandeln. Daher hüpfte ich umher, um die Energie irgendwie loszuwerden. »Die Winde glauben, dass alles mit der Sommersonnenwende begann. Sie sind sich nicht einig darüber, was genau, aber sie haben die Veränderung gespürt. Hinten bei der Wiese entstand eine Barriere, die sie zwar durchbrechen können, dafür aber mehr Energie benötigen. Meist kreisen sie nur um die Wiese herum.«

Ric griff mich am Oberarm und stoppte meinen Redeschwall. »Kannst du nicht stehen bleiben? Du machst mich ganz verrückt.« Mir war nicht aufgefallen, dass ich nicht mehr nur umhersprang, sondern dabei auch noch hin und her tigerte.

»Tut mir leid, mein Element ...« Schon bemerkte ich, wie sich die Ärmel meines Longshirts scheinbar verlängerten und Ric immer größer wurde. Er ließ mich sofort wieder los und ich lief weiter, während ich wieder auf meine Normalgröße wuchs.

»Und was sagen sie über die Seelenlosen? Sammeln die sich da drin?«, fragte Peter, während er eifrig versuchte den Blick stets auf mich gerichtet zu halten.

»Sie gehen alle dort hinein. Manchmal kommen Gruppen wieder heraus und ziehen durch die Stadt. Sie manipulieren die Menschen, lassen sie Bücher lesen und Charaktere erscheinen, die sie für ihre Pläne benötigen.«

»Für Elizabeths Pläne«, knurrte Ric – die Luft war sofort um mindestens fünf Grad wärmer und roch nach Lagerfeuer.

»Das wissen sie nicht. Niemand kennt Elizabeth. Zodan führt die Gruppen an und delegiert die Aufgaben.«

»Welche Gaben hatte er in der Geschichte?« Coral hatte eine Falte zwischen den Augenbrauen. »Er ist telepathisch veranlagt, oder?«

Ihr Sirenengesang war auch eine Art Telepathie. »Ich weiß

es nicht. Es wurde nur immer wieder erwähnt, dass manche der Söldner eine solche Gabe besitzen. Zac beispielsweise kann keine Gedanken manipulieren.«

»Wo steckt der überhaupt?«, erkundigte sich Peter.

Ric erklärte ihm kurz, dass Zac und Ty sich etwas mehr nähergekommen waren, als es für einen Seelenlosen und eine Fictionmate gut war.

»Ty ist eine Fictionmate?«, fragte Peter daraufhin interessiert. »Die Erde hat mir nie etwas in der Richtung erzählt.« Er legte die Stirn in Falten. »Seid ihr euch sicher?«

»Ich wusste nicht einmal, dass es so etwas überhaupt gibt«, seufzte ich. »Ric hat es mir gesagt.« Die Erklärung genügte Peter.

»Zurück zur Luft. Was hat sie dir noch erzählt?« Ric war angespannt. Sicher wartete er darauf, ob ich etwas über Natalia sagen konnte. Ich fing seinen Blick auf und schüttelte leicht den Kopf. Seine Enttäuschung war ihm anzusehen und mir zerriss es dabei das Herz. Hatte ich nicht versprochen ihm zu helfen?

»Die Seelenlosen sind seit ein paar Stunden vermehrt auf der Suche nach etwas. Zodan schickt Gestaltwandler aus, um die ganze Gegend zu überwachen. Aber auch die Winde wussten nicht, was gesucht wird – oder ob es überhaupt eine Sache ist. Es könnte ›Otherside‹ sein. Oder Zac.« Beim Gedanken daran erstarrte ich. Die Energie meines Elements war abgeebbt und ich musste sie nicht mehr über Bewegung loswerden.

»Zac ist bei Ty«, vervollständigte Ric den Gedanken und ich nickte, kreidebleich im Gesicht. Ich hatte sie schon wieder in Gefahr gebracht. Die Erkenntnis zwang mich in die Knie, ich setzte mich auf einen Baumstumpf, fischte mein Handy aus der Tasche und tippte wie wild auf das Display ein. Anschließend starrte ich es nieder und verlangte, dass es mir eine Antwort zeigte, die jedoch ausblieb. Ich gab auf und wählte Tys Nummer. Der Anruf wurde sofort zur Mailbox umgeleitet. Verdammt!

»Willst du noch einmal den Wind befragen?« Coral kam zu mir und legte mir ihre kalte Hand auf die Schulter. Der Geruch nach Ozean zeigte mir, dass sie mich mit ihrem Element beruhigte. Es wirkte, ich konnte sofort besser atmen und alles klarer sehen.

»Vielleicht sind sie nur im Kino in der Nachtvorstellung«, antwortete ich halbherzig. »Sie meldet sich sicher bald. Zac kann Ty verteidigen. Er ist mächtig.« Ich glaubte nicht daran, aber ich wollte die Hoffnung nicht jetzt schon aufgeben. »Wir müssen ›Otherside‹ finden«, sagte ich mit fester Stimme, obwohl ich mir nicht annähernd so sicher war. Und plötzlich fiel mir auch wieder ein, was die Winde gleich zu Beginn erwähnt hatten: »Wir haben vermutlich nicht mehr viel Zeit. Die Luft ist sich sicher, dass ›Samhain‹ sehr oft erwähnt wird.«

»Halloween?« Ric sah skeptisch aus.

»Samhain, die Nacht, in der die Grenzen zwischen Leben und Tod verschwimmen, die Grenzen zwischen dem Diesseits und dem Jenseits«, erklärte Peter.

»Oder die Grenzen zwischen zwei anderen Welten.« Corals Augen wurden tiefblau und funkelten wie Wellen im Sonnenlicht. »Die Grenze zwischen der Buchwelt und der Realität.« Ihre Stimme ähnelte bereits dem Sirenengesang.

Aber ich glaubte ihr auch so. Es passte zu gut. In weniger als einer Woche würde Elizabeth die Grenzen zwischen unserer und ihrer Welt vernichten. Wir mussten sie aufhalten.

12. Kapitel

*Sie haben Informationen gesammelt. Sie wissen nun von
Samhain. Aber je mehr ich höre, desto sicherer bin ich mir, dass
diese Wächter uns niemals zerstören würden — im Gegenteil.
Sie kämpfen für die Bücher.*

»Es fühlt sich irgendwie geleeartig an.« Coral berührte zum wiederholten Mal die Barriere.

Wir liefen langsam die Grenze entlang, um besser einschätzen zu können, wie weit der geschützte Bereich reichte. Wie wir feststellten, betraf es nicht nur die Wiese – sondern ein ganzes Stück Wald dazu. Die Grenzen waren nahezu rechtwinklig, wir konnten uns die Ecken entlangtasten.

Mittlerweile waren wir an der gegenüberliegenden Seite des Pfades angekommen, der uns hergeführt hatte. Der Geruch nach einem Lagerfeuer lag in der Luft und ich sah sofort fragend zu Ric. Der zuckte nur mit den Schultern und schüttelte den Kopf. Er war nicht die Ursache. Wir gingen entlang der Barriere weiter, mussten uns zwischen Büschen durchquetschen und an einer Stelle sumpfiges Terrain umrunden. Vermutlich ein Ausläufer des Teichs, zu dem Coral bei unserem letzten Besuch Kontakt aufgenommen hatte.

Dann hatten wir die vierte Seite der Grenze erreicht. Direkt in der Ecke, von unserem ersten Blick auf die Naturwiese abgeschirmt durch Bäume und Schilf des Teiches, brannte ein kleines Feuer. Ich sah zu Ric und deutete mit dem Kopf in Richtung der Flammen.

Ric schloss die Augen und hob die Hand, als wollte er nach den Flammen greifen. Diese züngelten umgehend empor und wuchsen auf Rics Hand zu. An der Barriere wurden sie zurückgehalten, glitten zu allen Seiten und suchten einen Durchgang. Ric ließ seine Hand wieder sinken und die Flammen zogen sich zurück.

»Nicht einmal das Feuer kommt durch die Barriere«, grummelte er.

»Die Frage ist, warum das Feuer hier brennt«, sagte Peter. »Es ist keine Lagerstätte, dafür wäre der Platz viel zu klein.«

Abgesehen von ein paar Holzscheiten gab es in dieser Ecke nichts, nicht einmal Platz genug, dass sich jemand ans Lagerfeuer hätte setzen können, um sich zu wärmen.

»Alle Elemente sind vereint«, flüsterte Coral. »Die Barriere gleicht unserem Schutz, wenn wir unsere Elemente zusammenschließen.«

Die Wand aus Magie, unser Schutz gegen die Seelenlosen, die wir zuletzt gegen die wilde Bella aufgerufen hatten. »Das könnte passen. Aber so groß?«, zweifelte ich.

Coral zuckte mit den Schultern.

»Aber wo sind die Elementare, die die Elemente aufrufen?«, fragte Peter.

»Vielleicht können wir sie nur nicht sehen?«, schlug ich vor. »Das Mädchen haben wir beim letzten Mal auch erst gesehen, als wir unsere Elemente verbunden hatten.«

Ric nickte und überlegte angestrengt, wie die Falten auf seiner Stirn bezeugten. »Lasst uns kurz nachschauen. Von hier aus können wir die Wiese einigermaßen einsehen.« Er ging die Strecke zurück, die wir gekommen waren, und trat um die Ecke der Barriere herum. Als er sich duckte, verschwand er beinahe komplett hinter den Büschen, durch die wir uns gequetscht hatten. Er erhob sich wieder und winkte uns zu sich.

Wir folgten ihm bis ungefähr zur Mitte dieser Seite und duckten uns alle hinter das Gebüsch. Ich reichte Ric und Coral meine Hände und spürte den Kontakt mit ihren Elementen sofort. Als Peter dazukam, wurde der Geruch des Lagerfeuers an der Ecke plötzlich stärker und wir hörten Stimmen. Vorsichtig, um nicht gesehen werden zu können, erhob sich Ric und drückte dabei meine Hand so fest, dass es beinahe wehtat.

Ich hätte mich am liebsten auch erhoben, das Dreieck an meiner Brust pulsierte, leitete mein Element durch meinen Körper zu den anderen, während deren Elemente durch mich hindurchglitten. Angestrengt versuchte ich zu verstehen, was die Stimmen sprachen, bekam jedoch nicht mehr als ein paar Wortfetzen mit. »...amhai ...izabeth ... Verräter ...chter ...« Ich verzog den Mund und hoffte darauf, dass Ric von seiner Position aus Genaueres verstehen konnte.

Zur Ablenkung erkundete ich das Gebüsch vor mir und fand einige Plastikfetzen, die mein Element wohl hierhergetragen hatte und nicht mehr aus den Fängen des Gestrüpps befreien konnte. Plötzlich gab die Wolkendecke den Mond wieder frei und etwas glitzerte unter den Ästen. Zuerst vermutete ich eine Aluverpackung, Bonbonpapier oder Ähnliches, dennoch sagte mir ein Instinkt, ich sollte genauer nachschauen. Ich sandte einen kleinen Windstoß unter die Büsche und erwartete schon, dass das Papier wegflattern würde. Doch es bewegte sich nicht. Wie gerne hätte ich in dem Moment eine Hand freigehabt und danach gegriffen. Meine Neugierde war entfacht und ich versuchte die Luft dazu zu bewegen, das glitzernde Etwas in meine Richtung zu schieben, was gar nicht so einfach war.

»Was zur Hölle tust du denn«, zischte Ric neben mir und ich fuhr zusammen. Er war wieder in der Hocke und ließ meine Hand los.

Ohne weitere Erklärung trennte ich mich auch von Coral und griff mit meiner Rechten nach dem funkelnden Ding. Ich hatte es schon fast berührt, da hielt mich Coral zurück. Ich warf ihr einen – zugegebenermaßen ziemlich bösen – Blick zu, weil meine Neugierde dermaßen groß geworden war. Sie schüttelte bestimmt den Kopf und schob vorsichtig die Zweige über meinem Objekt der Begierde zur Seite. In dem Moment erkannte ich, was da lag. Es war kein Bonbonpapier und auch kein Müll. Es war ein silbernes Dreieck, an einer der Ecken war die Öse befestigt, durch die eine Kette gezogen war, die in der Erde verschwand. Der Elementaranhänger eines Wächters. Eines Feuerelementars.

»So ist die Barriere entstanden«, flüsterte Peter. »Sie brauchen keine Elementarier, wenn sie ihre Ketten haben. Sie brauchen nur jemanden, der dafür sorgt, dass ihre Elemente immer präsent sind. Wir stehen hier auf der Südseite der Wiese.«

Er deutete in Richtung des Feuers und anschließend auf das Feuersymbol und plötzlich hatte ich ein Bild der Wiese vor mir. Das Feuer im Süden, der Teich im Osten. Die Luft war auf der Westseite ebenso präsent wie die Erde im Norden. Dieses Feuer war der Beweis, dass jemand die Elemente ihrer Himmelsrichtung entsprechend angeordnet hatte, ja vielleicht diesen ganzen Platz ausgewählt hatte, weil alle Elemente – zumindest nachdem man ein kleines Lagerfeuer entzündet hatte – hier präsent waren.

»Lasst uns von hier verschwinden«, sagte Ric leise und erhob sich, doch ich riss ihn wieder nach unten. Mein Anhänger pulsierte und die Luft flüsterte Warnungen in mein Ohr.

Im nächsten Moment drang auch schon das Geräusch von Fußgetrappel zu uns. Schnell griffen wir einander instinktiv an den Händen. Peter nutzte unsere gemeinsame Macht dazu, die Büsche um uns herum wachsen zu lassen. Binnen Sekunden waren wir in einer schützenden Höhle aus Blättern verborgen. Genau im richtigen Moment. Wie aus dem Nichts erschien ein Mann. Keine fünf Schritte von unserem Versteck entfernt war er durch die Barriere getreten. Ich konnte nicht viel von ihm sehen, das Tattoo an seinem Hals war jedoch eindeutig. Der Mann war ein dämonischer Söldner. Ihm folgten noch vier weitere Personen, alle im typischen Schwarz des Heeres, wie ich glaubte zu erkennen. Ich fühlte das Pochen meines Herzens bis in die Ohren. Mein Anhänger hämmerte im selben Takt gegen mein Dekolleté.

»Zodan duldet keine weiteren Fehler«, sagte eine der Gestalten. »Er hat euch genau instruiert, wie ihr die Vorstellung der Menschen beeinflussen könnt. Verfehlungen wird sie umgehend mit dem Tod bestrafen. Wir haben nicht mehr viel Zeit, um unsere Gruppe zu vergrößern.«

Sie? Elizabeth? Und warum sollten die Söldner die Vorstellung der Menschen beeinflussen? Meine Gedanken kreisten wie Geier über der Frage, fanden jedoch keine Erklärung. Erst als Ric mich anschubste und mich beinahe zu Fall brachte, bemerkte ich, dass die Gefahr vorüber war. Ich warf ihm einen bösen Blick zu, traf damit aber nur seinen Rücken.

Peter öffnete das Gebüsch ein wenig, um uns einen Durchgang zu verschaffen, und wir folgten Ric wortlos. Mein Herz schlug noch immer in rasendem Tempo und hielt erst inne, als wir beim Parkplatz ankamen.

»Verdammt, war das knapp«, keuchte Peter, der aussah, als hätte er seit Jahren keine Sonne gesehen. Für gewöhnlich war Coral die Blasse in unserer Runde, doch Peter, der sonst einen sehr gesunden Teint hatte, schlug sie gerade um Längen.

»Lasst uns zu mir fahren«, schlug ich vor. »Dort können wir in Ruhe reden.« *Und sehen, ob Ty und Zac wieder aufgetaucht sind,* fügte ich in Gedanken hinzu.

Die anderen nickten zustimmend und wenig später ließ ich mich auf den Beifahrersitz des Diabolos fallen. Beim Röhren des Motors schien all die Anspannung von mir zu fallen und riss meine Energie mit sich. Ich fühlte mich ausgepowert und leer. Und müde. Seit wann hatte ich nicht mehr geschlafen? Ja, wir benötigten nicht viel Schlaf, aber auf Dauer würde ich mit so wenig nicht auskommen. Es zehrte an meiner Energie wie eine dauerbrennende Glühbirne. Und es wurde Zeit, das Licht mal für eine Weile auszuschalten.

Ric legte seine Hand auf meinen Oberschenkel und ich lächelte ihn matt an. Selbst er schaffte es nicht, noch irgendwelche Funken zu entzünden. Ich verschränkte meine Finger mit seinen und schloss für einen kurzen Moment die Augen.

Als ich sie wieder öffnete, stand Ric bereits mit Peter und Coral neben dem Diabolo, der wie immer mitten in unserer Feuerwehrzufahrt parkte. Wie lange hatte ich geschlafen? Schnell hievte ich mich aus dem Wagen und lud alle nach oben ein.

Nachdem ich für alle einen Kaffee zubereitet hatte, setzte ich mich neben Ric an die Theke, Peter saß mir gegenüber. Nicht einmal der Kaffee konnte meine Gehirnzellen so richtig in Schwung bringen. Im Augenwinkel sah ich Rics besorgten Blick in meine Richtung und spürte seine Hand meinen Rücken entlangstreichen. Verdammt, ich halluzinierte schon wieder. Ric umgriff mit beiden Händen seine Tasse, als müsse er sich an etwas festhalten. Ich schüttelte den Kopf und hoffte mein Gehirn damit zu wecken. Mit mäßigem Erfolg, aber zumindest verschwand die eingebildete Berührung.

Ich richtete mich auf und trank einen Schluck von dem Kaffee. Etwas kühles Nasses spritzte mir ins Gesicht, als ich die Tasse absetzte. Coral zwinkerte mir zu. Sofort spürte ich die Stärkung, die sie mir mit einem Hauch von Nebel geschickt hatte. Mein Gehirn kam so langsam wieder in die Gänge. Dankbar nickte ich ihr zu und sie lächelte zufrieden. Doch wo sollten wir beginnen? Bei dem Elementaranhänger?

Oder dem Gespräch?

»Was hast du gehört? Ich habe nur einzelne Wörter verstanden«, kam Peter mir zuvor und fixierte Ric dabei.

Dieser setzte sich sofort aufrechter hin, nachdem er bemerkt hatte, dass es mir besser ging, und begann zu erzählen: »Mein Gehör ist sehr, sehr gut«, lobte er sich selbst und wir anderen verdrehten synchron die Augen. »Doch die Typen waren zu weit weg. Nicht einmal ich konnte alles genau hören.« Senkte er tatsächlich den Blick, weil er uns eine Niederlage eingestanden hatte?

»Ich habe etwas von Samhain gehört, Elizabeth und auch Zac – oder besser gesagt, dem Verräter. Und einem Wächter?«, erzählte ich.

Ric sah mich irritiert an. »Wächter? Ich habe Tochter verstanden.« Er schüttelte den Kopf.

»Es waren nur Wortfetzen, aber Tochter ergibt ja keinen Sinn, oder?«, sagte ich. »Was habt ihr gehört?«, fragte ich an Peter und Coral gewandt.

»Nichts. Mein Element ist so präsent gewesen, da höre ich

eher Regenwürmer husten als Menschen – oder was auch immer – reden«, grummelte Peter niedergeschlagen.

»Mein Gehör war über Wasser noch nie das beste«, gab Coral zu.

»Zumindest haben wir die Bestätigung, dass Samhain wirklich eine Bedeutung hat.« Meine Gedanken huschten in meinem Kopf hin und her. »Und bis dahin muss Zodan seine Armee vergrößern.«

Peter nickte. »Dazu manipulieren sie die Leser.«

»Damit mehr gelesen wird?«, fragte Coral.

Wurde wirklich mehr gelesen? Wir hatten nicht ungewöhnlich viele Seelenlose auf unseren Patrouillen gefunden. Nicht für diese Jahreszeit. Das Sonderbare waren eher die Störfälle, die sich immer mehr häuften. In dem Moment fiel das letzte Puzzleteil an seinen Platz und alles schien einen Sinn zu ergeben. Die Erkenntnis ließ mich vom Barhocker springen.

»Die Söldner manipulieren die Leser, damit sie in den Charakteren andere Eigenschaften sehen und sie mit diesen besonderen Kräften herauslesen.« Ich wusste, dass ich Recht hatte. Ich spürte es.

»Aber diese kleine Armee ist noch nicht sehr lange in unserer Welt«, warf Ric ein.

Nein, war sie nicht. Ich selbst hatte die Typen ja herausgelesen. »Doch seitdem häufen sich die ›verschwundenen Seelenlosen‹«, zitierte ich Perrys Aussage.

»Das könnte passen«, grübelte Peter. »Davor waren es weniger Störfälle, jemand anderes muss die Leser manipuliert haben. Vielleicht nur eine einzige Person. Aber wer?«

»Derselbe, der dafür sorgt, dass solche Dinge nicht die Runde im Institut machen«, vermutete ich.

»Und vielleicht dieselben, die mit ihren Elementaranhängern dafür sorgen, dass die Barriere erhalten bleibt«, fügte Ric hinzu und ballte seine Hände zu Fäusten. Die Sehnen an seinem Unterarm traten deutlich hervor.

Welches Interesse könnte jemand im Institut daran haben, dass die Grenzen fallen? Oder beschuldigten wir unsere Kollegen zu Unrecht und sie waren ebenfalls manipuliert worden? Doch auf diese Frage hin erhielt ich nur bedauerndes Kopfschütteln.

»Und jetzt?« Peter warf einen fragenden Blick in die Runde. »Soll ich mit meinen Eltern reden?«

Hastig schüttelten wir die Köpfe. Die Bernsteins würden ihrem Sohn am Ende noch verbieten weiterhin mit uns zusammenzuarbeiten. Und wir brauchten die Erde. Wir brauchten jedes einzelne Element.

»Sollen wir die Barriere zerstören?«, fragte er dann.

Es würde ein absolutes Chaos geben, wenn plötzlich so viele Seelenlose mitten im Park auftauchten. Und wir konnten nicht einmal erahnen, wie viele es tatsächlich waren – und vor allem welcher Art. Wir konnten nicht riskieren, dass eine dort gehaltene Horde Vampire auf den nächsten Jogger losging, nur weil sie ihn plötzlich sehen konnten, wenn wir die Barriere zerstörten. Ich schüttelte im selben Moment den Kopf wie Ric.

»Wir sollten aber wissen, wo genau sich die Anhänger befinden. Morgen sollte jeder nach seinem Element suchen«, schlug Ric vor.

»Wir sollen uns trennen?« Das war absolut keine gute Idee. »Und abgesehen davon wissen wir ja nicht, welche Seite von welchem Element geschützt wird.«

»Ich könnte wetten, dass dein Element im Osten und Corals an der Westseite liegt und die Erde die Nordseite schützt.« Peter deutete mit dem Finger auf den jeweils Genannten. »Denn der Feueranhänger lag auf der Südseite.«

Mit jedem Element war auch eine Himmelsrichtung verbunden, daran hatte ich gar nicht gedacht. Denn damit hatten wir eigentlich recht wenig zu tun, weil wir unsere Elemente instinktiv aus der entsprechenden Richtung anriefen. Wir hatten uns sogar in der richtigen Konstellation an den Küchentresen gesetzt.

»Der Teich lag auf der Westseite«, stimmte Coral zu.

»Erde und Luft sind im Park allgegenwärtig«, sagte Peter und deutete dabei von mir zu sich selbst.

»Sie haben ein richtiges Ritual ausgeführt«, bemerkte Ric. »Ein altes Ritual. Dafür benötigen sie sehr viel Wissen um die Wächter und ihre Gaben, über Seelenlose ...« Er zählte an den Fingern ab, was er erwähnte. Und die Liste war durchaus beeindruckend. So ein Plan konnte nicht von gestern auf heute entstanden sein.

»Wie lange gibt es die Prophezeiung schon?«, fragte ich. Allgemeines Schulterzucken war die Antwort. »Könnte es deine Großmutter wissen, Ric?«

»Ich kann sie ja mal fragen.« Er klang wenig begeistert. Über das Warum konnte ich nur Vermutungen anstellen. Schließlich hatte ich gerade erst bemerkt, was für ein Familienmensch er war. »Und du kannst deine Eltern diesbezüglich aushorchen«, gab er auch Peter einen Auftrag. »Und ihnen zumindest erzählen, was Perry heute alles gesagt hat. Davon wissen sie vielleicht auch noch nichts.«

Peter nickte.

Ich spürte, wie die Müdigkeit wieder an meinen Augenlidern zerrte, und hätte am liebsten den Kopf auf den Tresen gelegt. Doch irgendwo in meinem Kopf geisterte noch ein Punkt umher, den wir nicht angesprochen hatten, aber ich griff mehrmals vergeblich danach.

»Was ist denn mit diesem einen Seelenlosen?«, fragte mich Coral.

Zac. Ty! Wie konnte ich sie vergessen? Meine beste Freundin, die sich möglicherweise nur wegen mir in großer Gefahr befand. Immer noch verschleierte die Müdigkeit mein Gehirn und ich brachte keinen klaren Gedanken zu Stande.

»Wir kümmern uns darum«, sagte Ric und stand vom Hocker auf. »Jetzt sollten wir wohl alle noch ein wenig schlafen. Wir sehen uns morgen im Institut.«

Peter und Coral standen von ihren Plätzen auf und Ric schob sie beinahe aus der Küche und durch den Flur. Ich war ihm dankbar, dass er das Rausschmeißen übernahm, legte meinen Kopf auf meine Unterarme auf dem Tresen und schloss die Augen. Als meine Knie nachgaben, schreckte ich hoch. Ich war im Stehen eingeschlafen.

»Lass uns ein wenig ausruhen«, flüsterte es neben meinem Ohr und ich öffnete halb die Lider. »Wenn du möchtest, kann ich bei dir bleiben. Sobald du wieder fit bist, kümmern wir uns um Ty. Versprochen.«

Ich nickte nur träge und spürte, wie mir der Boden unter den Füßen weggerissen wurde. Rics so eigener Geruch war an seiner Brust nahezu betörend – wenn ich nicht total k.o. gewesen wäre. So genoss ich diesen Duft und die Wärme, als er mich in mein Zimmer brachte und ins Bett legte. Er zog mir die Schuhe aus und schlüpfte neben mich.

Während die Erlebnisse des Tages langsam hinfortglitten, ersetzte ich sie durch Bilder eines Lagerfeuers. Und Ric, in dessen Armen ich in die Flammen starrte und der ...

... mich mit einem Schrei aus dem Halbschlaf riss. Sein Herz pochte wie wild gegen seine Brust, so dass ich es an meinem Arm spüren konnte, den ich im Halbschlaf um ihn geschlungen hatte. Seine Augen waren weit aufgerissen, als er sich erhob und ich zur Seite rutschte. Rasch setzte ich mich ebenfalls auf und versuchte ihn mit einer sanften Berührung am Oberarm zu beruhigen.

Doch er flüsterte immer nur dieselben Worte: »Wieso habe ich es nicht gesehen?«

13. Kapitel

Verdammt, warum habe ich das nur getan?

Hilflosigkeit war ein grauenvolles Gefühl. Ric saß aufrecht neben mir und starrte ins Leere, während ich nicht wusste, wie ich ihm helfen konnte. Hatte er einen Schock? Was tat man in so einem Fall?

Auch wenn es grausam klang – mir fiel nichts Besseres ein, als ihm mit voller Wucht mein Element entgegenzuschleudern, in der niedrigsten Temperatur, die ich gerade greifen konnte.

Keuchend holte er Luft, seine Augen waren nicht mehr glasig, sondern glühten vor Wut. Erst als er mich erkannte, nahmen sie wieder ihren normalen Goldton an und auch seine Atmung wurde ruhiger.

»Hattest du wieder einen dieser Träume?«

Er nickte. Dann schüttelte er fassungslos den Kopf. »Natalia ... Sie ... Sie ist ...«

»Ist ihr etwas passiert?«, versuchte ich ihm auf die Sprünge zu helfen.

Erneutes Kopfschütteln. »Sie ist das fünfte Element.«

»Das kann nicht sein. Elizabeth ist das fünfte Element.«

»Wo Licht ist, ist auch Schatten«, sagte er in eigenartigem Tonfall. »Das fünfte Element gibt es in beiden Welten.« Sein Blick glitt wieder weit weg, als würde er den Traum noch einmal erleben.

»Willst du mir davon erzählen?« Ich hätte ihn am liebsten dazu gezwungen, wusste jedoch, wie schnell sich Ric verschließen konnte. Und das konnte ich gerade am allerwenigsten gebrauchen.

Es dauerte ein paar Minuten, bis meine Frage zu ihm durchdrang. »Es war nur dieser eine Satz. Wo Licht ist, ist auch Schatten.«

»Und warum schließt du daraus, dass es zwei fünfte Elemente gibt?«

»Ich weiß es nicht«, knurrte er. »Ich fühle es. Nat wollte mir genau das sagen. Ich weiß es einfach.«

Ric war aufgebracht, weil ich ihm nicht so ganz glauben wollte, ich konnte es riechen. Aber wie konnte ich ihm einfach blind glauben, wenn er keine Beweise hatte. »Deine Schwester war bei dem Test«, begann ich vorsichtig.

»Und sie hat das Feuer sofort gezähmt«, ergänzte er. »Warum hätten die Bibliothekare sie noch weiter testen sollen?«

Punkt für ihn. Die Feuerschale war das erste Element in der Reihe. Warum hätte Natalia auch weitergehen und ihre Hand über die anderen Schalen halten sollen?

»Aber warum hat sie es dir nicht schon längst gesagt?«, fragte ich und wünschte mir von ganzem Herzen, dass er mir das entscheidende Argument liefern würde, um ihm glauben zu können.

»Ich weiß es nicht. Sie wurde entführt, weil sie das fünfte Element ist. Und meine Eltern wurden getötet, weil sie nach ihr gesucht haben.«

Es klang für mich immer noch nicht schlüssig. Es fehlte etwas, doch mit Gegenargumenten kam ich bei diesem Ric nicht weiter. »Und was fangen wir mit dieser Information an?«, fragte ich stattdessen und war froh darüber, dass Ric offenbar keine Antwort wusste.

Nach ein paar Minuten erkundigte er sich: »Geht es dir wieder besser? Du warst innerhalb von Sekunden wie im Koma.« Er musterte mich wie eine Mutter ihr Kind.

»Ich bin immer noch müde. Es ist, als würde ich nur mit halber Energie funktionieren.« Das Gefühl war gruselig. Mein Hirn brauchte ewig, bis es einen klaren Gedanken fassen konnte.

»Soll ich das Fenster öffnen? Der Kontakt zu deinem Element wird dir guttun.« Er sprang auf und riss einen der Fensterflügel auf, ehe ich ihm sagen konnte, dass Luft überall war – auch in meinem Zimmer.

Eine kühle Brise stürmte herein, umwirbelte mich wie zur Begrüßung und meine Lebensgeister kehrten zurück. Ich starrte fassungslos zu Ric und zum Fenster. Mein Element tauschte sich flüsternd aus und Ric hatte einen »Hab ich es dir nicht gesagt?«-Blick drauf, der mich veranlasste mit einem kleinen Windstoß eines der Zierkissen vom Bett auf ihn zu schleudern.

Mit erhobenen Händen kam er langsam auf mich zu. Seine Augen glühten. Jedoch nicht vor Wut, sondern wegen etwas ganz anderem. Mir lief es heiß und kalt den Rücken hinab und in meinem Bauch tanzte irgendetwas umher, das sicherlich keine Schmetterlinge mehr sein konnten. Schritt für Schritt kam Ric näher und lächelte mich vorsichtig an. Ich konnte nicht anders, als ihn einfach nur anzustarren. Er wusste, dass er gut aussah, und auch wenn ich diese Eigenschaft – das Wissen darum – nicht unbedingt guthieß, hatte er Recht. Ungefähr zehn Schritte vom Bett entfernt blieb er stehen, legte den Kopf schräg und grinste verschmitzt. Dann zog er binnen eines Wimpernschlags das T-Shirt über den Kopf und mein Atem stockte.

Was soll's. Soll er doch wissen, dass er gut aussieht, flüsterte mir meine innere Stimme zu. *Solange er dir gehört.* Beim Gedanken daran hüpfte mein Herz und die innere Stimme seufzte theatralisch dazu. Wer hatte meinem Unterbewusstsein denn so einen Kitsch eingeflößt?

Nichtsdestotrotz kribbelte es bis in meine Fingerspitzen und ich musste mich zurückhalten Ric nicht mit offenem Mund anzustarren. Mit einem spitzbübischen Lächeln kam er auf mich zu. Näher und näher, bis ich nur noch meine Hand hätte ausstrecken müssen, um ihn zu berühren. Die Luft war geladen und die Spannung zwischen uns greifbar. Noch einen Schritt, dann einen letzten.

Mit einem lauten Scheppern flog in dem Moment das Fenster zu und ich erschrak beinahe zu Tode. »Ich war das nicht«, sagte ich und hob verteidigend die Hände, als Ric mich so seltsam ansah.

Binnen Sekunden bekamen seine Augen wieder diesen verführerischen Glanz und ich wollte nur noch darin eintauchen. Ich erhob mich vom Bett und stand direkt vor ihm, alles in mir sehnte sich danach, ihn zu berühren. Vorsichtig hob ich meine Hände und ließ die Finger leicht über seine Arme gleiten. Mit einem inneren Lächeln nahm ich seine Gänsehaut wahr und wie sein Atem stockte. Es wurde immer wärmer im Raum, Rics Element war präsent. Ich registrierte den Rauch, der so anders roch als sonst. Nicht nach wohligem Kamin- oder Lagerfeuer, sondern beißend wie vor sich hin schwelendes nasses Holz oder sogar Plastik.

Irritiert schüttelte ich den Kopf, um meine Sinne zu sortieren. Dann sah ich den dunklen Rauch über meinem Schreibtisch.

Sofort schnellte Rics Kopf in die Richtung, in die ich starrte.

Er hob die Hand und im selben Moment war der Schwelbrand gelöscht. Nur der beißende Gestank hing noch in der Luft.

»Ich war das nicht«, wiederholte Ric meine eigenen Worte von zuvor. »Was bei Hephaistos ist hier los?«, schimpfte er. Sein Blick wanderte im Raum umher.

»Unsere Elemente gönnen uns die Zweisamkeit nicht«, sagte ich scherzend, fühlte mich aber bei etwas Verbotenem ertappt, wie in Teenie-Zeiten. Das konnte doch nicht wahr sein. Wir hatten wirklich – wirklich! – lange gebraucht, bis wir in dieser Situation gelandet waren, und nun wurde es uns nicht gegönnt? Ich lachte auf und Ric sah mich fragend an.

»Erst nimmt mein Element mir die Energie, so dass ich ständig einschlafe, dann steht auf einmal mein Schreibtisch in Flammen. Du glaubst doch nicht, dass das ein Zufall ist.«

Er kniff die Augen zusammen und legte die Stirn in Falten. »Du meinst, es hat dieselbe Ursache?«

»Ein wirksames Verhütungsmittel, wenn du mich fragst.« Sarkasmus triefte aus dem Satz und mein Element verpasste mir einen kleinen Schubs.

»Vielleicht sollte ich mich wieder anziehen«, brummte Ric und ging zum Schreibtischstuhl, auf dem sein T-Shirt gelandet war. Grummelnd zog er es über.

Anschließend standen wir etwas planlos herum. Mit einem Wink öffnete ich das Fenster, bevor sich der Gestank hier festsetzen konnte, und ließ die Luft nach draußen pusten. In dem Moment fiel etwas klackernd auf den Linoleumboden.

Schnell hob Ric es auf und hielt eine Kette mit einem kleinen tropfenförmigen funkelnden Steinchen hoch. Tys Kette, die sie mir vor ein paar Tagen – oder Wochen? – geliehen hatte.

»Tys Kette«, erklärte ich Ric, nahm sie an mich und legte sie zurück an ihren Platz in der kleinen Schale auf dem Schreibtisch, wo ich sie die ganze Zeit aufbewahrt hatte. Konnte meine Lüftungsaktion die Kette mitgerissen haben? »Wir sollten über Ty und Zac reden«, sagte ich und glaubte mein Element bestätigend nicken zu sehen. Okay, jetzt fantasierte ich wieder, dabei hatte ich geglaubt, mein Hirn wäre wieder fit.

»Sieht wohl so aus.« Ric verzog den Mund schmollend.

Ich sprang zu ihm und drückte ihm einen luftigen Kuss auf die Lippen, was ihn zum Lächeln brachte und mein Inneres zum Hüpfen.

Er nahm mich bei der Hand und zog mich aus meinem Zimmer. »Erst die Arbeit, dann das Vergnügen«, sagte er in dem Befehlston, den er als unser Teamanführer immer anschlug. Zur Strafe starrte ich seinen Rücken nieder und nickte leicht mit dem Kopf, damit ein klitzekleiner Windstoß den Läufer auf dem Boden zusammenraffte und den starken Anführer ins Stolpern geraten ließ. Zufrieden griff ich seine Hand fester und bot ihm grinsend Halt.

»Kannst du auch in die Küche gehen, ohne Kaffee zu kochen?«, hörte ich Ric hinter meinem Rücken an der Theke, während ich die Kaffeebohnen auffüllte. Ich musste nicht antworten, meine Kaffeesucht sollte ihm in all den Jahren aufgefallen sein. Seit ich mit Ty hier in der Wohnung wohnte und wir diese tolle Kaffeemaschine von ihren Eltern gesponsert bekommen hatten, war es ganz schlimm geworden. Aber irgendein Laster musste man ja haben – neben dem verbotenen Lesen natürlich.

»Hat sich Ty inzwischen gemeldet?«, versuchte es Ric mit einer besseren Frage. Ich hatte mein Handy auf der Theke liegen, drehte mich kurz um und nickte ihm zu, dass er selbst nachsehen könne. »Nichts«, rief er über den Lärm des Mahlwerks hinweg.

»Wenn Zodan sie wiederhätte«, überlegte ich laut, als ich unsere Tassen auf die Theke stellte, »hätte er angerufen, oder?«

Ric beäugte sie kurz und schüttelte dann den Kopf. »Ich weiß es nicht«, antwortete er. »Aber wir sollten langsam in Betracht ziehen, dass Zac sie entführt haben könnte.« Er sah mir direkt in die Augen und ich erkannte, wie schwer es ihm fiel, das auszusprechen. Als hätte er mir diese Enttäuschung ersparen wollen.

Bisher hatte ich den Gedanken verdrängt, aber was wäre, wenn Zac immer noch unter Elizabeths Einfluss stand? Wenn sie es irgendwie schaffte, ihn aus ›Otherside‹ heraus zu manipulieren? Ich presste die Lippen zusammen und nickte. »Aber was will sie? Warum lässt sie Ty entführen?« Meine Stimme klang jammernd wie die eines Kleinkindes.

»Sie will das Buch. Ihre Schergen suchen doch auch danach.«

»Aber wir haben es nicht«, erwiderte ich trotzig. In meinem Kopf drehten sich die Zahnrädchen in rasender Geschwindigkeit, versuchten alles richtig zuzuordnen. Wenn Elizabeth tatsächlich noch immer nach ›Otherside‹ suchte, passte das eindeutig nicht zu Rics Theorie, sie hätte Natalia zum Lesen gezwungen. Er war auf dem falschen Weg, nur musste ihm das erst einmal jemand klarmachen.

»Das wissen wir, sie nicht«, unterbrach er meine Gedanken.

Bei seinen Worten seufzte ich. Zac war ein mächtiger Dämon, selbst wenn Ty wollte, könnte sie sich nicht gegen ihn wehren.

»Wir gehen jetzt schlafen.« Ric stand auf, nahm mir die Tasse aus der Hand, aus der ich noch keinen Schluck getrunken hatte, und schüttete den Inhalt in den Abfluss. Den seiner Tasse kippte er hinterher. »Morgen gehen wir zu meiner Großmutter und rufen dort Wind und Feuer an. Wir werden Ty finden und diesen Verräter besiegen.«

Jetzt war er auch für uns ein Verräter. Zac, der Mann, der bis vor kurzem noch meine Träume beherrscht hatte. So schnell konnte sich alles ändern.

Ric zog mich an sich und für einen Moment genoss ich die zärtliche Umarmung, ehe ich loskreischte, weil er mich schnappte und über seine Schulter hängend in mein Zimmer trug.

»Jetzt wird geschlafen«, sagte er bestimmend und warf mich aufs Bett.

»Nur, wenn du bei mir bleibst«, säuselte ich, was Ric mit einem Schnauben beantwortete.

»Erpressung?« Er setzte sich ergeben auf die Bettkante.

»Wenn es funktioniert?« Ich zog ihn zu mir hinab und kuschelte mich eng an seinen Oberkörper. Er gab mir einen Kuss auf die Stirn und flüsterte: »Nur bei dir.«

* * *

»Zac!« Für einen Moment wusste ich nicht, wo ich war. Szenen aus ›Otherside‹ glitten an mir vorüber und mein dummes Herz schmerzte beim Gedanken daran, dass ich mich so in Zac getäuscht haben könnte, dass alles, was ich mit ihm erlebt hatte, von Elizabeth inszeniert gewesen war. Es war echt gewesen. Er war kein Verräter, ganz gleich, was Ric behauptete.

Kurz schob mein Unterbewusstsein es auf so banale Dinge wie Eifersucht, aber darüber schüttelte ich nur den Kopf. Ich musste Zac aufspüren, um Ty zu finden. Vielleicht versteckte er sie irgendwo, beschützte sie. Ja, genau daran wollte ich glauben.

Ich sog tief die Luft ein und genoss noch einmal Rics Gegenwart, ehe ich die Augen aufschlug und zusammenzuckte. Rics Gesicht befand sich keine zehn Zentimeter von meinem entfernt und er starrte mich an.

»Machst du das immer so?«, gähnte ich ihn an. Wenn er mich schon stalkingmäßig im Schlaf anstarrte, konnte er mir auch beim alltäglichen Aufwachritual zusehen.

»Ich kann es immer noch nicht glauben«, sagte er ... verträumt?

»Was? Schnarche ich oder sabbere ich im Schlaf?« Ich versuchte cool zu bleiben und widerstand dem Drang, mir über die Mundwinkel zu fahren.

»Dass du immer noch hier bist.«

»Hast du in letzter Zeit zu viele kitschige Bücher gelesen? Klar bin ich noch hier.« Ich rieb mir den Schlaf aus den Augen. Morgens war einfach nicht meine Zeit. Dann schlug ich mir an den Kopf, weil mein Hirn endlich in die Gänge gekommen war. »Du meinst, dass alle verschwinden, die du ...« Ich konnte es nicht aussprechen. Es klang falsch, noch zu früh. Auch wenn wir wirklich – wirklich! – Gefühle füreinander hatten, die schon eine ganze Weile vor sich hin schwelten, war das L-Wort doch eine Nummer zu groß.

»... die mir etwas bedeuten«, vollendete Ric geschickt den Satz. »Genau das meine ich. Nur du bist nicht mehr in Gefahr als sonst.«

»Abgesehen von dem Brand in meinem Zimmer, meinst du?« Ich streckte mich, stemmte mich hoch und sah auf den Wecker. Halb sieben. Ich ließ mich wieder nach hinten fallen.

Ric sprang über mich drüber aus dem Bett und war fitter, als es um diese Uhrzeit erlaubt sein sollte. Gruselig. Keine fünf Minuten später hörte ich das Mahlwerk der Kaffeemaschine und war endlich motiviert genug aufzustehen. Im Bad machte ich mir Gedanken über mich und Ric und seine größte Angst, und mir kam eine neue Idee, ihm zu beweisen, dass er falschlag.

»Du magst deine Großmutter, oder?«, begann ich nach dem ersten Schluck Kaffee.

»Natürlich. Sie ist – außer Nat – die einzige Familie, die ich noch habe.«

»Und du magst sie sehr, oder? Ich meine, sie bedeutet dir richtig viel.« Ich wackelte mit den Augenbrauen und wartete, bis es bei ihm Klick machte.

»Du denkst ...«

Ich nickte. »Egal, was du sonst so geträumt hast und was wahr geworden ist. Mit dieser Aussage liegst du falsch. Wer auch immer dir das eingeredet hat, wollte, dass du so denkst. Wollte dich ... Bei Aither! Wann genau hast du davon geträumt?«

»Als wir im Institut in London zu Gast waren. Kurz bevor ...« Er sah mich durchdringend an.

»Kurz bevor wir unser erstes Date haben sollten.« Ich nickte, weil plötzlich alles noch klarer war. »Wenn es so gekommen wäre, hätte ich ›Otherside‹ nie entdeckt, alles hätte sich ganz anders entwickelt.«

Ric sah mich mit großen Augen an.

»Es war alles so geplant gewesen.« Mein Elementaranhänger pulsierte bereits durch meine Aufregung. »Vor Jahren hatte Elizabeths Planung begonnen. Um uns voneinander fernzuhalten, musste sie dafür sorgen, dass du der Meinung bist, gefährlich für alle zu sein, die dir etwas bedeuten.« Ich holte tief Luft, um ihm meine Schlussfolgerung mitzuteilen. »Elizabeth ist schuld am Tod deiner Eltern.«

Seine Augen loderten in dem Moment auf, in dem er die Wahrheit in meinen Worten erkannte.

»Sie wusste, dass Natalia ihr Gegenstück ist. Dass sie die Einzige ist, die ihre Pläne verhindern kann. Sie wusste auch, dass deine Eltern ihre Tochter schützen würden – und sie für Elizabeths Schergen unerreichbar gemacht hätten. Ich glaube nicht mehr, dass Natalia entführt wurde. Sie hält sich versteckt. Vielleicht hat man ihr ebenfalls eingeflüstert, sie müsse sich von allen fernhalten.« Der Redeschwall hatte meinen Sauerstoff verbraucht und ich holte tief Luft. Doch Ric spann meine Überlegungen weiter, ehe ich fortsetzen konnte.

»Und dann hat Elizabeth meine Eltern umgebracht. Weil Feuer und Luft die perfekte Kombination sind. Stärke und Information. Meine Eltern hätten Natalia gefunden.«

Ich nickte langsam. »Ich war stocksauer auf dich und sie konnte Zac in mein Leben schleusen.« Dieses intrigante Miststück! Die Luft umwirbelte mich wie zur Bestätigung.

Ric musste alles erst verarbeiten. Er war genauso Spielball von Elizabeths Plänen gewesen wie ich. Seit meiner Ausbildung war alles von ihr in die richtigen Bahnen gelenkt worden – die für sie richtigen Bahnen.

»Dann wird es Zeit, dass wir uns ihren Plänen widersetzen.« Ric sprang vom Hocker und huschte auf meine Seite der Theke, umarmte mich von hinten und küsste mich zärtlich auf den Hals, bis ich Gänsehaut bekam.

»Wenn Pläne durchkreuzen bedeutet, dass …« Ein Schaudern durchfuhr mich, als sein Atem an meinem Ohr kitzelte, und ich hatte plötzlich kein gesteigertes Interesse mehr daran, über Elizabeth zu reden. Ich schaltete einfach meinen Kopf ab und genoss die zärtlichen Küsse an meinem Nacken.

Ein Vibrieren riss mich in die Gegenwart zurück. Mein Handy surrte und kroch auf der Theke herum. Seufzend griff ich danach und konnte mich kaum auf das Display konzentrieren, weil Ric immer noch so dicht an mich gepresst dastand und in mein Ohr atmete. »Ty!«, rief ich, als ich ihren Namen auf dem Display las.

Ric kam sofort an meine Seite und ich nahm den Anruf entgegen. Meine Hand zitterte vor Aufregung und mein Anhänger pulsierte.

»Ty, endlich!«, schrie ich beinahe ins Handy, doch ich bekam keine Antwort. »Ty?« Nichts.

Ric sah mich fragend an und ich schüttelte den Kopf, nahm dann enttäuscht das Handy vom Ohr. Der Anruf war beendet worden. In dem Moment klingelte Rics Handy und er zog es so hektisch aus seiner Hosentasche, dass es gegen die Theke knallte. Schimpfend nahm er den Anruf entgegen.

Es schien Stunden zu dauern, bis Ric endlich etwas sagte: »Wir kommen sofort.« Dann legte er auf.

»Josh und Laurie sind verschwunden. Wir sollen sofort ins Institut kommen.«

Die wilden Verdächtigungen bezüglich Josh zogen mir wieder durch den Kopf. Ich trank meine Tasse leer und wollte schon vom Barhocker springen, als Ric mich zu sich umdrehte und mit der Hand unter mein Kinn griff. »Auch wenn sich die ganze Welt und alle Elemente gegen uns verschworen zu haben scheinen: Wir holen das nach.« Er drückte mir einen so sanften Kuss auf die Lippen, dass meine Knie weich wurden und ich nicht mehr aufstehen konnte. In meinem Bauch waren die Schmetterlinge zu Monstern oder Aliens mutiert, denn das Kribbeln wurde zu Schmerzen, als Ric sich von mir löste.

»Im nächsten Leben werde ich normal, gehe zur Schule und werde Buchhalterin oder so«, schnaubte ich, als ich meine fünf Sinne wieder beisammen- und mein Magen sich beruhigt hatte.

14. Kapitel

Ich muss mich ausruhen. Meine Energie ist verbraucht, ich kann im Moment nichts mehr sehen.

»Wie wollen wir mit der Information umgehen?«, fragte ich ziemlich laut, um den Diabolo zu übertönen.

»Wir tun überrascht und melden uns für den offiziellen Suchtrupp.« Rics Aussage klang eher wie eine Frage. Es tat gut, ihn auch einmal unentschlossen zu sehen.

»Und dann?«

»Dann treten wir diesem Verräter in den Hintern.«

»Wir können nicht sicher sein, dass ...«, wandte ich ein.

»O doch. Erinnerst du dich noch an den Auftritt dieser Bella, als Josh das erste Mal mit uns auf Patrouille war? Er hat zu keiner Zeit sein Element aufgerufen. Ich wette, er konnte nicht, weil seine Kette im Park liegt. Er hat sich stets ruhig verhalten, so gar nicht seiner Natur entsprechend.«

Da hatte Ric Recht. Mir war aufgefallen, dass Josh sich sehr von Ric unterschied, hatte aber meinen Drachen für etwas speziell gehalten. Aber eigentlich war Ric so, wie die Bücher das Feuer beschrieben: leicht erregbar, impulsiv, von sich eingenommen, furchtlos, entschlossen. Josh hingegen war eher wie Wasser oder Erde gewesen. Ich grübelte weiter darüber nach, bis mir noch etwas einfiel: »Deshalb konnte er auch Laurie nicht beschützen«, spann ich den Gedanken weiter und Ric nickte nach kurzem Nachdenken.

Dennoch fühlte ich immer noch ein riesiges schwarzes Loch in unserem Puzzle aus Erklärungen und Theorien. Irgendetwas passte nicht zusammen. Alles hatte bereits begonnen, ehe ich ›Otherside‹ gelesen oder Jahre später die Söldner herausgeholt hatte. Auch in Geschichten hatte ich ein großes Problem mit dem bösen Unbekannten und jetzt hatte ich den schwarzen Mann – oder die schwarze Frau – selbst zum Gegner. Bestimmte Dinge schienen immer gleich abzulaufen und so langsam konnte ich die Intention so manchen Autors verstehen, über die ich immer den Kopf geschüttelt hatte.

Uns blieben nur noch wenige Tage bis Samhain, bis zum Überschneiden der Welten, und wir kamen einfach nicht voran. Ich starrte in den nebligen Morgen jenseits der Frontscheibe. Die Sonne hatte keine Chance, zu uns durchzudringen, und ich konnte mir gut vorstellen, dass der eine oder andere das schlechte Wetter und das Wochenende ausnutzte, um im Bett zu bleiben und zu lesen.

Wie erwartet suchte Perry nach Freiwilligen. Da sich alle Teams meldeten, gingen wir in unseren gewohnten Gruppen los. Der Rest von Joshs Team, Lara und Kenneth, schloss sich Gruppe D an. Wir übernahmen unsere normalen Routen, stießen nebenbei auf zwei völlig normale Schönlinge aus irgendeinem historischen Fantasyroman, die in einem dunklen Kellereingang aufeinander losgingen. Der immerwährende Kampf zwischen Vampiren und Werwölfen. Geschwächt, wie sie waren, schlugen sie anscheinend schon seit Stunden aufeinander ein. Ansonsten blieb es ruhig und wir fanden rein gar nichts heraus.

Nach unserer Rückkehr ins Institut erzählte uns Perry noch,

dass die Suche nach dem geheimnisvollen Buch an öffentlichen Stellen ohne Erfolg geblieben war. Weltweit waren alle bekannten Archive durchsucht und katalogisiert worden, ohne dass man auf eine bislang unbekannte Geschichte gestoßen wäre.

»Ein alter Archivar hat uns von einem Buch erzählt, das vor einigen Jahren für ein Durcheinander in den Kreisen der Wächter gesorgt hat«, erzählte er Ric, Peter, Coral und mir, nachdem die anderen bereits gegangen waren und sich auf die abendliche Patrouille vorbereiteten. »Es war eine Geschichte, deren junge Heldin beinahe täglich bekämpft werden musste. Sie war mächtig, hatte aber nie eine Chance gegen die Patrouillen. Die Bibliothekare hatten nachgeforscht, jedoch nirgendwo einen Hinweis darauf gefunden, aus welchem Buch sie stammte. Alles, was wir über sie wissen, hatten sich die Wächter aus dem, was sie sagte, zusammengereimt.« Perry schüttelte den Kopf.

Die Leser mussten diese Heldin vergöttert haben, wenn sie so oft erschienen war. Heutzutage passierte das eher bei männlichen Protagonisten. Die Antipathie gegen weibliche Charaktere und das Konkurrenzdenken der überwiegend weiblichen Leserschaft ließen vor allem in unserem Genre seltener Protagonistinnen oder weibliche Nebencharaktere auftreten.

»Hat man das Buch denn identifizieren können?«, fragte Ric und holte mich in die Gegenwart zurück.

Perry schüttelte den Kopf. »Wir wissen nur, dass sie von einem Ort stammte, den sie die andere Seite nannte. Otherside.«

Meine Knie gaben nach und in meinem Kopf drehte sich alles. Ric bemerkte es genauso schnell wie meine Freunde.

»Wir sollten dann los, sonst schaffen wir es nicht, rechtzeitig zur Patrouille zurück zu sein«, sagte Peter und zog Coral mit sich.

Ich nickte und Ric schob mich ebenfalls fort von Perry, der uns mit einem nachdenklichen Gesicht hinterhersah, als ich mich kurz umdrehte und »Bis später!« rief.

»Wir treffen uns bei Lin zu Hause«, wies Ric an und deutete mit dem Kopf zu Peters Corsa. Peter und Coral stiegen ein, ich folgte Ric zum Diabolo.

Die Fahrt verbrachte ich mit Grübeln, noch halb im Schock über die Information, dass ›Otherside‹ bereits vorher existiert und eine Heldin besessen hatte, die täglich herausgelesen worden war. Jemand hatte eine sehr enge Beziehung zu dieser Heldin aufgebaut, ehe sich die Geschichte doch ziemlich verändert hatte. Mein Bauchgefühl sagte mir, dass auch hier Elizabeth die Fäden gezogen hatte. Das Puzzle vor meinem inneren Augen, wurde größer und größer, es taten sich neue schwarze Flecken auf, an denen uns entscheidende Informationen fehlten.

Wenig später saßen wir bei einer Tasse Kaffee in der Küche. Nein, ich trank Kaffee, Ric und Coral hatten Wasser bevorzugt und Peter fand, dass der Kaffee seltsam schmeckte, woraufhin ich ihn nur böse angeschaut hatte. Na ja, Hauptsache, ich hatte meinen Kaffee.

»Denkt ihr, dass es sich bei diesem Buch, das Perry erwähnt hat, wirklich um dieselbe Geschichte handelt?«, fragte Peter.

Ric und ich nickten eifrig.

»Aber wie kann sie sich so stark verändern?« Coral starrte in ihr Wasserglas, als könne sie Bilder daraus empfangen.

»Elizabeth schreibt die Geschichte. Sie hat auch Zac zum Helden gemacht. Sie hat alles inszeniert und genau den Mann erschaffen, den ich brauchte.« Ein Blick auf Ric zeigte mir, wie wenig ihm dieser Gedanke gefiel. »Und davor hatte jemand anderes einen Helden gebraucht. Oder wohl eher eine Heldin. Wenn wir nur dieses Buch hätten! Vielleicht könnte es uns jetzt mehr verraten. Die Geschichte hat sich verändert. Zac und die Söldner sind nicht mehr in ›Otherside‹, irgendwas anderes muss die Seiten doch jetzt füllen«, grübelte ich laut vor mich hin.

»Wie sah das Buch denn aus?«, fragte Coral, immer noch in ihr Wasser starrend.

»Der lederne Einband ist rot, schon stark abgenutzt. Handgebunden, vermute ich.«

»Ohne Titel oder Ähnliches?«

Ich nickte Coral zu. Da sie immer noch nach unten sah, sagte ich laut: »Ja.«

»Dann weiß ich vielleicht, wo es ist.«

Drei Augenpaare richteten sich auf die Wasserfrau.

Ric stellte die Frage als Erster: »Woher?«

Coral deutete auf das Glas vor sich. Es sah aus wie ein normales Glas mit Wasser. »Ich sehe es hier drin«, sagte sie ruhig, als wäre es das Normalste der Welt.

Von so etwas hatte ich noch nie zuvor gehört und runzelte die Stirn. »Du siehst es im Wasser?«, hakte ich nach.

»Das ist das erste Mal, cool ...«, lächelte Coral verträumt vor sich hin.

»Und wo ist das Buch? Wenn es wirklich dort ist, dann würde ich sagen, dass du eine ziemlich beeindruckende Gabe hast.« Peter nickte Coral anerkennend zu.

»Ich sehe ... nicht viel«, begann Coral, kniff die Augen zusammen und starrte in das Glas. »Es ist in einer Schachtel ... Nein, Moment, das Bild verändert sich. Ich sehe ein Zimmer. Etwas kahl und trostlos. Der hellrosa Bettwäsche nach zu urteilen ein Mädchenzimmer. Keine Poster an der Wand. Das Fenster zeigt die Krone von einem Baum. Weit im Hintergrund kann ich den Kirchturm erkennen.«

Ich fragte nicht weiter, sprang von meinem Hocker, so dass Coral zusammenzuckte und das Wasserglas umstieß. Die Sauerei war mir allerdings egal. Das Bild war mir so vertraut, ich wusste, was Coral beschrieben hatte.

In meinem Zimmer angekommen sah ich es genau vor mir: die alte Eiche vor meinem Fenster, den Kirchturm im Hintergrund. Ich rannte zu meinem Nachtschrank, kniete mich davor und zog die Schublade auf.

Ric trat zu mir, als ich gerade den ganzen Kleinkram um mich warf, um das Geheimfach zu öffnen. Erst nach mehreren Versuchen gelang es mir und ich zog die Holzkiste heraus, klappte den Deckel auf und da lag es: ›Otherside‹.

Coral keuchte auf, als sie ins Zimmer trat. Sie starrte zum Fenster, sah sich im Raum um und ließ ihre Augen dann auf mir ruhen. »Das ist es!«, flüsterte sie ehrfürchtig.

»Und ohne dich hätten wir es nie gefunden«, nickte ich ihr dankbar zu. »Warum hätte ich auch in meinem Versteck danach suchen sollen?« Die wildesten Ideen schossen mir durch den Kopf und ich erstarrte.

»Wer hat es hierhergebracht?«, fragte Ric skeptisch und sprach damit meinen Gedanken aus.

»Derjenige, der Coral gezeigt hat, wo es ist«, antwortete Peter ruhig.

»Aber warum?« Ich legte das Buch wieder in seine Kiste. Elizabeth hatte so viele Intrigen gesponnen, dass es eine Falle sein musste. »Wer sollte uns schon helfen?«, murmelte ich vor mich hin, als ich den Deckel der Holzkiste zuschubste und das Kästchen frustriert aufs Bett legte.

Der Deckel sprang in einem starken Luftzug wieder auf.

»Was tust du?«, fragte Ric und blickte im Zimmer umher.

»Nichts«, gab ich zur Antwort und tat es ihm nach. Mein Element wurde von jemand anderem kontrolliert, ich spürte irgendeine ... Präsenz im Raum.

Das Buch erhob sich aus dem Kästchen und fiel daneben auf meine hellrosa Tagesdecke. Ein starker Windhauch klappte das Buch auf und die Seiten sprangen hin und her, bis der Spuk ganz plötzlich vorbei war und ›Otherside‹ aufgeschlagen auf meinem Bett lag.

Die Neugierde war zu groß. Ich stemmte mich hoch, meine Beine waren vom Knien schon leicht taub und ich riskierte einen schnellen Blick auf die Seite.

»Aua!«, rief Peter, zuckte zurück und rieb sich an den Schläfen. Er hatte ebenfalls auf die Seite gesehen und versucht zu lesen.

»Nur Lin kann es anfassen – und vermutlich kann auch nur sie es lesen«, sagte Ric.

»Ein magischer Schutz?«, fragte Peter und sein Gesicht erhellte sich. Spannung brannte in seinen leuchtend grünen Augen, wie sie seine ruhige Art nur selten zeigte. »Da hat sich jemand wirklich Mühe gegeben, dass nur Lin das Buch liest. Aber wer hat es dann hier versteckt, wenn niemand es anfassen kann?«

Eine sehr berechtigte Frage von Peter, deren Antwort jedoch niemand kannte.

»Man kann es nicht direkt anfassen, aber mit den Elementen bewegen«, grübelte Peter und zeichnete einen Wirbel in die Luft. »So wie gerade eben.«

»Ein Luftelementar?«, fragte Coral skeptisch. »Und wo soll der sein?«

Peter zuckte mit den Schultern.

Ric hingegen rief: »Nat?«

Im nächsten Moment stand seine Wange in Flammen und

ich kiekste erschrocken auf, ehe ich zwei Dinge realisierte: Ric konnte nicht verbrennen und es waren nicht einfach nur Flammen. Es war eine Hand aus purem Feuer, die ihm über die Wangen strich.

»Natalia?«, fragte Ric erneut in den Raum und die Flammen auf seiner Wange zogen sich zurück, ballten sich vor Rics Kopf zusammen und ein Gesicht erschien darin. Das Gesicht eines Mädchens, aus Flammen gezeichnet. Es sah so unwirklich aus, dass ich die Erscheinung nur mit offenem Mund anstarren konnte.

Der Feuerkopf nickte.

»Wo hast du all die Zeit gesteckt?« Rics Stimme war nur noch ein Flüstern. Das Feuergesicht öffnete den Mund, um zu antworten, doch es kam kein Ton heraus. Frustriert verzog das Mädchen das Gesicht und löste sich auf.

»Komm zurück«, rief Ric, etwas Trauriges, Klagendes schwang in seiner Stimme mit. Verzweiflung.

Da hörte ich das Wispern meines Elements, zu zart, um es zu verstehen, obwohl ich den Kopf schräg legte und die leichte Brise mich umhüllte. Ric verstand, was geschah, trat zu mir und reichte mir seine Hand. Das Flüstern wurde lauter. Coral und Peter schlossen den Kreis. Mit ihrer Hilfe und der geballten Energie konnte ich das Wispern kanalisieren und verstehen. Ich lauschte mit geschlossenen Augen, was mir die Luft – Natalia – erzählte, und als die Brise verschwand, sah Ric mich bereits ungeduldig an. Doch ich musste erst das Gehörte verarbeiten, die Puzzleteile ergänzen.

Weil ich eine oder vielleicht auch mehrere Minuten nichts sagte, ruckte er auffordernd mit dem Kopf und strich dabei mit dem Daumen über meinen Handrücken, dass mir ein Kribbeln den Arm hinaufjagte und meine Konzentration nur schwer wieder einzufangen war. Ein sanfter, aber bestimmter Windstoß schob mich von Ric weg.

»Sie hat mit dir geredet, oder?«, flüsterte Coral in die Stille hinein.

»Natalia hat ›Otherside‹ besessen und die Heldin herausgelesen«, sagte ich tonlos. »Ihr Name war Thyra und sie ist Elizabeths Tochter.«

Der Duft nach Kamin kroch in meine Nase. Ric quetschte meine Hand so stark, dass es beinahe schmerzte. Ich konnte seine Emotionen nachempfinden. Natalia war all die Jahre zugegen und hatte ihn vergeblich nach ihr suchen lassen. Nun tauchte sie auf und war schuld an dem Schlamassel, in den wir geraten waren. Na ja, zumindest zum Teil. Der Rest der Schuld lastete mir schwer auf dem Rücken, aber ich war froh, dass ich etwas davon abgeben konnte und nicht allein für das Auflösen der Grenzen zuständig war.

»Was ist mit ihr passiert?«, fragte Ric nach mehrmaligem Durchatmen.

»Nachdem sie die Heldin herausgelesen hat, wurden diese und Natalia Freunde. Das alles geschah kurz nach ihrem Test im Institut. Elizabeth musste bereits zu diesem Zeitpunkt gewusst haben, dass Natalia etwas Besonderes ist, vermutet deine Schwester. Elizabeth hat ihr mit dem Buch ein Medium gegeben, durch das sie sich mit ihrer Zukunft als Wächterin identifizieren konnte. Natalia hat die damalige Version von ›Otherside‹ mit so vielen Emotionen gelesen, dass sie Thyra aus dem Buch befreit hat – ihre spätere Mörderin.«

Coral keuchte erschrocken auf und schlug die Hand an den Mund.

»Aber sie hat nicht damit gerechnet, dass Natalia in den Elementen weiterleben würde. Sie hatte keinen physischen Körper mehr, konnte mit ihrer speziellen Magie jedoch Träume erschaffen, die sie dir geschickt hat.« Ich sah Ric an, dessen Augen noch immer skeptisch zusammengekniffen waren.

»Thyra hat herausgefunden, dass Natalia versucht sich dir mitzuteilen. Und sie hat zum Gegenschlag angesetzt und dir eingeredet, dass du die Schuld an allem Unglück hast, das sich seit damals ereignet hat. Mit Erfolg«, setzte ich seufzend hinzu.

»Warum nimmt sie erst heute Kontakt zu uns auf?« Peter war näher getreten und musterte mich neugierig.

»Sie war wohl schon öfter da, aber sie brauchte alle Elemente in einem geschlossenen Raum, weil nur so die Energie unserer Elemente konzentriert genug ist und sie uns so diese Energie entziehen kann.«

»Deine Müdigkeitsattacken?« Ric hob eine Augenbraue und ich nickte.

»Sie hat sich dafür entschuldigt.«

»Dann war sie es auch, die ...« Ric biss sich auf die Lippen. Wurde er etwa rot?

Auch meine Wangen brannten sofort.

»Na, klasse.« Ric schüttelte den Kopf. »Wehe, wenn du dich noch einmal einmischst«, drohte er der Luft.

Peter und Coral sahen fragend von mir zu Ric und wieder zurück. Sofort schüttelten wir beide den Kopf.

»Wie können wir diese Thyra finden?«, fragte Peter schließlich.

»Sie hält sich versteckt, Natalia kann sie nur sporadisch spüren, obwohl die Verbindung zu ihr sehr stark ist. Ich wette, dass sie im Park ist.« Das war die einzig logische Erklärung. »Und vielleicht finden wir dort auch Zac und Ty.« Ich wollte die Hoffnung darauf nicht aufgeben.

Ric beschloss, dass wir uns gleich aufmachen sollten, um das Areal erneut zu untersuchen und auch in Kenntnis zu bringen, was es mit Rapunzel auf sich hatte, die Coral als so besonders empfand.

Peter und Coral gingen gerade aus meinem Zimmer, als Ric mich zurückhielt und auf das Buch deutete. Ich nickte, lief zum Bett und griff nach ›Otherside‹, das immer noch aufgeschlagen dalag.

Meine Augen blieben an dem Wort Thyra hängen und ich überflog die Seite. Elizabeth verabschiedete ihre Tochter, einem – wenn man den Beschreibungen glauben konnte – blonden Engel mit zartem Gesicht. Da die Szene aus Elizabeths Perspektive geschrieben war, konnte das alles bedeuten. Vielleicht war sie ein übergewichtiger Trampel mit straßenköterblondem Gestrüpp auf dem Kopf. Eine Mutter würde ihr Kind sicher nie so beschreiben. Ich seufzte. Ein paar mehr Details wären nützlich gewesen. Wie etwa ein Tattoo oder von mir aus auch ein Muttermal. Aber nein, das wäre ja auch zu einfach.

Wenn diese Thyra sich in dieser Welt zurechtgefunden hatte, könnte sie auch längst brünett oder rothaarig sein. Ich seufzte, klappte ›Otherside‹ zu und folgte Ric aus dem Zimmer, schnappte meine Handtasche vom Boden und gemeinsam verließen wir die Wohnung.

»Dein Auto ist zu auffällig.« Peter versuchte wieder einmal, Ric davon zu überzeugen, gemeinsam im Corsa zu fahren.

Der Diabolo war sicherlich nicht die beste Tarnung, da hatte er Recht. Aber Ric sah Peter so ungläubig an, dass ich mir nicht vorstellen konnte, dass er jemals nachgeben würde.

»Bisher haben sie uns auch nicht aufgespürt oder gar aufgelauert«, grummelte er und stapfte zum Diabolo.

Peter gab auf, zuckte mit den Schultern und ging zu seinem Wagen. Coral folgte ihm, ich war hin und her gerissen. Da Ric mich auffordernd ansah, lief ich in seine Richtung. Wenig später kamen wir im Park an. Bei den Teichen fiel mir sofort die drückende Stille auf. Auch die anderen blieben irritiert stehen.

Coral ging neben dem ersten Teich in die Hocke und strich mit ihrer Hand über das Wasser. Ihr Element murmelte und gluckerte, als es sich ihrer Handfläche entgegenreckte.

»Wir können nicht weiter«, sagte sie, während sie sich aufrichtete. »Die Grenze liegt gleich dort hinten. Die Elementarzone hat sich ausgedehnt.«

»Auf den ganzen Park?« Peter kniete sich nieder und berührte den Boden. Hier standen noch keine Bäume, mit denen er sich austauschen konnte. Kopfschüttelnd erhob er sich wieder. »Die Erde ist tot. Hier sind kaum Wurzeln, die sich austauschen können. Willst du es mal probieren, Lin?«

Ich schloss die Augen und rief nach dem Wind. Doch auch er antwortete nur träge. Das Einzige, was ich verstand, war, dass die Zone allen Elementen die Energie entzog und der Wind deshalb einen großen Bogen um den Park machte. Daher war es auch so still hier. Gespenstisch still. Keine raschelnden Äste im Wind. Ich gab weiter, was ich erfahren hatte, und sah meine Freunde fragend an.

»Sollen wir reingehen?«, fragte Peter und schien von seinem eigenen Vorschlag alles andere als begeistert. Der Park war nicht mehr sein Element, er fühlte sich sichtlich unwohl.

»Öffnet nur die Barriere für mich. Ich gehe rein und schaue mich um.« Ric richtete sich auf und ging bereits mit erhobener

Hand den Kiesweg entlang. Ein paar Schritte später hielt er an und betastete die Barriere. »Hier. Kommt her und öffnet sie mit mir.«

Ich ging zwar zu ihm, hielt ihn aber am Arm fest. »Du kannst nicht gehen, du bist zu auffällig«, sagte ich.

Ric entzog sich meinem Griff und fasste mich an der Hand. »Wir müssen herausfinden, was da drin vor sich geht. Wenn nicht einmal Natalia reinschauen kann, muss ich es tun.« Seine andere Hand streckte er Coral entgegen, die nur sehr zögernd näher trat.

»Nein«, sagte ich entschlossen. »Ich werde gehen. Ich kann fliegen und bin weit weniger auffällig als du.« Ich rief mein Element herbei, das nur sehr träge antwortete. Mein Anhänger pulsierte nicht, es fühlte sich eher an wie der vergebliche Versuch, ein Auto mit defekter Batterie zu starten.

»Ich muss ein Stück zurück«, seufzte ich und entfernte mich wieder in Richtung Parkplatz. Die Luft antwortete sofort auf meine Bitte und innerhalb weniger Sekunden schrumpfte ich zusammen und flatterte aus dem Kleiderhaufen heraus.

Coral war mir nachgekommen, sammelte meine Klamotten ein und stopfte sie in ihre Umhängetasche. Ich flog neben ihr her zu Peter und Ric. Letzterer warf mir böse Blicke zu. Schnell glitt ich durch die Luft zu ihm und blieb direkt vor seinem Gesicht in der Luft stehen. Meine winzige Hand strich über seine Wange, die nur wenig kleiner war als mein ganzer Körper.

Er verzog leidend den Mund, nickte jedoch langsam. Er wusste, dass mein Vorschlag die einzige Möglichkeit war, auch wenn es ihm gegen den Strich ging. Ich kicherte und Coral zuckte zusammen.

Ric hob seine Hand, die Handfläche nach oben, und deutete

mit dem Kopf darauf. Schnell nahm ich darauf Platz und legte meine beiden Hände neben mir ab. Coral griff nach Rics anderer Hand und schloss die Verbindung zu Peter.

Die Barriere wurde vor uns sichtbar, sah aus wie Wasser, das an einer Glaskugel hinunterrann. Man glaubte hindurchsehen zu können, was jedoch ein Trugschluss war. Denn alles dahinter verschwamm und Rics Hand mit mir darauf konnte nicht hindurchgleiten.

»Die Barriere ist stärker geworden«, flüsterte Coral und konzentrierte sich auf das vermeintliche Nass. Doch es war kein Wasser und sie konnte es nicht beherrschen. Niedergeschlagen schüttelte sie den Kopf.

»Wir müssen uns nicht nur verbinden, sondern die Elemente rufen«, sagte Peter. Niemand zweifelte, was genau er damit meinte.

»Das können wir hier nicht machen, mitten auf dem Weg«, antwortete Ric. »Wir folgen der Barriere, bis wir ein Versteck finden, wo wir uns alle verwandeln können.«

Wir blieben weiter Hand in Hand, um die Grenze sichtbar zu halten, und Ric trat mit mir über die kleine Grasfläche zum ersten Teich. »Coral, wärst du so freundlich?« Ric sah Coral an, die sich kurz konzentrierte und den Teich zum Schimmern brachte. Nun konnte Ric übers Wasser gehen, ohne nass zu werden.

Nachdem wir den ersten Teich überquert hatten, entdeckten wir die perfekte Stelle für die Verwandlung. Dichte Büsche und Sträucher, die ganz nahe an der Barriere lagen und uns zu nahezu allen Seiten abschirmten.

Die Hand unter mir erbebte, mein Hintern wurde heiß und ich hatte große Mühe, nicht zur Seite zu kippen, als Rics Menschenhand zu einer Drachenklaue wurde. Als die Verwandlung abgeschlossen war, setzte sich der Drache, damit auch Coral sich niederlassen konnte. Im Stehen konnte sie sich nur verwandeln, wenn jemand sie stützte – ihr Fischschwanz war ein großes Hindernis. Binnen Sekunden lugte er unter ihrem langen Rock hervor und zappelte nervös hin und her. Ihre Hand war noch immer mit der von Peter verbunden, die in dem Moment zu Ästen heranwuchs. Peters Kleidung zerriss, als sein Körper zu einem Stamm wurde, seine Augen leuchteten in ihrem intensiven Grün.

Fee, Drache, Wasserfrau und Dryade. Wir hatten uns noch nie alle gemeinsam verwandelt. Nie zuvor war unsere gebündelte Macht notwendig gewesen. Doch kaum war Peter in seiner Elementargestalt, wurde die Barriere dünner und transparenter, bis sie nach wenigen Sekunden ganz verschwand.

Meine Flügel flatterten bereits und ich stand auf Rics Drachenhand – oder Klaue? –, bereit zum Start, da umgriff mich etwas und hielt mich zurück. Rics Griff war nicht fest, aber dennoch klemmte er mir die Flügel ein und ich fluchte mit meiner Mickymaus-Stimme.

»Was, wenn sich das Ding schließt und wir es nicht wieder öffnen können?«, flüsterte er mit tiefer Drachenstimme, was sehr seltsam klang.

Ich schob mit meinen Händen seine Klauen auseinander, flog zu seiner Wange hoch und drückte einen Kuss darauf. »Ich komme wieder zurück«, flüsterte ich in sein Ohr, an dem ich kurz Halt machte, ehe ich in den Park flog und nicht wusste, was mich erwartete.

15. Kapitel

Etwas verändert sich. Ich spüre es mehr denn je.

Kaum hatte ich die Barriere überwunden, war der Park wieder von Geräuschen erfüllt. Aber sie klangen anders als gewohnt. Es waren nicht die typischen Hintergrundgeräusche wie das Rascheln der Blätter oder das Zwitschern der Vögel. Nein, etliche Stimmen drangen über den Wind zu mir, so dass ich mir beinahe wie auf dem Bahnhof vorkam. Ich hörte das Schaben von Metall auf Metall, knisternde Feuer und einige undefinierbare Geräusche ähnlich einem Schnauben oder Grunzen.

Als die Stimmen lauter wurden, flog ich etwas höher und verbarg mich, so gut es ging, zwischen Ästen und Zweigen. Dann wurden die bisherigen Geräusche von einem statischen Rauschen und einer schlimmen Rückkopplung übertönt. Ich verfolgte die Schallwellen, die ich in meinem Element beinahe sehen konnte, zurück und versteckte mich kurz vor der Quelle hoch oben auf einem Ast.

Unter mir sah es aus wie im Cockpit eines Raumschiffes. Zumindest stellte ich mir Raumschiffe so vor. Etliche Bildschirme waren aufgebaut, endlose Tastaturen und Schaltkonsolen. Dazwischen stand das Mädchen, das wir bereits auf der Wiese gesehen hatten. Sie hatte ihren Zopf mehrmals um die Hüfte geschlungen und tippte wie eine Wilde auf eine Tastatur ein. Ihre Klone – vier identische Rapunzel-Kopien – taten es ihr gleich. Übereifrig regulierten sie die Ursache für das Rauschen. Es wurde immer leiser und irgendwann war eine Stimme zu hören.

»Hallo?«, sagte eine Frauenstimme.

»Hallo«, antworteten alle Mädchen synchron.

»Wer ist da? Wo ist meine Tochter?« Die Stimme am anderen Ende musste Elizabeth sein. Aber wie ... wie konnte sie mit unserer Welt *telefonieren*?

»Ich bin Cress«, sagten die Mädchen und mir wurde einiges klar. Selbst in meinem Genre war sie bekannt, weil sich ihr Science-Fiction-Setting mit Fantasy- und Märchenelementen mischte. Cress war ein technisches Genie – Elizabeths Tochter hätte für ihre Zwecke keine Bessere herauslesen lassen können.

»Ich weiß nicht, wo Ihre Tochter ist. Sie hat uns gebeten die Verbindung wieder herzustellen«, sagte eines der Mädchen.

»Gut gemacht. Ihr werdet dafür reichlich entlohnt werden.«

»Ich möchte wieder zurück.«

»Zurück? In eure Geschichte?« Die Stimme der Frau überschlug sich fast.

»Hier ist alles so ... altmodisch«, antwortete das Mädchen in der Mitte.

»Bringt meine Tochter zu mir«, ignorierte die Frau den Kommentar und eine Cress rannte davon.

Ein erneutes statisches Rauchen erklang und die Verbindung brach ab. Die übrigen Mädchen seufzten. Eine sah die anderen an und flüsterte: »Ich hoffe, Zodan hält sein Versprechen und bringt uns zurück.« Die anderen nickten bedrückt. Ihnen schien es in dieser Welt wirklich nicht zu gefallen.

Aber *zurückbringen* konnte man Seelenlose nur auf zwei Arten:

Entweder man tötete sie oder ein Team von Wächtern band sie mit Hilfe ihrer Elemente. Ich wollte lieber nicht wissen, welchen Weg Zodan ihnen versprochen hatte.

Von meinem Platz hier oben aus hatte ich eine gute Sicht auf die Wiese. Nur dass die ehemalige Naturwiese nun einem Campingplatz glich. Überall standen Zelte, darunter einige gruselig altmodische. Ich erschauderte beim Gedanken daran, woher die Tierfelle stammten. Rund um die Zelte herrschte buntes Treiben. Es gab zahlreiche Lagerfeuer, über denen die unterschiedlichsten Sachen gegrillt wurden. Ich sah nicht so genau hin, was die Seelenlosen, die ich auf Anhieb nicht zuordnen konnte, dort zum Essen zubereiteten. Manche von ihnen glichen Orks oder Oger, ihre Wildheit war sofort erkennbar; andere Lagerfeuer befanden sich inmitten eines Kreises von dämonischen Söldnern aus ›Otherside‹.

Ich sah mich um und suchte nach irgendwelchen Baracken oder Zelten, die bewacht wurden. In denen Ty vielleicht gefangen gehalten wurde. Doch ich sah weder etwas in der Art noch einen mit dicken Holzpfählen abgetrennten Bereich, wie ihn mir meine Fantasie vors innere Auge gemalt hatte. Auch sah ich zwischen all diesen Söldnern keinen Zac – was mich wenigstens ein klein wenig erleichterte. Ich glaubte nach wie vor nicht an seinen Verrat. Doch wo mochten die beiden stecken?

Mein Blick fiel auf die mir entgegengesetzte Seite der Wiese. Ein bunt gemischter Haufen aus relativ modern gekleideten Personen saß und stand dort um ein Lagerfeuer. Neugierig glitt ich die bereits kargen Baumkronen entlang, bis ich direkt über der Gruppe Halt auf einem der oberen Äste machte. Wie ich vermutet hatte, handelte es sich um zeitgenössische Charaktere. Auch wenn ich seine Geschichte nicht kannte, entdeckte ich den mutierten Cam sofort. Er trug ein ärmelloses Shirt und ich sah seine Schlangentätowierung. Dieser Seelenlose hatte Laurie angegriffen, da war ich mir sicher.

Ich musterte die Frau ihm gegenüber. Sie war eine typische Seelenlose aus aktuellen Büchern, hatte nichts, womit sie herausstechen würde oder woran sie zu erkennen wäre. Meine Augen glitten weiter über die Runde unter mir und blieben an einem Lichtfleck hängen. Ein Lux, vermutete ich, wahrscheinlich Daemon. Direkt daneben saß eine Frau mit roten Haaren. Dem Klischee nach würde ich sie für eine Hexe halten, aber sie konnte natürlich alles sein. Kaum einen der rund zwanzig Seelenlosen unter mir konnte ich identifizieren, was die Einschätzung ihrer Fähigkeiten schwer machte. Wobei diese ja auch durch die Beeinflussung Zodans und seiner Schergen modifiziert sein konnten.

Leider brachte mein Ausflug auf diese Seite der Wiese keine neuen Erkenntnisse und ich wollte zu dem Welten-Funkgerät zurückkehren. Vielleicht hätte ich ein wenig aufmerksamer sein sollen, mich überall umsehen, ehe ich von dem Ast, auf dem ich gestanden hatte, absprang. Vielleicht hätte ich dann den Schatten gesehen, ehe er mich gesehen hat. Denn als ich die Flügelschläge hörte, war es zu spät.

Der im Vergleich zu mir riesenhafte schwarze Vogel packte mich und presste mich mit seinen Krallen zusammen. Ich konnte weder die Arme bewegen noch mich irgendwie herauswinden.

Das Fliegen in horizontaler Lage machte mich schwindelig und ich war froh, als der Vogel auf einem metallenen Tisch glücklicherweise sanft landete. Er ließ mich nicht frei, bis ein Mädchen auf ihn zutrat und beruhigend auf ihn einredete.

»Was hast du denn gefunden?«, fragte das riesige Gesicht vor mir. Nur auf Grund ihrer Haarfarbe konnte ich erkennen, dass es sich um eine Cress handelte.

Der Vogel lockerte seinen Griff, als das Mädchen ihre Hand ausstreckte. Nachdem ich in ihre Handfläche geplumpst war, musterte sie mich neugierig, hielt mich in einem Ring aus Daumen und Zeigefinger gefangen.

Neben mir gab es ein kurzes Zischen, dann stand plötzlich ein gut aussehender Junge neben Cress. »Ich habe sie oben im Baum gefunden«, sagte er mit einer sympathischen Stimme. »Sie hat das Camp ausspioniert.« Ein Gestaltwandler. War es vielleicht derselbe, der Ric Informationen zugetragen hatte? Den ich bereits einmal gesehen hatte? Ich versuchte mich zu erinnern, doch sie konnten auch einfach eine große Ähnlichkeit gehabt haben.

»Wo kommt sie her?«, fragte Cress den Gestaltwandler.

Der zuckte mit den Schultern, während ich versuchte der Enge von Cress' Fingern zu entkommen. »Sie ist sicher aus einem Kinderbuch. Feen sind neugierig, stecken ihre Nase überall rein.«

»Kann sie uns helfen?«

»Kommt drauf an, was sie für Fähigkeiten hat. Sie könnte natürlich auch ein Luftelementar sein.«

Das Mädchen zuckte bei den Worten des Jungen zurück und hätte mich beinahe losgelassen. »Aber das glaube ich nicht. Sonst hätte sie sich doch längst gewehrt, oder? Sie sind überaus mächtig, hat Zodan erzählt und Elizabeth behauptet sogar, dass sie uns töten können.«

Er schnaubte. »Sieh dir das kleine Ding an. Sieht es so aus, als könnte es einen Kampf gegen mich gewinnen?«

Meine Wut ließ den Wind auffrischen, doch ich versuchte mich zu beruhigen. Eine seelenlose Fee zu sein wäre die perfekte Tarnung. Ich könnte mich ihnen anschließen und vielleicht mehr über ihre Pläne erfahren. Die Idee klang gut, ich musste nur mein Element unter Kontrolle behalten.

Cress hob mich wieder bis auf Augenhöhe und fragte mich: »Woher kommst du, kleine Fee? Wie heißt du?«

»Naseweis«, quiekte ich schnell zur Antwort. »Oft werde ich auch Tinkerbell genannt.« Otherside.

Cress nickte. »Sie ist aus ›Peter Pan‹. Wurde jemand damit beauftragt, sie zu extrahieren, oder ist sie einfach so erschienen.«

»Ich habe keine Ahnung, aber ich kann mich mal umhören«, antwortete der Junge. Auf Cress' Nicken hin erklang erneut ein Zischen und Flügelschläge signalisierten mir, dass der Junge verschwunden war.

»Was machen wir jetzt mit dir?«, fragte das Mädchen mehr sich selbst als mich, denn ich befand mich wieder einmal in Schräglage irgendwo auf Hüfthöhe. Nur zu gerne hätte ich mein Element gerufen und mich aus dieser unbequemen Umklammerung befreit. Doch gegen all die Seelenlosen hätte ich keine Chance. Ich wusste nicht einmal, ob ich es mit einer normalen Cress zu tun hatte oder ob sie ebenfalls mit Zusatzqualifikation herausgelesen worden war. Daher blieb mir nur die Möglichkeit, meine Tarnung aufrechtzuerhalten.

»Wir warten«, piepte ich daher und Cress nickte. Sie sah sich um und entdeckte etwas, denn mit schnellen Schritten ging sie los und schüttelte mich wieder einmal kräftig durch. Binnen Sekunden wurde es um mich herum dunkel und ich musste mich langsam an die neuen Lichtverhältnisse gewöhnen. Tinkerbells Fähigkeit mit dem Feenglanz wäre jetzt praktisch gewesen – der Glanz hätte wenigstens genügend Licht erzeugt. Meine Nachtsicht war zwar gut, aber im Stockdunkeln brauchte es auch bei mir ein wenig länger, bis ich etwas erkennen konnte.

Allmählich schoben sich Konturen aus der Schwärze. Platinen und jede Menge Kabel. Sie hatte mich in ein Computergehäuse oder etwas in der Art gesteckt! Ich suchte nach den Lüftungslöchern, wie ich sie von meinem Computer kannte, doch da war nichts. Sicher hatte Cress eine tolle Kühltechnik aus ihrer Science-Fiction-Welt nachgebaut. Ich seufzte verärgert, was in der Dunkelheit widerhallte.

Dann drangen entfernte Stimmen zu mir. Sie waren verzerrt, was vermutlich an dem Metall rund um mich herum lag, dennoch konnte ich jedes Wort verstehen.

»Meine Mutter hat mich rufen lassen?«, fragte die eine Stimme, die nur Elizabeths Tochter Thyra sein konnte.

»Soll ich die Verbindung wieder herstellen?« Das war eindeutig Cress. Trotz der Verzerrung hörte ich die Ablehnung Thyra gegenüber heraus.

Eine Weile lang wurde nicht gesprochen.

»Mutter?«, sagte Thyra dann.

»Endlich, Thyra«, sagte eine dritte Stimme, offenbar Elizabeth. »Was ist denn mit der alten Verbindung passiert? Mir wurde versichert, dass sie bis Samhain bestehen bleiben würde.«

»Die vielen Extraktionen haben die Welten aus dem Gleichgewicht gebracht. Sie überlagern sich schon und wir mussten eine neue Möglichkeit finden. Das Medium war nicht stark genug«, erklärte Thyra. »Dafür mussten wir zuerst jemanden finden, der sich mit der modernen Technik besser auskennt.«

»Nun gut«, antwortete Elizabeth. »Solange diese Verbindung jetzt hält.« Ich konnte praktisch vor mir sehen, wie sie mit der Hand abwinkte. »Wie weit bist du mit meinen Plänen? Habt ihr das Buch?«

Stille. Minuten vergingen.

»Nein, Mutter. Sie hat es versteckt.« Das *sie* klang wie ein Schimpfwort.

»Verstärke die Suchtruppen. Zodan soll mit seinen Söldnern in die Köpfe aller Menschen schauen, vielleicht hat jemand etwas Ungewöhnliches bemerkt. Geht auch zu den Wächtern. Unsere Kontakte wissen vielleicht etwas. Sie überwachen die atmosphärischen Störungen und sehen, wo Elementarmagie eingesetzt wird.«

Erschrocken keuchte ich auf. So genau konnten sie uns überwachen? Das war mir bislang nicht klar gewesen. Das musste ich unbedingt meinen Freunden erzählen. Nur wie sollte ich hier herauskommen? Mir blieb nichts anderes übrig, als zu warten, bis man mich als normale Seelenlose ziehen oder dieser Rebellentruppe da draußen anschließen ließ.

»Wir tun, was wir können, Mutter. Doch ohne das Buch und das Licht werden wir ...«

»Ich habe deiner neuen Technikerin schon die Pläne für eine Elementarfalle gegeben. Das Licht wird nicht mehr lange frei sein.«

»Aber das Buch ...«

»Das werden unsere Spione finden. Wir haben noch Zeit genug, Thyra.«

»Wenn du es sagst«, maulte Thyra und ein statisches Rauschen erklang, das sich hier drin zu einem so ohrenbetäubenden Lärm verdichtete, dass ich mir die Ohren zuhalten musste.

»Du hast meine Mutter gehört«, drang Thyras Stimme über das Piepen hinweg zu mir. »Sorg dafür, dass ihr alles mitbekommt, was bei den Wächtern passiert. Der Feuerelementar hat die Seiten gewechselt. Sollten sie ihn aufspüren, schick sofort Zodan und seine Männer zu ihm und lass ihn töten.«

»Ja, Thyra«, antwortete Cress widerwillig.

»Wahre Liebe, pah! Diese Wasserfrau hat meine Beeinflussung gelöst.«

Cress sagte nichts dazu.

»Ich werde dann mal nach unseren Gefangenen sehen. Wenn du Neuigkeiten hast, schick jemanden zum Bunker.«

Ich musste hier raus, musste wissen, ob diese Gefangenen Zac und Ty waren. An welcher Seite hatte Cress das Gehäuse geöffnet? Mehrmals drehte ich mich um mich selbst, doch an allen Wänden waren Bauteile angebracht – so konnte ich die abzunehmende Seite nicht erkennen. Ich untersuchte die Ecken, schrammte mir an einer scharfkantigen Platine den Oberschenkel auf. Verdammt, ich musste hier raus. Meine Aufregung rief mein Element, das sich von außen gegen das Gehäuse drückte, und es knirschte von allen Seiten.

»Was ist das denn?«, hörte ich Cress sagen, ehe mich ein gleißendes Licht blendete und mir wie ein Blitz durchs Gehirn fuhr. Ich hätte aufschreien können vor Schmerz. Da packte mich auch schon eine Hand und presste mich so fest, dass ich kaum mehr atmen konnte. »Bist du vielleicht doch ein Luftelementar?« Als mein Sehsinn zurückkehrte, erkannte ich Cress' Gesicht, das sich langsam aus dem alles übermalenden Weiß schälte, direkt vor mir.

Ich antwortete nicht.

»Ich sollte dich Zodan melden. Oder Thyra«, sagte Cress mehr zu sich selbst, trotzdem schüttelte ich wie wild den Kopf und quiekte: »Nein!«

»Thyra ist meine einzige Möglichkeit, nach Hause zu kommen. Ohne sie oder Zodan werde ich nicht in meine Geschichte zurückkehren können.«

Das stimmte so nicht. »Ich kann dir helfen«, sagte ich schnell und bemühte mich meine Stimme so tief klingen zu lassen, wie es mit diesen winzigen Stimmbändern möglich war.

»Ihr seid schuld an der Zerstörung der Buchwelt.« Cress senkte den Blick. »Ihr habt bereits viele von uns getötet. Ihr würdet mich sicher eher vernichten, als zurück in meine Welt zu schicken.«

Cress wusste wohl nicht, dass sie automatisch zurückkehren würde, wenn man sie tötete. Doch darüber sollte ich in diesem Moment wohl nicht diskutieren und antwortete stattdessen nur: »Das stimmt nicht.«

Cress' Blick war entrückt, sie reagierte gar nicht auf mich. Ich sah mich rasch um, es war niemand hier außer dieser einen Seelenlosen, die mich wortwörtlich in der Hand hatte. Daher verwandelte ich mich zurück.

Cress kreischte erschrocken auf, als ich mich in ihrer Hand ausdehnte, und ließ mich fallen. Bereits in Menschengröße landete ich auf dem Hintern. Kleine Äste pikten unangenehm auf meiner nackten Haut. Ich rappelte mich auf, unterdrückte das Schamgefühl, splitterfasernackt vor Rapunzel aus einer anderen Zeit zu stehen, und sah ihr fest in die Augen.

»Die Geschichten gehen nicht verloren. Es wird immer noch gelesen. Elizabeth will beide Welten zerstören, nur um sich an den Menschen zu rächen. Sie wird auch deine Geschichte zerstören«, log ich, weil ich selbst nicht wusste, warum Elizabeth das alles wirklich tat und was genau sie vorhatte – außer uns ins Chaos zu stürzen.

»Thyra hat mir gesagt, dass die Wächter sich damit herausreden würden. Aber sie hat mir Bilder gezeigt: Bücherverbrennungen, die Zerstörung von Geschichten, von denen nun keine einzige Ausgabe mehr existiert.«

War ja klar, dass sie ein so grausames Ereignis aus der menschlichen Geschichte für ihre Zwecke missbrauchte. Ich seufzte. »Das war nicht wegen der Geschichten ...«, versuchte ich es zu erklären. Aber für diese Gräueltat gab es keine Erklärung. »Es ist schon lange her, Cress. Heute sind die Menschen anders. So viele neue Geschichten werden jeden Tag geboren, so viele Welten erschlossen ...«

»Aber sie werden nicht mehr genug gelesen, sie verblassen.«

Dagegen konnte ich nichts sagen, denn das war die reine Wahrheit. Ich grübelte, was genau ich darauf noch sagen konnte, bis mir das Entscheidende einfiel: »Vielleicht müssen manche der Geschichten verblassen, um Platz für neue zu schaffen. Die Welt braucht neue Helden, so wie sie sich selbst ständig neu erfindet. Das solltest du aus deiner Geschichte doch am besten kennen.«

Cress nickte langsam.

Ich drängte gleich weiter. »Die alten Klassiker werden nie aussterben, sie werden in anderen Geschichten weiterleben, in neuen Interpretationen, die auch die Jugend von heute begeistern kann. Klassiker wie Märchen«, ich sah ihr fest in die Augen und hob die Augenbrauen, »oder dramatische Liebespaare aus verfeindeten Gruppen – sie alle wird es immer geben.«

Cress starrte mich an, stand absolut regungslos da. Denkfältchen zeigten sich auf ihrer Stirn. »Vielleicht hast du Recht«, sagte sie nachdenklich vor sich hin.

Ich atmete erleichtert aus, dabei hatte ich nicht einmal bemerkt, dass ich die Luft angehalten hatte.

»Vielleicht bringen die neuen Geschichten auch wieder mehr Jugendliche dazu, die Originale zu lesen«, überlegte sie weiter.

Ich stimmte ihr hier lieber nicht zu, weil ich diesen Trend eher nicht sah, aber was nicht war, konnte ja noch werden. Nun wagte ich zu fragen: »Dann hilfst du mir?« Ich sah sie erwartungsvoll an, doch nichts geschah.

Sie zögerte, grübelte vor sich hin und legte sich vermutlich eine Liste mit dem Für und Wider an. Und ihrem Gesicht nach zu urteilen überwog das Wider.

Ich unterdrückte ein Seufzen. Vielleicht war *helfen* zu allgemein? Ich versuchte es weiter: »Kannst du mir sagen, wo dieser Bunker ist? Ich muss wissen, wen Thyra dort gefangen hält.«

»Das ist kein Problem«, sagte Cress schnell und ging zu einer der zahlreichen Armaturen neben meinem einstigen Gefängnis.

Der Bildschirm darüber schaltete sich nach einer Tastenkombination von ihr an und ich konnte einen dunklen Raum erkennen. Die Kamera war direkt auf eine der Wände gerichtet, die aus Beton bestand und feucht glänzte. Cress zoomte die Kamera zurück und ich konnte die eine Hälfte des Raumes überblicken. In einer Ecke lag ein halb verwandelter Werwolf. Sein Gesicht war deformiert und besaß bereits eine Schnauze. Sein noch menschlicher Körper war von Fell überzogen. Er rührte sich nicht. Ich schlug die Hand vor den Mund.

Dann wechselte die Perspektive und ich bekam die andere Hälfte des Gefängnisses zu sehen. Ein lautes Keuchen entfuhr mir und Cress sah mich misstrauisch an. Tränen traten mir in die Augen, als ich Zac blutend an der Wand lehnen sah. Ty saß in der Hocke neben ihm und schüttelte ihm die Schulter. Sie hatte einen alten Trinkschlauch in der Hand und versuchte ihm den Inhalt einzuflößen. Doch Zac presste die Lippen fest zusammen und schüttelte den Kopf. Ty sagte etwas zu ihm, das ich nicht hören konnte.

»Gibt es auch Tonübertragung?«, fragte ich Cress, ohne zur

Seite zu blicken. Ein kurzes Klackern später hörte ich es rascheln, als Zac versuchte sich aufzurichten.

»Du wirst nicht lange durchhalten, Zac. Und wenn du stirbst, wirst du nicht wie die anderen in deiner Geschichte weiterleben. Otherside ist ein besonderer Ort, eine besondere Geschichte, der Übergang zwischen den Welten. Wenn du stirbst, wirst du nicht dorthin zurückkehren. Dein Leben wäre umsonst gewesen.«

Zac stemmte sich hoch und knickte gleich darauf wieder ein. »Ich muss nicht zu Elizabeth zurückkehren«, presste er hervor. So gut mir diese Aussage und das damit verbundene Wissen, dass er kein Verräter war, auch tat und mir eine Wärme in der Brust bescherte – ich konnte nicht tatenlos zusehen, wie er und Ty zu Tode gequält wurden. Alleine konnte ich sie allerdings nicht retten. Ich brauchte mein Team. Weil mir nichts Besseres einfiel und ich Cress irgendwie überrumpeln musste, ließ ich mich einfach fallen und schloss die Augen. Der Aufprall schmerzte, aber meine Taktik schien aufzugehen.

Cress rüttelte an meinem Arm und ich öffnete die Augen.

»Du bist einfach umgekippt, hast du so etwas öfter?«, fragte sie ernsthaft besorgt.

»Ich muss ... Ich muss sofort zu meinen Freunden«, flüsterte ich. Beim Versuch, mich aufzurichten, pikten mir das Laub und die kleinen Äste in die Hände und den Bauch.

»Du bist nackt«, stellte Cress fest.

»Ach ja? Das hatte ich gar nicht bemerkt.« Ich verzog den Mund. »Leider bekomme ich nicht automatisch ein hübsches Blattkleid, wenn ich mich verwandle.« Verwandeln. Selbst wenn Cress mich nicht gehen lassen wollte, vielleicht konnte ich ihr entwischen, wenn ich mich ein weiteres Mal verwandelte. »Hast du vielleicht etwas zum Anziehen?« Ich versuchte ein bisschen

Röte ins Gesicht zu bekommen, doch es gelang mir nur halbwegs.

Cress sah sich trotzdem gleich um und suchte nach etwas. Über einem Stuhl hing ein Mantel, den sie mir reichte. Während ich hineinschlüpfte, bat ich sie, mir den anderen Gefangenen noch einmal zu zeigen. Ich konnte Zacs Leiden nicht weiter tatenlos zuschauen, nicht jetzt, wo ich Pläne schmiedete, dem Ganzen ein Ende zu bereiten. Als sich Cress dem Bedienelement zuwandte, zwang ich mich zur Verwandlung und schrumpfte in dem neuen Mantel zusammen. Ich schlüpfte aus dem Stoffberg, bereit schneller zu fliegen, als ich je zuvor geflogen war, knallte jedoch gegen Cress' Arm, der über dem Mantel ausgebreitet war. Für einen Moment sah ich nur blitzende Sterne vor mir.

»Ich wusste es. Thyra hatte Recht. Man kann euch nicht trauen«, sagte Cress.

Um mich schlagend verwandelte ich mich wieder zurück. Ich traf Cress an der Schläfe und sie taumelte für einen Moment. Sofort wandte ich mich um, sah nicht nach hinten und rannte – nackt, wie ich war – zwischen den Bäumen hindurch. Cress folgte mir, ich konnte ihre schweren Schritte hören. Zweige stachen mir in die bloßen Füße, doch ich ignorierte den Schmerz und rannte um mein Leben. Niemals zuvor hatte ich versucht mich während des Laufens zu verwandeln. Heute würde es meine einzige Chance sein. Diese Cress war übernatürlich schnell – trotz ihrer einschränkenden Haarpracht. Als Mensch würde ich ihr niemals entkommen können.

Ich rief mein Element, während ich über die vielen Wurzeln auf dem Waldboden stolperte, und schleuderte Cress so viel Wind entgegen, dass sie wenigstens ein bisschen ausgebremst wurde. Dann platzte meine Elementargestalt aus mir heraus und ich zischte nach oben und immer weiter nach oben, bis ich die Baumwipfel erreicht hatte. Hier oben fühlte ich mich sofort sicherer und sauste in Freiheit dem letzten mir bekannten Aufenthaltsort meiner Freunde entgegen.

Als ich die Flügelschläge hörte, war es bereits zu spät.

16. Kapitel

Sie ist hier, ganz in der Nähe. Sie beobachtet dich.

Der Gestaltwandler zog laut aufschreiend über mich hinweg. Ich war im letzten Moment etwas tiefer geflogen, um ihm auszuweichen. Mit drei starken Flügelschlägen hatte er kehrtgemacht und flog nun direkt auf mich zu. Ich glitt hinab zwischen die Baumkronen. Hier hatte ich mir als kleine Fee einen Vorteil erhofft. Doch der verpuffte, als ich sah, wie der Rabe durch die bunt gefärbten Blätter schoss. Ich schlug Haken wie ein Hase – zumindest versuchte ich es –, das donnernde Geräusch der Flügelschläge wurde dennoch immer lauter. Ich huschte zwischen Ästen und Stämmen umher, flog nach oben und nach unten, suchte mir Deckung in den Tannen, die hier vereinzelt herumstanden. Mein Herz pochte noch schneller, als meine Flügel schlugen. Ich rief den Wind zu Hilfe, doch ohne zurückzublicken, konnte ich ihn nicht auf meinen Verfolger schleudern. Und dann geschah es.

In einer halben Umdrehung schleuderte ich eine Böe auf den Raben, der kreischend zurücktaumelte. Dabei hatte ich meine Geschwindigkeit und vermutlich einiges andere falsch eingeschätzt, denn ich knallte im vollen Flug gegen einen Ast. Sämtliche Luft wurde aus meinen Lungen gepresst. Mein Rücken schmerzte wie nie zuvor in meinem Leben. Äste rasten an mir vorbei, ich schlug hilflos gegen sie, prallte ab wie der Ball eines alten Flipperautomaten. Beim Versuch, meine Flügel zu bewegen, versengte mir der Schmerz das Gehirn. Mein Element war zugegen, versuchte meinen Fall zu verlangsamen – und spielte damit meinem Verfolger in die Hände, der mich einfach aus der Luft pflückte und mit einem Kreischen wieder aufstieg.

Seine Krallen umgriffen meinen Körper so fest, dass die Schmerzen unerträglich wurden. Mit einem letzten Gedanken an meine Freunde ließ ich mich in die Umarmung der Schwärze fallen und hieß sie willkommen.

* * *

»Sie wird genesen«, sagte eine Stimme von weit her, als ich für einen Moment zu mir kam. War es Ty? »Kümmer dich lieber um deine eigene Gesundheit, Zac. Du kannst sie nur beschützen, wenn du dich selbst stärkst.«

Die Antwort ging in meinem Schmerzensschrei unter, als ich versuchte mich zu bewegen.

* * *

»Lin?« Zacs Stimme klang so vertraut, als hätte er all die Jahre direkt mit mir gesprochen. Ich lag auf etwas Weichem, das nach Erde und Bäumen roch. War das der Geruch von Zac?

»Zac«, krächzte ich, meine Kehle war ausgetrocknet. Langsam versuchte ich die Lider zu öffnen, die verklebt waren, als hätte ich mir eine fette Bindehautentzündung zugezogen. War ich mit dem Gesicht irgendwo dagegengeknallt? Ich gab auf und hob die rechte Hand, um mir übers Gesicht zu reiben. Der Schmerz in meinem Schultergelenk strafte mich sofort dafür. Etwas wurde mir gegen den Mund gepresst. Mit letzter Kraft riss ich an meinen Lidern und erkannte durch den schmalen Schlitz einen Holzkrug.

»Trink, Liebste«, sagte Zac so fürsorglich, dass ich das *Liebste* ignorierte und das kühle Nass begrüßte, das mir die Kehle hinabrann.

Ich spürte, wie die Flüssigkeit in meinem Magen ankam und sich von dort in meinem ganzen Körper ausbreitete. Seit wann konnte ich so etwas fühlen? Das karge Licht, das zu einem der kleinen Löcher oben in der Wand hereinfiel, flackerte, bewegte sich zur Seite. Meine Lider wurden noch schwerer und ich konnte die Augen nicht einmal das bisschen geöffnet halten.

»Was …«, brachte ich noch heraus, ehe meine Stimme versagte und die Dunkelheit mich erneut umfing.

»Es ist nur zu deinem Besten.«

* * *

Ich wachte noch mehrmals auf und bekam von Zac etwas zu trinken angeboten, wobei sich mein Unterbewusstsein immer wieder mit dem Gedanken beschäftigte, warum Ty nicht hier war. Die Lichtverhältnisse waren bei jedem Erwachen verändert, ich konnte nicht mehr abschätzen, wie viel Zeit vergangen war.

Ehe ich die Augen aufschlug und wieder etwas eingeflößt bekam, untersuchte ich im Geiste meinen Körper. Ich empfand nicht mehr dieselben Schmerzen, mit denen ich eingeschlafen war, was schon ein großer Pluspunkt war. Vorsichtig spannte ich meine Rückenmuskulatur an. Es fühlte sich an wie der schlimmste Muskelkater meines Lebens, aber nichts im Vergleich zu vorher. Jede einzelne Faser in mir spannte sich an, wenn ich an diesen alles übertrumpfenden Schmerz dachte, als der Rabe mich gepackt und die vermutlich gebrochenen Flügel zusammengepresst hatte.

»Du bist wieder wach, Liebste.« Erneut ignorierte ich das *Liebste*. Zac schien sich aufrichtig zu freuen.

Ich wappnete mich, um erneut alle Kraft aufzubringen, meine Augen zu öffnen. Doch es ging so leicht wie Blinzeln. Keine zwanzig Zentimeter von mir entfernt war Zacs Gesicht. Zu nah für meinen Geschmack. Oder für jetzt. Noch vor wenigen Tagen hätte ich mir nichts sehnlicher gewünscht. Nun widerstand ich nur mit Mühe dem Drang abzurücken. Ich versuchte mein Ziel zu erreichen, indem ich mich aufsetzte.

Sofort rückte Zac an meine Seite und unterstützte mich. Erst als ich saß und mir einen Überblick über den Bunker verschaffte, fiel mir auf, dass Ty nirgendwo zu sehen war. Auf der anderen Seite befand sich ein Mann – vermutlich der halb verwandelte Werwolf, nun in seiner Menschengestalt –, der mich aus schmalen Augen musterte. Aber keine Spur von meiner Freundin.

»Ty?«, fragte ich, meine Stimme hörte sich an, als hätte ich mehrere Tage auf Partys verbracht und zu laut mitgesungen.

»Sie ist …« Zac verzog das Gesicht und meine Sorge um Ty wuchs ins Unermessliche. Wurde sie gefoltert?

Da klapperte ein Schlüssel und das Schloss der schweren Metalltür schnappte auf. Ty trat ein.

Ich rappelte mich hoch und stöhnte laut auf, als sich meine gebeutelten Muskeln meldeten. Doch ich ignorierte den dumpfen Schmerz und sprang Ty entgegen. Sie sah gut aus, das war mir auf dem Bildschirm nicht aufgefallen. Im Vergleich zu Zac sah sie aus, als käme sie direkt aus dem Wellness-Urlaub. Sie wich vor mir zurück, als ich sie in die Arme schlang und ein glückliches Schluchzen nur mit Mühe unterdrücken konnte. Über so viel Kitsch hätte sie nur die Augen verdreht.

Doch ich war überglücklich. Sie war unverletzt – zumindest im Moment – und all die Sorgen, die ich mir ihretwegen gemacht hatte, all die Selbstvorwürfe, dass ich sie in Gefahr gebracht hatte und womöglich schuld an ihrem Tod war, wurde von meinen Freudentränen weggewaschen.

Erst langsam sickerte die Erkenntnis in meinen Kopf, dass Ty mich nicht umarmte. Auch nicht schniefte oder seufzte – oder auch irgendein anderes Zeichen von sich gab, dass sie ebenso froh war mich zu sehen. Ich trat einen Schritt zurück, hielt sie mit beiden Händen an den Schultern fest und musterte sie genau.

Das Mädchen vor mir sah noch genauso aus wie meine beste Freundin Ty, hatte dieselben Haare, dasselbe Gesicht. Dennoch war es eine völlig andere Person. Der schnippische, lockere Ausdruck fehlte. Keine erhobenen Augenbrauen, kein Grinsen in den Mundwinkeln. Im Gegenteil. Ihre Augen waren hart, ihre Lippen zu einem Strich zusammengekniffen. Sie hätte glatt die böse Zwillingsschwester meiner Ty sein können. Was hatte man ihr nur angetan?

Zac rappelte sich auf und stellte sich neben mich. Er fixierte Ty und sah dabei so bedrohlich aus wie ein Raubtier vor dem Angriff. Er schob mich hinter sich.

Ty lachte. Ein hämisches Lachen, das gar nicht zu ihr passte. »Wie süß«, sagte sie abfällig. »Der Held beschützt das Mädchen.«

Zac knurrte. Gleich würde er seine Feuerbälle rufen und auf Ty schleudern. Das musste ich verhindern. Ganz gleich, was zwischen ihnen hier im Bunker passiert war, ich brauchte sie beide, um hier – vielleicht – rauszukommen.

»Zac, lass sie in Ruhe!«, befahl ich und drängte mich wieder hinter seinem Körper hervor.

»Genau, Zac. Lass sie in Ruhe«, äffte Ty mich nach. Jetzt war es aber genug. Ich trat einen Schritt nach vorne, um sie zur Rede zu stellen, doch sie schleuderte mich mit einer Handbewegung mehrere Meter fort. Ihre Augen leuchteten in dämonischem Rot. Und endlich begriff auch ich, was hier wirklich vor sich ging.

17. Kapitel

Die anderen sammeln sich. Alle Wächter – entgegen den Befehlen der Bibliothekare. Eine Rebellion! Sie machen sich bereit zu kämpfen.

Ich rappelte mich stöhnend auf. Der Schmerz war allgegenwärtig. Doch am schlimmsten waren die Schmerzen in meinem Inneren. Die Gewissheit, so viele Jahre einer Lüge geglaubt zu haben, so viele Jahre für eine Intrige missbraucht worden zu sein. Mich überkam ein Schwindelgefühl, ich glaubte mich übergeben zu müssen.

Sie war Ty, meine beste Freundin Ty. Kopfschüttelnd registrierte ich, wie die letzten Puzzleteile an ihren Platz fielen und Tränen die traurige Gewissheit ans Licht brachten.

Ty war Thyra.

Ty war die Heldin aus ›Otherside‹, die von Natalia herausgelesen worden war. Sie war diejenige, die Natalia getötet und mir das Buch zugeschanzt hatte, damit ich Zac herauslas. Sie musste auch diejenige gewesen sein, die Ric den Mist eingeredet hatte, dass er mich in Gefahr bringen würde, wenn wir zusammenkämen. Ty hatte alles bis ins kleinste Detail geplant.

Und ich Idiot hatte sie fleißig auf dem Laufenden gehalten. Die Enttäuschung wich Wut, regelrechtem Zorn, der in mir aufflammte und sich wie ein Lauffeuer in meinem Körper ausbreitete. Ich griff nach meinem Elementaranhänger, bereit meine gesamte Kraft gegen Ty – Thyra – einzusetzen. Doch ich griff ins Leere. Ich zuckte zusammen. Meine Kette war verschwunden.

»Du glaubst doch nicht ernsthaft, dass ich dir deine Kräfte lasse?«, lachte Thyra wie eine Hyäne. Nun war auch der letzte Rest Ähnlichkeit zu meiner Ty aus ihren Zügen gewichen. »Und bevor du es versuchst: Du wirst innerhalb der Elementarzone dein Element nicht ohne Anhänger rufen können. Spar dir also die Mühe.« Ihre Augen glühten erneut rot auf.

Zac schob mich wieder hinter sich und hob die zu Fäusten geballten Hände, was Thyra nur ein müdes Lächeln entlockte.

»Sag mir, wo sich das fünfte Element befindet.« In Thyras Stimme schwang etwas mit, das mich ... beruhigte.

Halt. Das konnten nicht meine Emotionen sein. Konnte sie mich manipulieren? Ich sah zu Zac, der nur leicht mit dem Kopf nickte. Warum nur hatten wir Perry nicht nach dieser Heldin und ihren Fähigkeiten ausgefragt, warum hatten wir Natalia nicht gefragt? Natalia ... Ric. »Nein!«, schrie ich, ehe ich es mir anders überlegte, und hielt mir die Ohren zu.

»Wie du möchtest«, antwortete Thyra und klang trotz meiner Hände genauso laut wie zuvor. »Wir können auch erst einmal einen Kaffee trinken. Auf diese Art bist du immer sehr zugänglich geworden.« Sie lächelte mich wissend an und ich brauchte einen Moment, ehe ich verstand, was sie meinte.

»Du hast ...?«

Sie nickte. Deshalb hatte der Kaffee bei mir zu Hause für Peter seltsam geschmeckt. Ty hatte mir ständig etwas eingeflößt. Meine Wut loderte erneut auf. Ich konnte nicht fassen, wie falsch dieses Miststück war. Noch vor wenigen Minuten hatte ich sie als meine beste Freundin bezeichnet.

»Und jetzt sag mir, wo Natalia ist. Ich habe ihr meine gesamte Macht entgegengeschleudert. Sag mir, wie sie überlebt hat.«

Thyras Stimme liebkoste mich, streichelte meine Seele und mir fiel es immer schwerer, ihr zu widerstehen. Aber sie wusste anscheinend nicht, dass Natalia nur noch in den Elementen lebte. Ich speicherte den Gedanken, während ich die Lippen fest verschloss und den Kopf schüttelte.

»Nun gut, noch haben wir Zeit. Ohne Wächter kann sie nicht in die Elementarzone. Vielleicht bist du ja gesprächiger, wenn wir deinen kleinen Drachen einfangen und zu dir bringen.« Mit einem lauten Lachen wandte sie sich um und verließ den Bunker.

Ich rannte hinterher und hämmerte gegen die Tür. Ich wusste, wie bescheuert das war, und würde jeden Autor dafür abstrafen, doch mir fiel nichts Besseres ein, um die angestaute Wut loszuwerden. Ich konnte sie nicht an mein Element abgeben, wie ich es sonst tat. Ich konnte mich nicht verwandeln, obwohl mein Körper, jede einzelne Zelle zu bersten drohte.

Zac stand neben mir und hielt mich vom nächsten Schlag gegen das verrostete Metall zurück. Ich schrie auf, brüllte ihn an und war knapp davor, nach ihm zu schlagen. Doch er umgriff meine Handgelenke so fest, dass ich keine Chance hatte.

Das Schreien ging in Schluchzen über, dann in Schniefen. Zac zog mich an seine Brust und umarmte mich fest, gab mir Halt. Wie sehr hätte ich mir genau das vor wenigen Tagen noch gewünscht. Und nun weinte ich mir die Augen aus, weil genau der Mensch bedroht war, der mich die letzten Jahre nur genervt hatte. So änderten sich die Zeiten. Doch wie konnte ich Ric und den anderen helfen? Wie konnte ich sie warnen? Ich wusste ja nicht einmal, ob sie bereits in Gefahr oder – schlimmer noch – bereits gefangen waren. Erneut liefen die Tränen.

Zac tröstete mich und fuhr mir mit der Hand über den Rücken. »Willst du sehen, ob es ihm gut geht?«, fragte er leise, als könne er meine Gedanken lesen.

Mein Kopf ruckte nach oben. »Wie meinst du das?«

»Ben hier«, er deutete mit dem Kopf auf die andere Seite des Bunkers, »ist ein Medium. Er wird dir alles zeigen, was du willst.«

Ich musterte den nun menschlichen Werwolf skeptisch. Ein Werwolf mit besonderen Fähigkeiten? Ich glaube, bislang war mir ein solcher nicht untergekommen. »Woher stammt er?«, fragte ich.

»Aus Otherside. Er lebt im Hochgebirge im Norden. Ein wichtiger Informant, weil er alles sehen kann, was er will«, erklärte Zac.

Deshalb kannte ich Ben nicht. Er war in ›Otherside‹ vermutlich nie aufgetaucht. »Als ich euch über die Kamera beobachten konnte, war er verwandelt«, sagte ich.

»Ben ist zur Hälfte ein Werwolf. Was du gesehen hast, war seine Verwandlung. Er kann seinen Geist nur in dieser Halbgestalt aussenden.«

Meine Neugierde war geweckt. Ich sah mir Ben genauer an. Er hatte graue halblange Haare und einen Mehr-als-Dreitagebart. Seine Wangen waren eingefallen, die Augen von dunklen Rändern untermalt. Seine linke Schläfe zierte ein markanter Bluterguss. »Warum ist er hier?«, flüsterte ich Zac zu.

»Ich war die Verbindung zwischen Elizabeth und Thyra. Ihr Kommunikator.« Ben lachte freudlos auf. Seine Stimme war rauchig, fast schon krächzend. »Als sich die Grenzen verschoben haben, war meine Fähigkeit wie ausgelöscht. Für eine Weile habe ich Thyra noch Informationen über euch geliefert, dabei wurde mir jedoch klar, dass sie auf der falschen Seite steht und dass alles, was ich zu wissen geglaubt habe, eine Lüge war.«

Willkommen im Club, dachte ich und ignorierte die Wut, die erneut in mir aufstieg, als er vom Ausspionieren erzählte.

»Ich wollte ihr nicht mehr dienen, daraufhin hat mich Thyra ersetzt.«

Cress. »Und dann hat sie dich hier reingeworfen?«

Ben nickte mit zusammengekniffenem Mund. »Ich kenne all ihre Pläne, weiß von jedem Wort, das sie mit ihrer Mutter gewechselt hat. Ich kann froh sein, dass ich noch lebe.«

Ich empfand tiefes Mitleid für ihn, doch ein kleiner Teil in mir ratterte und spann sich neue Hoffnungen aus dem Wissen, dass Ben die gesamten Pläne von Elizabeth kannte. Konnte uns das weiterhelfen? Jedenfalls nicht ohne meine Freunde. »Kannst du mir meine Freunde zeigen?«, fragte ich daher.

Ben nickte und trat ein paar Schritte zurück. Ich sah irritiert zu Zac, der mich mit seinem Arm nach hinten schob. Im nächsten Moment wusste ich auch, wieso. Ben, der nun so weit wie möglich von Zac und mir entfernt war, begann zu zucken. Erst waren es nur seine Arme, dann der Oberkörper. Anschließend krümmte er sich, als hätte man ihm in den Bauch getreten. Dabei stieß er einen Laut aus, halb Keuchen, halb Jaulen, der mir eine Gänsehaut bescherte. Seine Verwandlung musste schmerzhaft sein, ganz anders als die von uns Wächtern, bei der wir eher euphorisch und machtgetränkt waren.

Gerade als ich dachte, ich müsste zu Ben hinüberstürzen, um ihm irgendwie zu helfen, war der Spuk vorbei. Vor uns stand das Wesen, das ich bereits auf dem Überwachungsmonitor gesehen hatte. Ein Wesen, dessen Gesichtszüge zu stark verzerrt waren, um noch als menschlich zu gelten, das dennoch auf zwei Beinen stand, eine Hose trug und sehr viel Fell an den Armen hatte, die in einem T-Shirt steckten. Er sah aus wie eine Karikatur.

Die silbergrauen Augen trübten sich und starrten dann in die Ferne. Bewegungslos begann er zu sprechen, seine Stimme war etwas rauer als zuvor:

»Der Junge steht gemeinsam mit einem Mädchen und einem anderen Jungen in einer Gasse. Ich erkenne sie. Der Junge war bereits zuvor dort gewesen, um Informationen über seine Schwester zu sammeln.«

Ben schilderte uns, was Ric, Coral und Peter gerade taten. Sie waren nicht mehr an der Barriere, sondern irgendwo in einem Industriegebiet unterwegs. Bens Erzählung und begleitende Erklärungen zu hören, vollkommen darauf vertrauen zu müssen, dass er uns auch alles erzählte, verstörte mich. Es war, als würde er von einem Film berichten. Er erzählte, dass Ric nervös auf und ab lief. Seine neutrale Stimme transportierte keinerlei Emotionen, er klang wie der gelangweilte Kommentator irgendeines uninteressanten Sportereignisses.

»*Der Junge ist aufgebracht*«, kommentierte Ben, was er gerade sah.

Ich versuchte mir Ric genau vorzustellen, wie er hin und her lief, die Fäuste geballt, vom Geruch nach Feuer umgeben.

»Er ist verzweifelt, weil sie die Barriere nicht ohne Luftelementar durchdringen können. Aber er vertraut niemandem mehr. Zu groß ist seine Angst, erneut verraten zu werden. Die Barriere ist mit jeder Stunde weiter gewachsen und die anderen Wächter haben die Anomalie mittlerweile auch bemerkt. Er befürchtet, dass sie die Barriere angreifen könnten.«

»Kannst du ihm etwas übermitteln?«, fragte ich.

Doch Ben gab nur ein emotionsloses »*Nein*« zur Antwort. Etwas später fügte er die Erklärung hinzu: »*Ich kann nur sehen, was dort passiert.*«

»Wie konntest du dann als Kommunikationsmittel zwischen Elizabeth und Thyra dienen?« Ich sah ihn fragend an. Doch Ben starrte immer noch mit trübem Blick durch mich hindurch.

»Auch in Otherside saß ein Medium wie er«, erläuterte Zac.

»Kann dieses Medium uns noch sehen? Kann Elizabeth sehen, was die anderen oder wir vorhaben?«

Bens Augen klärten sich und er fixierte mich abschätzend, ehe er mich beruhigte: »Nein, die Welten sind nicht mehr im Gleichgewicht.« Er sah sich kurz um und hob dann einen kleinen Stein auf. Mit diesem zeichnete er zwei Kreise auf den Boden, die sich an nur einer Stelle berührten. In jeden der Kreise schrieb er ein *M* und verband die beiden miteinander.

»So sah es im Sommer aus«, erklärte er. »Wir hatten eine direkte Verbindung zu Otherside. In Richtung Samhain jedoch«, er zeichnete zwei weitere Kreise darunter, die sich bereits weit überschnitten, »liegen die beiden Welten immer näher beisammen.« Er malte erneut *Ms* in die Kreise, zeichnete eine Verbindungslinie und schraffierte zuletzt die Schnittmenge aus. »Das hier ist eine Barriere, die weder ich noch andere Medien durchdringen können.«

Ich überlegte und versuchte mir die beiden Welten vorzustellen. »An Samhain werden die Kreise direkt übereinanderliegen?«, fragte ich.

Zac neben mir nickte und verzog das Gesicht.

Ich sah nach draußen und versuchte mich zu erinnern, welchen Tag wir hatten. Bedeutete das Zwielicht vor dem schmalen Fenster, dass der Tag bald beginnen würde, oder dämmerte es, weil es Nacht wurde? Ich hatte keinerlei zeitliche Orientierung mehr, wie lange wir bereits hier waren. »Wann ist es so weit?«, fragte ich Zac.

Er senkte den Blick. »In wenigen Stunden.«

»Dann wird Elizabeth die Grenzen öffnen?« Ich sah Ben genau an und verfolgte seine Reaktion.

Er presste die Lippen fest aufeinander und nickte.

»Wie können wir sie aufhalten?«

»Gar nicht.«

Für einen Moment überlegte ich, ob ich ihn richtig verstanden hatte. Die Antwort fühlte sich falsch an, unerwartet.

»Unsere Niederlage steht bereits fest«, antwortete Zac an Bens Stelle, trat zu mir und berührte mich beruhigend am Oberarm.

»Aber ...«, stammelte ich, immer noch ungläubig.

»Es wird kein Überleben für diese Welt geben«, flüsterte Zac.

»Die Prophezeiung ist eindeutig«, fügte Ben hinzu.

»Ich kenne die Prophezeiung«, antwortete ich Ben. »›Wer die Grenze überschreitet, wird Verderben säen. Wer die Zeichen zu deuten vermag, wird die Zeit kommen sehen. Wer Opfer bringt, wird verändern.‹ Sie hat sich bereits erfüllt. Zac ist hier.« Ich trat einen Schritt von Zac weg, als all die Schuldgefühle wieder über mich hinwegrollten.

»Ich?« Zac klang verwirrt. »Die Prophezeiung spricht nicht von mir.«

Nun war ich verwirrt.

»Die Prophezeiung gilt für Otherside. Sie ist die Anleitung, wie man die Grenzen der Welt für immer einreißen kann.«

Zacs Worte setzten sich nur langsam in meinem Hirn fest. Eine Anleitung? Dann konnte es jedoch noch nicht alles sein, oder?

Als hätte er meine Gedanken gelesen, erklärte Ben: »Die Prophezeiung geht noch weiter. ›Wenn sich die Grenzen überlagern, ist die Zeit gekommen. Wenn das Fünfte dort auf sein Gegenstück trifft, sind die anderen der Schlüssel. Wenn einer siegt, wird die andere Welt untergehen.‹«

»Was?«, schrie ich auf, mein Herz pochte, drohte meinen Brustkorb zu sprengen. »Wenn wir Elizabeth besiegen, verlieren wir die Buchwelt? Und wenn sie uns besiegt, wird unsere Welt vernichtet?« Ich wusste nicht, was schlimmer war: der Tod oder ein Leben ohne Bücher. Für viele wäre diese Entscheidung vermutlich lächerlich. Nicht jedoch für mich. Bücher gehörten zu meinem Leben wie Essen oder Trinken. Etwas in mir würde zerstört werden, wenn ich nicht mehr lesen könnte. Ein wichtiger Teil von mir – und das nicht nur auf Grund meines Jobs – würde verloren gehen. Schon der Gedanke daran hinterließ eine tiefe Leere in mir. »Was können wir tun?«, murmelte ich kopfschüttelnd vor mich hin, während ich fieberhaft nach einer Lösung suchte.

»Uns bleibt nur, sie so lange aufzuhalten, bis Samhain vorbei ist.« Ben deutete auf die Kreise zu unseren Füßen, die sich überlagerten.

»Sie wird es im nächsten Jahr wieder versuchen«, warf Zac ein.

»Dann müssen wir uns darauf vorbereiten«, sagte ich entschlossen. »Doch zuerst müssen wir sie heute Nacht aufhalten.« Das Wie blieb natürlich ein großes Fragezeichen und ich verschob den Gedanken daran auf später. Im Moment saßen wir ohnehin in dem Bunker fest. In diesem Moment wurden Bens Augen wieder trüb.

»*Die Menschen glauben, es wären Maskierte, die zu Halloween die Straßen unsicher machen*«, begann er mit seiner rauen Stimme, die so emotionslos war, als würde er nur von umherziehenden Kindern berichten.

»Was meinst du?«, fragte ich.

»Sie sind überall. Vampire, Dämonen, Söldner. Sie zerren die Menschen in dunkle Gassen, nähren sich von ihnen. Sie erhalten ihre Bezahlung. Elizabeth versprach ihnen Nahrung ohne Einschränkung.«

Meine Hand erstickte den Schrei, der aus mir herausbrechen wollte. Tränen trübten meine Sicht. All die Menschen, die wir die ganzen Jahre über beschützt hatten. Doch all meine Sorgen um die Bewohner der Stadt verflüchtigten sich bei Bens nächsten Worten. Seine Stimme war nun nicht mehr emotionslos und distanziert. Sein Atem ging schnell, die Augen zuckten hin und her, seine Hände ballten sich zu Fäusten.

18. Kapitel

Sie kommen den Menschen zu Hilfe. Das Mädchen hat sich verwandelt. Sie versucht ihr Element einzusetzen, während sie davonkriecht. Der eine Junge liegt bereits am Boden, regt sich kaum mehr. Der andere zerrt das Mädchen mit sich, während sich die Kreaturen auf den am Boden Liegenden stürzen.

Kälte kroch durch meinen gesamten Körper. Ben konnte nur mein Team meinen. Sie waren diejenigen, die er überwacht hatte. Ich sah alles deutlich vor mir: Coral, die mit ihrem Fischschwanz versuchte den Angreifern robbend zu entkommen. Der Junge. Ric war immer derjenige gewesen, der an vorderster Front kämpfte. Derjenige, der den Rest des Teams bis zum Ende beschützte. Tränen liefen mir übers Gesicht. Doch ich wagte nicht, das Schlimmste zu denken. Mechanisch schüttelte ich meinen Kopf. Wieder und wieder.

Ric war stärker als alle, die ich kannte. Er würde siegen.

»Erzähl weiter«, schrie ich Ben an.

»*Das Wassermädchen und der Erdelementar sind in Sicherheit.*« Er machte eine kurze Pause, sein Blick glitt hin und her, versuchte sich zu fokussieren. Er legte die Stirn in Falten. »*Ich sehe den anderen Jungen nicht mehr. Das bedeutet ...*« Seine Augen klärten sich und er sah betroffen zu Boden.

»Nein!«, schrie ich verzweifelt. Mein Element wäre sofort aus mir herausgebrochen, hätte ich meine Kette noch bei mir. Der Schmerz, den ich empfand, drohte mich zu übermannen. All die Jahre hätten Ric und ich bereits ein Paar sein können, was Elizabeth und Thyra verhindert hatten. Und nun hatten sie ihn mir genommen? Als sich endlich alles zwischen uns geklärt hatte? Ich wollte auf irgendwas einschlagen. Mein Element daraufschleudern. Nein, nicht auf etwas. Auf jemanden. Auf meine ehemals beste Freundin.

»Wie kommen wir hier raus?«, fragte ich kalt. Ich musste meine Emotionen abschalten, um irgendeinen klaren Gedanken zu fassen. Ich musste meine Elementarkette wiederbekommen. Dann könnte ich Ric, seine Schwester und seine Familie rächen und dabei noch die ganze Welt retten. Am liebsten hätte ich beim Gedanken daran hysterisch aufgelacht.

Doch in dem Moment klapperte ein Schlüssel im Schloss. Sofort wichen Zac und ich zu Ben auf die andere Seite des Raumes zurück. Die Tür öffnete sich langsam, als wäre derjenige, der sie aufgeschlossen hatte, unsicher. Gespannt starrte ich auf die schmale Lücke, die immer breiter wurde.

Cress trat ein, sah sich nervös um.

»Du?«, fragte ich unfreundlich. »Hat Ty dich geschickt?«

Cress presste die Lippen zusammen und schüttelte den Kopf. Dann schluchzte sie: »Sie hat meine Schwestern ausgelöscht.«

»Sie hat sie getötet? Dann sind sie wieder in ihrer – eurer – Geschichte.« Ich wollte sie eigentlich nicht beruhigen. So hatte Ty es doch von vornherein geplant, oder?

»Nein«, schluchzte Cress. »Sie hat sie wirklich ausgelöscht. Sie sind nicht nach Hause zurückgekehrt, sondern im Nichts verschwunden. Wenn sie … Wenn sie nun auch noch mich … Ich bin die Letzte …«

Cress' Verzweiflung war so deutlich spürbar, dass ich nicht anders konnte, als mit ihr zu fühlen. Dennoch war es unmöglich, was sie sagte. Es sei denn ...

»Was hat Thyra getan? Warum bist du dir so sicher, dass sie nicht zurückgekehrt sind?«

Sie zog etwas unter ihrer Jacke hervor. Ich erkannte ihre Geschichte sofort. Sie schlug das Buch auf, blätterte hektisch hin und her, drehte das Buch dann so, dass ich es lesen konnte. Ich trat näher, meine Neugierde war geweckt und alle Warnungen meines Unterbewusstseins wie weggeblasen. Zac blieb an meiner Seite. Schon mit dem ersten Blick auf die aufgeschlagenen Seiten erkannte ich, dass Cress' Name beinahe verblasst war, so dass man ihn kaum mehr lesen konnte. In meinem Kopf rasten die Gedanken. Eigentlich waren immer nur Versionen der Charaktere aus den Büchern herausgelesen worden, das Original war stets im Buch verblieben. So hatten wir es in der Ausbildung gelernt und auch nie anders erlebt. Nun jedoch ...

»Wurdet ihr überhaupt herausgelesen oder irgendwie herausgezaubert?«, fragte ich und Cress zuckte mit den Schultern. Ihre Lippen waren zusammengepresst und sie war den Tränen nahe.

»Wenn wir getötet werden, verschwindet unsere Geschichte.« Sie schniefte und ich war plötzlich von Mitleid und gleichermaßen von Panik erfüllt. Der Zerfall der Buchwelt hatte also schon begonnen? Seelenlose lebten im wahrsten Sinne des Wortes hier und nicht mehr in ihren Geschichten.

»Vermutlich hat es damit zu tun, dass auch die Verbindung zu Otherside nicht mehr auf herkömmliche Weise möglich ist«, sagte Ben. »Die Welten sind nicht mehr getrennt, sie vereinen sich. Wenn nun jemand von den falschen Leuten herausgelesen und dann getötet wird ...« Er schluckte.

Mir fiel ein, dass ich nicht nachgesehen hatte, ob Zac noch in ›Otherside‹ war, und ich warf ihm einen fragenden Blick zu. »Bist du ...?«

Zac schien meine Frage zu verstehen, ohne dass ich sie aussprach. Traurig schüttelte er den Kopf. »Ich spüre, dass ich dort nicht mehr existiere.«

Ich schloss die Augen und dachte nach. Wenn unsere Welten nun eins waren, dann würde der Tod eines Seelenlosen auch dessen Verschwinden im Buch bedeuten. War Bella zurückgekehrt? Hingen Edward und Jacob nun tieftraurig oder sich gegenseitig an die Kehle springend in einem Buch fest, in dem der tragende Konflikt verloren gegangen war? Niemand war auf die Idee gekommen, das nachzuprüfen. Warum auch? Nie zuvor war etwas Derartiges geschehen.

»Ob es noch möglich ist, die Seelenlosen friedlich zurückzuschicken?«, überlegte ich laut.

»Ihr könnt es gerne an mir testen«, sagte Cress und sah mich flehend aus großen Augen an, während sie das Ende ihres langen Zopfes um das Buch in ihrer Hand schlang.

»Dazu bräuchte ich ...« Ich schluckte, als mir Rics Verlust wieder bewusst wurde. Mit aller Kraft drängte ich die Tränen zurück.

»... deine Kette. Ich weiß. Und ich weiß auch, dass Thyra sie um den Hals trägt.« In ihren Worten schwang ein »unerreichbar für uns« mit. Dennoch lächelte sie und ich sah sie fragend an. Sie straffte sich und sagte: »Ich habe jedoch etwas Besseres: An der östlichen Grenze liegt eine Kette.« Sie hob die Augenbrauen und wartete, bis ich mir ihren Plan selbst zusammengereimt hatte.

Und es sprach nichts dagegen. Natürlich hing ich an meiner Elementarkette, aber es war ganz gleich, wessen Kette ich trug. Sie waren nicht personalisiert oder etwas in der Art. Es musste nur die Kette eines Luftelementars sein, nur dann könnte ich die darin gespeicherte Macht auch nutzen. Wenn Peters Theorie stimmte – der Anhänger eines Feuerelementars hatte am südlichen Ende bei dem Feuer gelegen –, wartete auf der östlichen Seite der Barriere die meines Elements.

Ben stöhnte auf und zog damit unsere Blicke auf sich. Er verwandelte sich zurück. »Lasst uns sofort gehen«, sagte er, während er seine Gelenke knacken ließ. Die Rückverwandlung schien nicht ganz so schmerzhaft zu sein.

Es ist zu einfach, warnte mich mein Unterbewusstsein, doch ich hörte nicht darauf. Ich wollte hier raus, wollte Ric rächen, wollte die Buchwelt retten und auch alle Menschen dort draußen. Weder auf dem Weg aus dem Bunker heraus, der einem Labyrinth glich, noch auf der Strecke zum nördlichen Ende der Elementarzone begegneten wir irgendjemandem. Meine Bedenken, die ich äußerte und die ununterbrochen in meinem Kopf widerhallten, schmetterte Cress ab:

»Alle sind in der Stadt, sie nehmen die ihnen versprochene Nahrung zu sich. Thyra hat keine normalen Menschen in diese Welt geholt. Sie alle leben auf irgendeine Weise von der Energie der Menschen. Ihrem Blut, ihrer Seele, ihrem Fleisch. Die Stadt muss einem Horrorszenario gleichen.«

Selbst wenn sich mir beim Gedanken daran der Magen umdrehte, so hoffte ich zumindest, dass die Menschen außerhalb unserer Stadt verschont blieben und die dortigen Wächter nur ihre üblichen Seelenlosen jagten. Es war ein schwacher Trost, aber er zeigte mir, wofür ich das hier tat.

Während wir die Barriere entlang zwischen Bäumen, Büschen und Sträuchern umherhuschten und Zac sich ständig umsah und Feinde zu erspüren versuchte, machte ich mir Gedanken darüber, was wir unternehmen sollten, wenn wir die Elementarkette hätten. Wo war der Rest meines Teams? Coral und Peter waren entkommen, hatte Ben gesagt.

»Könntest du dich verwandeln und mir zeigen, wo wir meine Freunde finden?«, flüsterte ich. Hier, versteckt im Gebüsch, wäre die Verwandlung sicher weniger aufsehenerregend als später in der Stadt, wo sich die östliche Grenze mittlerweile anscheinend befand.

Ben verzog das Gesicht, die bevorstehenden Schmerzen spiegelten sich in seinen Augen. Dennoch nickte er langsam. Er hob einen dicken Ast vom Boden und biss darauf. Sein Körper begann zu zucken, doch er gab keinen Laut von sich. Mir war, als würde ich seine unterdrückten Schmerzen spüren, das Gefühl lähmte mich und ließ sich auch nicht abschütteln, als er mit einem gestellten Lächeln im Halbwolfsgesicht vom Boden aufstand, den Ast aus dem Mund nahm und Holzsplitter ausspuckte.

Seine Augen trübten sich und seine Stimme bekam den rauchigen, neutralen Klang. »*Der Junge ist allein. Vielleicht musste er die Wasserfrau zurücklassen.*« Seine Augen sahen aus, als würde Ben versuchen etwas zu fixieren, das außerhalb seiner Sicht lag. »*Ich kann das Mädchen nicht mehr finden.*«

Seine Worte fuhren mir wie ein Dolchstoß in die Brust. Erst Ric, jetzt Coral. Erneut verdrängte ich die Schmerzen, die mich zu ersticken drohten. Es gab nur noch ein Ziel: Wir mussten die Menschen beschützen. Eine stumme Träne bahnte sich ihren Weg über meine Wange. Ich wischte sie mit dem Handrücken weg und straffte mich.

»Lasst uns weitergehen. Es liegt noch ein beträchtlicher Weg vor uns. Die Elementarzone breitet sich immer weiter aus«, rief Cress uns zur Eile auf.

Ich nickte und wandte mich beim Losgehen an Ben: »Sobald du etwas Neues erfährst, gib mir bitte sofort Bescheid.« Ich biss mir fest auf die Lippen, versuchte tapfer zu sein. Doch je länger wir die Grenze entlanggingen, desto mehr Bilder von Coral drängten sich in meinen Kopf. Wie sie bei unseren Einsätzen stets die Ruhe bewahrt hatte. Wie ihr Gesang uns so viele Male aus der Patsche geholfen hatte. Wie sie es immer geschafft hatte, den Frieden im Team zu bewahren, wenn Ric wieder einmal alles andere als freundlich gewesen war. Ich schluchzte und rieb mir die Tränen aus den Augen, die meine Sicht verschleierten.

Zac griff nach meinem Arm und bewahrte mich davor, über eine Wurzel zu stolpern. Ric hatte mich immer zur Weißglut gebracht, war die nervigste Person, die ich kannte. Zumindest hatte ich immer versucht mir das einzureden. Doch tatsächlich war es so nie gewesen, gestand ich mir kopfschüttelnd ein. Selbst Ty hatte das erkannt. Ich erstarrte beim Gedanken an sie. Sie hatte mir zuletzt zu Ric geraten. Und sie hatte nichts ohne Hintergedanken gemacht. Warum war ihr meine Beziehung zu Ric zuletzt doch noch wichtig gewesen, obwohl sie uns jahrelang hatte auseinanderbringen wollen?

Ich wandte mich zu Ben um, der halb stolpernd auf seinen haarigen Beinen neben Cress herlief. »Warum, glaubst du, hat Thyra zuletzt versucht mich mit Ric zusammenzubringen? Dem Feuerjungen«, fügte ich hinzu.

Ben setzte gerade zu einer Antwort an, als Cress zischte: »Nicht jetzt! Wir müssen still sein. Hier in diesen Gassen könnten überall welche von ihnen sein.« In diesem Moment ließen wir die letzten Bäume hinter uns und überquerten eine schmale Straße zum Industrieviertel der Stadt.

Ben schloss den Mund wieder, blieb mir eine Antwort schuldig. Von irgendwoher waren Schreie zu hören. Schmerzerfüllte Laute, die sich mit einem Kreischen vermischten, das mir eine Gänsehaut bescherte. Mit Zac vorneweg schlichen wir die großen Hallen entlang, ohne einem der Seelenlosen zu begegnen. Die Schreie ihrer Opfer begleiteten uns jedoch auf dem Weg.

Sie rissen auch nicht ab, als wir ein Wohnviertel erreichten. Rascheln drang aus einem Garten zu uns, der sich hinter einer hohen Hecke verbarg. Kurz bevor wir das Grundstück passiert hatten, bewegten sich die Heckenpflanzen – ein Söldner sprang hindurch und stellte sich uns mitten in den Weg. Zac hob sofort die Hände.

»Sieh an, sieh an«, sagte der Söldner spöttisch. »Der berühmte Zacharias Clay.« Er sah von mir zu Cress und weiter zu Ben. »Und du hast mir Nahrung mitgebracht.« Sein Mund verzog sich zu einem breiten Grinsen.

»Niemals«, sagte Zac mit fester Stimme und schob mich noch weiter hinter sich. »Jael, du hast niemals gegen mich gewonnen und heute wird da keine Ausnahme sein.« Seine Hand begann zu glühen. Doch das war nur ein Ablenkungsmanöver. Im Augenwinkel registrierte ich, wie sich die Schatten der Heckenzweige verdunkelten. Des Sieges gewiss lächelte ich leicht.

Doch ich hatte mich zu früh gefreut. Die Schatten wurden nicht von Zac kontrolliert, sondern von einem Söldner, der sich in diesem Moment neben uns auf der Straße materialisierte. Zodan.

»So trifft man sich wieder, Verräter«, sagte er mit einem selbstgefälligen Ausdruck in den Augen. Wir wandten uns ihm halb zu, mein Blick glitt zwischen Zodan, Jael und den Schatten hinter uns hin und her. Letztere verdichteten sich unter der Hecke immer weiter. Wir waren von drei Seiten eingekesselt.

»Verschwindet«, flüsterte Zac mir ins Ohr. »Ich werde sie ablenken.«

Ich dachte nur: »Nein!« Wenn er starb, wäre er für immer verloren. Er würde nicht nach Otherside zurückkehren. Noch jemanden konnte ich nicht opfern und ich schüttelte den Kopf. Er schob mich in Richtung des einzigen Fluchtwegs. Cress zog an meinem Arm. Sie und Ben waren bereit loszurennen.

Dann ging alles ganz schnell. Zac schleuderte ein blau leuchtendes Geschoss auf Jael, der die Gefahr nicht hatte kommen sehen. Zodan ging zum Angriff über und hetzte die Schatten auf Zac, der sich jedoch verteidigen konnte. Ben schnappte meinen anderen Arm und ich wurde weggezerrt. Ich brachte keinen Ton über die Lippen, stolperte nur rückwärts, den Blick fest auf Zac gerichtet, der sich gegen Zodan auf der einen und die Schatten auf der anderen Seite verteidigte. Auch Jael kam wieder zu sich und schmetterte einen dämonischen Feuerball auf Zac, der laut aufstöhnte.

Die beiden Söldner waren frisch genährt, hatten die Kraft ihrer Opfer im Körper, sie waren nahezu unbesiegbar und in der Überzahl. Das Letzte, was ich sah, als ich um eine Ecke gezerrt wurde, war, dass Zac zu Boden ging. Ich wollte zusammenbrechen, Bilder all meiner Erlebnisse mit Zac zogen an mir vorüber. Doch Cress und Ben ließen es nicht zu.

»Beeil dich. Die Elementarkette ist nicht mehr weit entfernt. Du kannst ihn nicht mehr retten«, sagte Cress und zog immer weiter an meinem Arm. Ich drehte mich in Laufrichtung, stolperte unentwegt auf geradem Boden, konnte vor lauter Tränen nichts mehr erkennen. In einer Nacht hatte ich alles verloren.

Plötzlich umfing mich eine warme Brise, strich mir über die Wange und trocknete die Tränen.

»Natalia?«, flüsterte ich und Cress' Kopf schoss in meine Richtung. Die Brise flaute sofort ab. Cress musterte mich argwöhnisch. Ich schüttelte den Kopf und murmelte tonlos: »Sie alle sind verloren.«

Ein Lächeln umspielte ihre Lippen, ehe sie ihr Gesicht wieder unter Kontrolle hatte und mich voller Mitleid ansah. »Alles wird gut«, versuchte sie mich zu motivieren, während mich nur ein Gedanke auf den Beinen hielt: Sie spielte nicht für mein Team. Doch was hatte Thyra vor? Natürlich waren wir nur so einfach aus dem Bunker gekommen, weil sie es so gewollt hatte. Warum hatte sie mich laufenlassen? Die Ideen kreisten in meinem Kopf, doch keine war logisch genug, um als Antwort zu gelten.

Mehrere Abzweigungen später hielt Cress an. Wir standen vor einem Mehrfamilienhaus im östlichen Wohnviertel der Stadt. Ric wohnte ein paar Straßen weiter in Richtung Zentrum. Die Barriere hatte beinahe die ganze Stadt im Griff. Cress öffnete das kleine Tor, das hinter das Haus führte, und betrat den dunklen Garten. »Hier ist es«, sagte sie nahezu feierlich.

Ein starker Windstoß kam auf und stellte sich mir entgegen, als ich hinter Cress den Garten betreten wollte. War es Thyra? Ich wusste nur eines: Wenn ich die Kette trug, würde ich mich wieder verwandeln können und hätte endlich wieder die Möglichkeit zu kämpfen. Ich stemmte mich dem Wind entgegen. Ben schob mich von hinten unterstützend an. Hinter dem Haus flachte der Luftzug so schnell ab, dass ich nach vorne kippte. Cress kniete bereits vor einer Hecke und schob die Zweige auseinander. Nachdem sie gefunden hatte, was sie suchte, brach sie alle Äste des Busches ab, bis ich das Funkeln sah. Die Elementarkette lag da, als würde sie auf mich warten. Ich glaubte, dass sie mich rief, konnte das Flüstern meines Elements aus ihrer Richtung hören.

Magnetisch angezogen ging ich auf sie zu und kniete mich neben Cress. Meine Hand griff bereits nach der Kette, als ich bemerkte, dass sich Cress und Ben bedeutungsschwere Blicke zuwarfen. Ich erstarrte in meiner Bewegung. Sie wollten, dass ich die Kette nahm. Aber warum? Meine Hand zog sich ohne mein Zutun zurück und ich richtete mich auf.

»Was ist?«, fragte Cress, die Stirn in Falten gelegt.

Ich schüttelte den Kopf. »Was passiert, wenn ich die Kette wegnehme?«

»Du wirst deine Elementarkräfte wiederbekommen«, antwortete Cress schnell. »Und du kannst uns helfen Elizabeth aufzuhalten«, fügte sie hinzu.

»Nein!«, sagte ich mit fester Stimme. »Sag mir, was wirklich passiert, wenn ich die Kette an mich nehme.«

Cress rang nach Worten, als ein Flüstern an meine Ohren drang: »*Du wirst die Barriere auflösen und die Seelenlosen können fliehen.*«

Natalia? Oder wieder ein Trick von Thyra? Die Seelenlosen konnten doch auch so über die Grenze.

»*Nicht, seit sich die Welten noch weiter überlagern*«, flüsterte der Wind. »*Die Barriere, die sie selbst geschaffen hat, hält nun alle Seelenlosen, die von ihr für ihre Zwecke herausgelesen worden waren, innerhalb der Grenzen gefangen und kann nicht mehr von Thyra durchbrochen werden. Sie kann die Elementaranhänger nicht einmal mehr berühren – keiner von ihnen kann es. Sie braucht einen Luftelementar. Ganz gleich, welche Pläne sie genau verfolgt – diese würden sich auf unsere Stadt beschränken. Ihr bleibt nicht mehr viel Zeit.*«

Im selben Moment gingen mir mehrere Gedanken durch den Kopf. Cress hatte behauptet, Thyra trage meine Kette, was mit dem Wissen, dass Thyra sie nicht mehr berühren konnte, eine klare Lüge war. Vielleicht hatte sie wirklich geplant die Barriere selbst aufzulösen, die Ketten einfach wegzunehmen und all die Kreaturen in die Welt zu entlassen, indem sie die Elemente aus ihrem Kreis entließ? Doch anscheinend hatte die Überlagerung der Welten auch für sie nicht vorhersehbare Probleme mit sich gebracht und es war anders gekommen, als sie geplant hatte.

Und nun war ich im Begriff, die Seelenlosen, die innerhalb der Barriere gefangen waren, auf den Rest der Welt loszulassen? Niemals!

Cress sprang auf und richtete ihre Hand drohend gegen die körperlose Stimme. »Die Stimme lügt!«, zischte sie, die Augen vor Zorn zu schmalen Schlitzen verzerrt. »Thyra will dich verwirren.«

Das würde ich an ihrer Stelle auch behaupten und trat einen Schritt zurück. Sie sah kurz von mir zu Ben.

Als ich ihr Nicken sah, war es bereits zu spät. Ben hatte mir einen Stoß versetzt und ich landete auf meinem Hintern in dem Busch. Cress sprang auf mich und drückte mich zu Boden. Ben hielt meine Beine fest, so dass alles Strampeln und Winden nichts brachte. Ohne mein Element war ich nicht stark genug. Cress schnappte sich meine Hand und drückte sie über meinem Kopf zu Boden. Ich wehrte mich, konnte sie für einen Moment aufhalten, doch Cress war stärker als ich.

In dem Moment, in dem mein Handrücken den Elementaranhänger berührte, durchfuhr mich ein Stromstoß und mit Leichtigkeit schleuderte ich Cress und Ben von mir weg. Ein Hurrikan tobte um mich herum, materialisiert aus all der Trauer, dem Zorn und der Enttäuschung, die sich in mir angestaut hatten. Binnen Sekunden waren Cress und Ben verschwunden. Von mir und meinem Element getötet.

»Du musst dich beeilen«, flüsterten mir die Winde zu und hoben die Kette vom Boden auf. »Die Barriere ist zerstört, die Seelenlosen, die aus all den Büchern kommen, drängen nach draußen.«

Nachdem ich mir die Kette über den Kopf gezogen hatte, fühlte ich mich wie neugeboren. Die Macht meines Elements pumpte durch meine Adern – doch zu welchem Preis?

»*Finde Ric*«, flüsterte es mir zu und ich erstarrte bei seinem Namen.

»Er lebt?«, sagte ich ungläubig in die dunkle Nacht hinein.

»*Ihr wurdet in die Irre geleitet. Er befindet sich auf dem Weg an die südliche Grenze*«, antwortete mir der Wind.

Schneller als jemals zuvor schrumpfte ich in mich zusammen und befreite mich aus dem Kleiderberg, der sich über mir auftürmte. Wie der Wind zischte ich durch die Gassen. Wenige Straßen weiter sah ich die ersten Seelenlosen. Es war eine Armee aus den unterschiedlichsten Charakteren, die auf dem Weg zur geöffneten Seite der Elementarzone jeden einzelnen Menschen überrannten. Die Szene glich einem Albtraum. Die Menschen, die noch unterwegs waren, hatten keine Chance.

Wie spät war es? Ich sah zum Kirchturm: weniger als eine halbe Stunde bis Mitternacht. Die Kinder, die für Süßigkeiten um die Häuser zogen, waren längst in ihren Betten, hoffte ich zumindest.

Die Schmerzensschreie der Menschen stiegen zwischen den Gassen auf und echoten in meinem Kopf. Ich war eine Wächterin, ich war dazu auserkoren, diese Menschen zu beschützen. Doch alleine konnte ich nichts ausrichten. Mit Tränen in den Augen nahm ich den Blick von den Opfern und flog weiter zur südlichen Barriere. Nur zusammen würden wir sie aufhalten können.

»Was habt ihr vor?«, hörte ich eine wohlbekannte Stimme beinahe knurren, als ich an den letzten Häusern der Stadt ankam.

Mein Herz tat einen Satz, erneut drängten sich Tränen in meine Augen. Freudentränen. Ich horchte, woher die Stimme kam, und entdeckte Ric vor einem Holzzaun, die Hände zu Fäusten erhoben. Direkt vor ihm standen Cress und ein halb verwandelter Werwolf, der Ben zum Verwechseln ähnlich sah.

Wieder sind wir auf sie hereingefallen! Alles war eine Lüge gewesen, um uns dorthin zu bringen, wo Elizabeth und Thyra uns haben wollten.

»Du kannst Lins Tod nur rächen, wenn du dein Element hast«, redete Cress auf Ric ein. Bei ihren Worten zuckte Schmerz über Rics Gesicht, was mich angesichts der Situation eigentlich nicht hätte zum Lächeln bringen sollen. Dennoch wurde es mir warm ums Herz.

Ric ging mit langsamen Schritten auf die Elementarkette zu, hielt dann jedoch inne. Auch ihm war anscheinend seine Kette abgenommen worden – trüge er seine eigene Kette noch, würde er keinen Anhänger benötigen. Und vermutlich hatte diese Cress ihm genau dieselbe Geschichte aufgetischt wie mir. Als ich das Nicken von Cress sah, schleuderte ich einen Windstoß auf den Ben-Zwilling, der ihn zu Boden riss. Ric reagierte blitzschnell. Cress schrie erschrocken auf, als Ric sie an ihrem Zopf packte und an der Flucht hinderte. Ohne mit der Wimper zu zucken, ließ ich mein Element auf Cress und Ben stürmen, bis diese sich auflösten.

Danach flatterte ich auf Rics ausgestreckte Hand. »Ich habe nie daran gezweifelt, dass du am Leben bist«, sagte er leise und seine Worte ließen mich erschaudern. Ohne einen einzigen Gedanken an Scham zu verschwenden, verwandelte ich mich und Ric presste mich an sich, dass ich beinahe zu ersticken drohte. Ich schluchzte, so froh war ich darüber, dass er noch immer am Leben war. Während ich ihm erzählte, was ich von meinem Element erfahren hatte, strich er mir immer und immer wieder über den Rücken.

»Wenn ich die Kette an mich nehme, wird auch diese Seite der Grenze offen sein«, schlussfolgerte er und ich nickte. »Aber ich kann ohne nicht kämpfen, mich nicht verwandeln.« Erneut drangen Schreie an unsere Ohren.

»Die Stadt ist voll von ihnen«, begann ich. »Jenseits der Stadtgrenzen kommt erst einmal eine lange Zeit nichts.« Nie zuvor war ich so froh darüber gewesen, dass sich unsere Stadt im Nirgendwo befand. »Aber ich bin mir sicher, dass wir unsere Elemente brauchen werden, um Elizabeth aufzuhalten.«

Diese Aussage genügte Ric und er griff nach der Kette mit dem Feuersymbol. Als er sich wieder aufrichtete, musterte er mich mit einem Blick, der mir ein Schaudern über den Rücken jagte. »Du bist nackt«, raunte er und schluckte.

Die in dieser Situation vermutlich unangebrachtesten Gedanken schossen mir durch den Kopf, als uns ein starker Windstoß zur Besinnung brachte.

»Schwesterherz«, sagte Ric grinsend und pflückte etwas über meinem Kopf aus der Luft. Etwas, das aussah wie ein Nachthemd aus dem Mittelalter. Er krempelte es zusammen und zog es mir über den Kopf wie einem Kleinkind. Ich wollte eben in die Ärmel schlüpfen, als er mich fest an sich drückte und mir einen Kuss gab, der mir die Knie weich werden ließ. Für einen winzigen Moment blieb die Zeit stehen. Erst dann trat er zurück und ich konnte meine Arme befreien. Der Kuss war ein Versprechen.

»Entschuldige, das musste sein«, sagte er nicht zu mir, sondern in den Wind, der ihm die Haare zerzauste.

Ich lachte kurz auf, ehe wir Natalias Drängen nachgaben und ihrem Lufthauch folgten, ohne zu wissen, wohin er uns führen würde.

Ric und ich rannten den Radweg entlang, der die Stadt auf der südlichen Seite von den angrenzenden Feldern trennte, während wir verglichen, was uns gesagt worden war. Unsere Elemente sorgten dafür, dass wir weder aus der Puste kamen noch meine bloßen Füße irgendwie verletzt wurden. Wir hielten gerade auf Höhe des Parks, der das westliche Ende der Stadt bildete, als wir die Präsenz von Erde und Wasser spürten. Absolute Stille umgab uns. Hier waren keine Schreie zu hören. Die Seelenlosen tobten in der Stadt.

Die Kirchturmuhr schlug dreimal. Wir hatten nur noch fünfzehn Minuten bis Mitternacht, bis die Grenzen übereinanderliegen würden und eine der Welten für immer zerstört sein würde. Der Klang der lauten Glockenschläge hallte wider und wider, als würde mein Element dafür sorgen, dass wir die Zeit nicht aus den Augen verlören.

»Warum hat Natalia uns hierhergeführt?«, fragte ich, als wir den Park an der Westgrenze passierten. Hier roch es nach abgestandenem Wasser, Algen ... Salzwasser?

Ric sog ebenfalls die Luft ein, als wittere er. »Coral?«, sprach er auch meinen ersten Gedanken aus. Wir verlangsamten unseren Schritt und folgten dem Geruch zwischen den Bäumen entlang ins Innere des Parks. Schon nach kurzer Zeit hörten wir Corals Gesang. Sofort rannten wir los. Als wir durch das Gehölz auf eine Lichtung brachen – die Lichtung, auf der alles begonnen hatte –, sahen wir Coral am Rand des Teiches auf dem Boden sitzen. Ihr gegenüber, mit dem Rücken zu uns, standen sechs Gestalten, vermutlich Seelenlose, die immer wieder in Corals Richtung zuckten. Einzig ihr Gesang konnte sie von ihr fernhalten.

Als sie uns hörten, wandten sie sich zu uns um. Vampire. Ihre Zähne waren gebleckt, die Augen stachen blutrot aus den bleichen Gesichtern hervor. Sie stürzten auf uns zu. Meine Hand glitt wie von selbst zu Rics Arm, um meine Elementarkraft mit ihm zu teilen. Er rief das Feuer und schleuderte es auf die vordersten Vampire. Die beiden zerfielen im Lauf zu Staub, durch den die Verbliebenen brachen. Der nächsten Feuersalve wichen sie aus. Ich wollte mich gerade verwandeln, als Corals Gesang erneut ertönte und die Vampire langsamer werden ließ. Im selben Moment sprossen Wurzeln aus dem Boden hervor und pfählten zwei der Vampire, die sofort zerfielen. Die letzten beiden sahen sich an und beschlossen zu fliehen, doch Ric traf sie mit zwei weiteren Feuerbällen.

Erleichtert atmete ich tief ein und lächelte in Richtung der dichten Bäume neben dem Teich. Peter trat in zerfetzter Kleidung hervor, ging direkt zu Coral und half ihr sich aufzurichten. Ric und ich liefen zu den beiden. Mein Team war vereint. Wohlbehalten! Ich konnte mein Glück kaum fassen. Doch es blieb keine Zeit für Wiedersehensfreude.

»Wir müssen zum Marktplatz«, sagte Peter und lief los.

Wir folgten ihm, ohne weitere Fragen zu stellen. Er war es schließlich, der die Verbindung zur Erde hatte. Unterwegs fragte Ric, was genau Peter und Coral zugestoßen war, nachdem sie von den Seelenlosen getrennt worden waren. Beide wurden von einer Art Magie betäubt und wachten getrennt voneinander ohne Elementarkette in einem Bunker auf. Mit einem Medium namens

Ben, das berichtete, dass Ric nach seinem Kampf nicht mehr von Ben auffindbar gewesen sei; ich dagegen hätte mich in einem Kampf befunden und sei kurz danach verschwunden. Coral hatte er erzählt, dass Peter ebenso verloren sei, bei Peter andersherum. Wie aus dem Nichts war Cress mit der vermeintlichen Lösung aufgetaucht. Genau wie bei Ric und bei mir. Die ganze Story über die herausgelesenen Charaktere, die komplett ausgelöscht worden waren, war eine Farce.

Einzig Zac passte nicht dazu. Hatte Thyra ihn als zusätzlichen Lockvogel für mich eingesetzt? Musste er unterwegs sterben, um mich schneller dazu zu bringen, die Barriere für sie zu öffnen, oder mich zu isolieren? Hatte Zac mich wirklich vor Zodan und Jael gerettet oder waren sie jetzt gemeinsam auf der Jagd? Zac ist der Schlüssel, wurde so oft gesagt. Doch auf wessen Seite stand er?

»Wir sind gleich da«, unterbrach Peter meine Gedanken. »Wir sollten uns verwandeln, bevor wir uns zeigen.«

Ich überlegte, ob das wirklich die beste Lösung war. Für mich und Ric war es kein Problem, in unserer Elementargestalt vorwärtszukommen. Coral und Peter jedoch waren da etwas schwerfälliger.

Wir hielten in der Gasse an, in der wir Bella vernichtet hatten. Im Schatten der Gebäude berieten wir uns. Wir einigten uns darauf, dass Ric Coral stützen konnte und Peter nicht sehr viele Schritte tun musste, ehe wir uns dem Tumult auf dem Marktplatz stellten. Gekämpft wurde anscheinend nicht, wir hörten kein Geschrei oder Menschen, die vor Angst davonstürmten. Es klang eher nach einer Party. Thyra musste gedacht haben, dass wir den entflohenen Seelenlosen folgen würden.

Binnen Sekunden umfing uns der Duft von Feuer, Wasser,

Erde und Luft, ehe unsere Körper sich in ihre Elementargestalten wandelten. Ric, der Drache, stützte wie geplant Coral und nahm sie anschließend auf einen Arm. Den anderen hielt er erhoben, als wir langsam aus dem Schatten heraus auf den Marktplatz traten. Peter in seiner raschelnden und knarzenden Nymphengestalt war alles andere als unauffällig, dennoch zogen wir keinen Blick auf uns.

Der Marktplatz war nicht wiederzuerkennen. Manche Teile, wie das *Milk & Sugar*, stammten aus unserer Welt. Andere, wie der antike Brunnen mit einem kleinen Dach aus morschem Holz, schienen einer Geschichte entsprungen zu sein. Je länger ich mich umsah und die Gestalten auf dem Platz musterte, desto sicherer war ich mir auch, aus welcher. Die kleine Bude am anderen Zugang zum Platz gab dann den Ausschlag: Sie stammte unverkennbar aus ›Otherside‹. Und mir fiel noch etwas anderes auf, als ich meinen Blick schweifen ließ: Genau so hatte ich mir den zentralen Handelsplatz von Erea, Othersides Hauptstadt, vorgestellt. Selbst die Gebäude um uns herum hatten in Erea ihren Platz – war meine Fantasie der Grund hierfür? Hatte ich die mir bekannte Umgebung auf Othersides Hauptstadt projiziert?

»Gleich ist es so weit«, dröhnte eine Stimme über den Platz. Thyra. Ich versuchte sie unter all den Anwesenden zu erkennen. Söldner, Vampire, Wölfe, die ihre Euphorie mit einem Heulen kundgaben. Doch nirgendwo konnte ich Ty entdecken. Plötzlich teilte sich die jubelnde Menge und ich sah, wie eine kleine Gestalt durch die Meute schritt. Die Seelenlosen verneigten sich vor ihr. Auf der anderen Seite des Platzes betrat sie eine Art Podest, das mir bisher nicht aufgefallen war.

»Nur noch wenige Minuten«, versprach sie mit fester Stimme.

»Aber ich sehe, dass die Stars der heutigen Nacht bereits einge-
troffen sind.« Die Menge sah sich um. »Heißt sie in unserer Mitte
willkommen: Riccardo Fiorenzo, Melinda East, Coral Delta, Peter
Bernstein und …«, sie deutete auf die vier Söldner, die eine Trage
durch die Zuschauer bugsierten, »Natalia Fiorenzo.«

19. Kapitel

Es hat begonnen. Bist du bereit?

Ric neben mir war erstarrt. Ich flog vor seinem Gesicht hin und her, doch in ihm zeigte sich keinerlei Regung. Für einen kurzen Moment dachte ich über die Frage nach, ob ein Drache in Ohnmacht fallen könne, und überlegte fieberhaft, wie ich den Koloss vor einem Sturz bewahren könnte. Peter schien ähnliche Gedanken zu hegen. Er kam langsam näher und seine Äste reckten sich der mit ihrem Fischschwanz zuckenden Coral entgegen, um sie im Ernstfall aufzufangen.

Als der erste der vier Glockenschläge ertönte, die die volle Stunde einläuteten, verstummte die Menge. Es war Mitternacht. Samhain. Die Zeit schien plötzlich langsamer zu vergehen. Beim zweiten Schlag waren die Söldner mit der Trage bereits bei Thyra auf dem Podest. Beim dritten Schlag hatte diese das weiße Tuch von der reglosen Person genommen.

Noch ehe der vierte Schlag ertönte, hatte Ric Coral an Peter übergeben und war losgestürmt. Ich flog ihm hastig hinterher. Beim letzten dumpfen Glockenschlag war Ric neben dem leblosen Körper seiner Schwester auf die Knie gesunken und hatte nach ihrer Hand gegriffen. Das Mädchen sah nicht so aus, als wäre sie seit Jahren tot. Eher glich sie dem schlafenden Schneewittchen, das nur darauf wartete, aufgeweckt zu werden.

Der erste der zwölf melodischen Glockenschläge, doppelt so laut wie die vorherigen, hallte über den Platz und dröhnte in meinen Ohren. Ich sah, wie Natalia die Augen öffnete und Ric erschrocken zurückwich.

Gong.

Natalia erhob sich. Erst jetzt fiel mir auf, dass ihre Umrisse bei jeder Bewegung verschwammen.

Gong.

Thyra sprang auf Natalia zu und umarmte sie. Das geflüsterte Wort füllte die Stille bis zum nächsten Schlag: »Mutter.«

Gong.

Ric stand bewegungslos da, sein Gesicht jedoch spiegelte etliche Emotionen wider, von Schock über Wut über tiefsten Hass.

Mit einem Mal erkannte ich das große Ganze. Ich sah, auf was Thyra all die Jahre hingearbeitet hatte: Das fünfte Element brauchte einen Körper in der realen Welt – eine Art Anker, wie ich es schon in so vielen Büchern gelesen hatte – und der seines lichten Gegenstücks schien wie geschaffen dafür.

Gong.

Die Luft über dem Marktplatz verdickte sich, Hitze breitete sich aus. Noch vor dem nächsten Glockenschlag war meine Haut von Feuchtigkeit überzogen, der Boden begann zu vibrieren und die Seelenlosen taumelten.

Gong.

Die Elemente waren präsent wie nie zuvor. Ric sprang auf und schrie etwas in die Nacht, was im nächsten Schlag unterging.

Gong.

Ric schleuderte sein Element auf die Seelenlosen, die ihm im Weg standen, als er sich den Weg zurück zu Peter und Coral bahnte.

Gong.

Ric und Peter nahmen Coral in ihre Mitte, streckten mir ihre freien Hände entgegen.

Gong.

Der Flug durch die elementgetränkte Luft war nahezu unmöglich. Mit letzter Kraft erreichte ich Ric und landete auf seiner Hand. Peter legte einen zarten Trieb daneben.

Gong.

Ich schloss den Kreis. Die magische Barriere, die unsere Verbindung anzeigte, breitete sich aus wie eine Druckluftwelle und warf die Seelenlosen zu Boden.

Gong.

Die Luft flimmerte, ein schimmernder Schleier schwebte von oben herab wie ein seidenes Tuch. Buchstaben leuchteten darauf auf. Unzählige Wörter segelten zu Boden, bedeckten alles und jeden mit ihrer Geschichte.

Der letzte Glockenschlag ertönte und die Welt um uns herum explodierte in einem grellen Licht.

20. Kapitel

Willst du das wirklich? Welchen Preis bist du bereit für deine Freiheit zu zahlen?

Als ich meine Augen aufschlug, lag ich auf dem Boden. Es duftete nach Rauch, einem behaglichen Kaminfeuer. Wohlige Wärme umgab mich und ich erlag für einen kurzen Augenblick der Versuchung, an diesem wundervollen Moment festzuhalten, ehe mich die Realität einholte.

Nein, ich befand mich nicht auf dem Boden. Ich lag auf Rics Brust, den die Explosion auf den Rücken geworfen hatte. Ein Stöhnen entfuhr ihm, als er langsam zu sich kam.

Ich hob meinen Kopf und sah mich um. Coral und Peter lagen direkt neben uns, bewegten sich ebenfalls. Wie viel Zeit war vergangen? Ric richtete sich auf. Hastig schlug ich mit meinen Flügeln, um nicht auf dem Boden zu landen.

Und dann sah ich es: Endlose Ströme von Seelenlosen traten aus dem Schleier aus leuchtenden Buchstaben hervor, der einfach alles überzog. Es schien, als würden sie direkt aus der Mauer des Rathauses treten oder sich aus dem Kopfsteinpflaster erheben. Unter ihnen waren normale Menschen, aber auch auf den ersten Blick erkennbare Monster wie Dämonen oder blutrünstige Vampire. Sie strömten in alle Himmelsrichtungen, die Gassen rund um den Marktplatz waren bereits so verstopft, dass lediglich die geflügelten Wesen aus dem Gedränge fliehen konnten.

Wenig später erkannte ich auch, weshalb die Seelenlosen nicht weiterkamen. Im Gegenteil. Sie wurden auf den Platz zurückgedrängt. Ich erkannte Josh, Laurie, Kenneth und Lara, die mit all ihrer Elementarkraft gegen die Seelenlosen vorgingen und immer mehr von ihnen am Entkommen hinderten.

Dennoch nahm der Strom, der sich aus den Wörtern ergoss, nicht ab. Ich sah die wildesten Kreaturen, mal bis ins Detail, mal nur grob skizziert. Werwölfe, Minotauren, Zentauren. Und ganz gleich, ob sie irgendwann in ihren Geschichten zur guten Seite gehört hatten: Ihr Überlebenswille war stärker als ihre Entscheidung für Gut oder Böse. Sie wollten leben, wollten unsere Welt übernehmen, wenn ihre schon durch uns nach und nach zerstört worden war.

Und sie waren in der Überzahl. So viele, dass ich erst höher fliegen musste, um zu sehen, was auf der anderen Seite des Platzes vor sich ging. Für einen kurzen Moment vergaß ich mit meinen Flügeln zu schlagen und sackte nach unten. Ric bemerkte es sofort, obwohl er gerade einen Feuerball nach dem anderen in die Menge schleuderte. Ich stieg wieder höher und deutete zum Podest.

In seiner Drachengestalt war Ric groß genug, um die meisten der Kreaturen zu überblicken, die einer immer dichter werdenden lebenden Masse glichen. Ich konnte genau erkennen, wann er realisierte, was er vor sich sah.

Auf dem Podest befanden sich zwei Schemen, die nur noch entfernt den Menschen glichen, die sie einmal waren. Knapp fünfzig Meter von uns entfernt kämpfte Licht gegen Dunkelheit. Beide hatten die zierliche Gestalt von Natalia, die langen fliegenden Haare, die bei jedem Schlag oder Aufruf eines Elements wirbelten. Es sah aus wie ein perfekt inszenierter Showkampf mit jeder Menge Special Effects. Natalia schleuderte einen starken Windstoß auf Elizabeth, der diese jedoch nur kurz ins Taumeln brachte, ehe sie mit einem Feuerball darauf reagierte. Im letzten Moment errichtete Natalia eine Barriere aus Wasser vor sich, die das Feuer sofort zum Erlöschen brachte. Es war ein beeindruckendes Schauspiel. Dabei verkörperten die beiden exakt ihr Überelement. Während Natalia leuchtete wie die unzähligen Buchstaben um mich herum, glich ihre Gegnerin einem Schatten, der jegliche Farbe wie ein schwarzes Loch aufsog. Elizabeth und Thyra kämpften nicht nur für ihre Welten, sondern auch um den Körper, der nun wieder leblos auf der Trage lag. Natalia hatte Elizabeth den Platz streitig gemacht und sie in dasselbe körperlose Dasein gezwungen, in dem sie die letzten Jahre existiert hatte.

Schon nach wenigen Sekunden sah ich, dass der Kampf ausgeglichen war. Niemals würde eine über die andere siegen können. Sie waren zwei Teile eines Elements, die Kehrseiten einer Medaille und sich mehr als ebenbürtig. Während immer mehr Seelenlose von den Wächtern, die sich zum Platz durchgekämpft hatten, vernichtet wurden, ging mir ein Gedanke nicht mehr aus dem Kopf: Es war ausweglos. Selbst wenn Natalia es schaffen sollte, Elizabeth so lange aufzuhalten, bis sich die Welten nicht mehr genau überlagerten. Der Kampf würde immer wieder stattfinden. Jahr für Jahr würde Elizabeth uns an Samhain heimsuchen. Jedes Mal, wenn sich die Grenzen der Welten überlagerten. Was wäre, wenn Natalia dann nicht zur Stelle war?

Der Gedanke kam zeitversetzt, durchfuhr mich jedoch wie ein Blitz. Konnte das die Lösung sein? Ich vergaß den Wind, der mich zum Schutz umgab, aufrechtzuerhalten. Ein Schlag traf mich mit voller Wucht am Körper und ich taumelte zu Boden, nicht mehr in der Lage, die Flügel synchron zu schlagen und aufzusteigen. Eine Hand fing mich behutsam auf. Nach mehrmaligem Kopfschütteln, um den Schwindel aus mir herauszubekommen, erkannte ich Zac. Misstrauisch kniff ich die Augen zusammen und versuchte zu entkommen, als er seine Finger mit dämonischer Stärke um mich schloss.

»Ihr habt den Kampf bereits entschieden«, sagte er leise. »Indem die Wächter-Teams die vier Elemente in den Kreisen heraufbeschworen haben, habt ihr das fünfte Element wieder ins Gleichgewicht gebracht. Das Licht zehrt von eurer Energie. Es sind zu viele. Elizabeth war davon ausgegangen, dass Thyras Einfluss auf die Wächter groß genug sei, um sie von diesem Kampf fernzuhalten. Mit dir, Ric, Coral und Peter wären die Söldner fertiggeworden. Nicht jedoch mit dieser Übermacht an Elementarmagie. Doch Elizabeth wird nicht aufgeben. Und ich werde es auch nicht. Ich will nicht zu ihr zurück. Die einzige Alternative, die mir bleibt, ist, die Grenzen offen zu halten. Die Möglichkeit zu bewahren, in dieser Welt existieren zu können. Ich muss den Elementarkreis brechen, der das Licht auf Grund der familiären Verbindung am meisten stärkt, euren Kreis. Ich weiß, was du vorhast.« Er senkte den Blick. »Es tut mir leid, Lin.« Nach einer kurzen Pause fügte er hinzu: »Ich liebe dich.«

Ehe ich begriff, was er vorhatte, und noch ehe er dazu kam, mir den schmalen Dolch, den er in der anderen Hand hielt, in den Körper zu rammen, oder ich auch nur einen Gedanken an Verteidigung verschwendete, schleuderte ein Feuerball Zac und mich in seiner Faust zu Boden. Binnen Sekunden stand Zacs Körper in Flammen, die heißer waren als alles, was ich bisher erlebt hatte. Ich hörte Rics wütenden Schrei, als er erneut sein Element auf

Zac schleuderte. Doch der ließ mich nicht los. Die Flammen leckten an seinem Körper, schienen ihm selbst jedoch nichts anhaben zu können. Ich dagegen hatte das Gefühl, bereits zu verbrennen.

Endlich kam ich zur Besinnung und rief die Luft zu mir. Schon bei der ersten kühlenden Brise kehrten meine Kräfte zurück. Mit Hilfe einer Druckveränderung meines Elements stemmte ich Zacs Finger auseinander, der von den Angriffen abgelenkt war, bis ich mich hinauszwingen konnte. Ich zischte zu Ric, der Zac gerade erneut attackierte. Doch das Feuer drang nicht durch seine Dämonenhaut, sondern verflog, ehe es ihm wirklich Schaden zufügen konnte.

»Er ist der Schlüssel«, piepte ich, doch ich glaubte nicht, dass Ric mich hörte.

Mit dem nächsten Feuer, das Ric auf Zac schleuderte, sandte ich mein Element zur Unterstützung hinzu. Ein Wirbelsturm umhüllte Zac und das Feuer, presste die Hitze immer fester gegen ihn, bis die ersten Schreie aus dem Wirbel heraus zu uns drangen. Der Geruch nach verbranntem Fleisch folgte und ich ließ mein Element ziehen. Ohne die stützende Luft brach Zac zusammen und landete hart auf den Knien. Sein verbranntes Gesicht sah in meine Richtung, die lidlosen Augen starrten mich an. Ehe er sich auflöste, hauchte er noch einmal: »Ich liebe dich.«

Tränen standen mir in den Augen, auch wenn er kurz zuvor noch bereit gewesen war mich zu töten. Die enge Verbindung, die ich über Jahre hinweg zu ihm aufgebaut hatte, konnte nicht mit einem Schlag vernichtet werden und ich war wie benommen. Ich wusste nicht mehr, wie viel Schmerz ich noch ertragen konnte.

Mit einem Mal nahmen die Geräusche, die Schreie, das Heulen und das Einsetzen der Elemente wieder zu und holten mich zurück auf den Marktplatz. Sofort erkannte ich, dass Zacs Tod keine weitere Auswirkung auf das große Ganze hatte als all die anderen Tode, die heute hier stattfanden, die Hunderte Seelenlosen, die von den Wächtern besiegt worden waren und auch in diesem Moment in ihre Welt zurückgeschickt wurden. Zac war nicht der Schlüssel zu irgendwas gewesen. Er war es nicht, der den Kampf entscheiden konnte. Er war lediglich der Schlüssel zu mir gewesen.

Also musste mein Gedanke zuvor die Lösung sein. Mein Blick fiel auf Ric, der nun wieder Rücken an Rücken mit Peter gegen die Seelenlosen kämpfte. Ein dicker Ast von Peter stützte Coral, die mit ihrem Gesang dafür sorgte, dass die Seelenlosen langsamer wurden. Sie kamen zurecht, beschloss ich und sauste nach oben davon. Ich vernichtete noch eine Harpyie und eine andere geflügelte Gestalt, ehe ich meinem Element die Nachricht zuflüsterte und sie von den Winden überall auf der Welt wiedergeben ließ.

Nun konnte ich nur noch warten. Und hoffen, dass meine Gedanken von der vielen Fantasy-Literatur nicht auf irgendwelche unrealistischen Abwege geraten waren, die niemals funktionieren könnten.

Rasch glitt ich wieder zu meinen Freunden und vervollständigte so den Elementarkreis. Die Seelenlosen prallten an unserer Barriere ab. Die Verwirrung nutzte Ric aus, um sie mit seinem Feuer zu bekämpfen.

Ich erkannte, wie die anderen Teams es uns nachmachten. Aus allen Gassen wurden die Seelenlosen von Wächtern zurück auf den Marktplatz gedrängt. Ich erkannte ein Jugendfantasy-Team, das in der Gasse neben Joshs Team kämpfte.

Die Teams der Erwachsenen-Literatur griffen von den Dächern aus ein und nahmen sich die geflügelten Seelenlosen vor.

Die Luftelementare standen vorne, gestärkt von den anderen Elementen. Dennoch ebbte die Flut an Seelenlosen nicht ab. Ich hatte eher das Gefühl, dass sich immer noch mehr von ihnen durch den Buchstabenschleier in unsere Welt drängten, während Natalia und Elizabeth ihren ausgewogenen Kampf ausfochten.

Weitere Seelenlose direkt vor mir wurden von Rics Feuer zu Asche verbrannt, die noch für einen kurzen Moment umhertanzte, ehe auch der letzte Überrest der Charaktere im Wind zerstob.

Schreie ertönten und zogen unsere Blicke auf sich. Der Schleier erzitterte und nun traten die wahren Monster daraus hervor: Seelenlose der uralten Geschichten, Märchen und Legenden – Giganten, Riesen, mehrköpfige Monster. Ich musste zugeben, dass mein gesamtes mythologisches Wissen hauptsächlich aus der Geschichte eines bestimmten Halbgottes und seiner Freunde stammte, dennoch glaubte ich den Höllenhund und auch die Hydra sofort zu erkennen. Bei der Riesenschlange war ich mir nicht ganz so sicher, sie hätte auch aus Hogwarts stammen können.

Sie alle jedoch hatten eins gemeinsam: Sie waren immun gegen das Feuer. Sie waren älter als alles andere, hatten vermutlich schon Dekaden vor den Wächtern existiert. Bisher hatte nie jemand gegen ein solches Monster kämpfen müssen – niemand hegte genügend Sympathie für eine solche Kreatur, um sie herauszulesen. Unsere bisherige Taktik konnten wir nicht weiterverfolgen.

Die Schreie wurden lauter, als die Riesen sich durch unsere Reihen wälzten, als wären wir Spielfiguren. Die Wächter wurden von ihnen einfach zur Seite gefegt wie Bauklötze, zu uninteressant, um sich näher damit zu beschäftigen.

Das Grauen kam mit den gefräßigen Ungeheuern. Schockiert beobachtete ich, wie sich die drei Köpfe des Hundes in einem Wächter-Team verbissen. Das zwei Meter große Monster hatte die Elementarbarriere ohne Mühe durchbrochen und widmete sich jetzt den drei hochgewachsenen Mitgliedern des Teams: Feuer, Erde und Wasser. Der grelle hochfrequente Schmerzensschrei des Luftelementars fuhr mir durch Mark und Bein. Ich begann zu zittern, als der Zerberus mit bluttriefenden Lefzen auf uns zusteuerte. Einer der Köpfe schnappte im Vorbeigehen nach einem Seelenlosen, der sich sofort auflöste.

Ric rief sein Element und ließ eine Mauer aus dunkelrotem Feuer entstehen, doch der Höllenhund lief hindurch, als wäre sie nicht vorhanden. Coral zog Wasser aus dem uralten Brunnen und hohe Wellen schmetterten gegen das Monster, doch auch ihr Element hatte nicht den geringsten Einfluss auf Zerberus. Nun versuchte Peter das Monster mit seinem Element aufzuhalten. Etliche Wurzeln schossen aus dem Boden, Pflastersteine und Kies flogen in alle Richtungen. Die Wurzeln schlangen sich binnen eines Wimpernschlags um die Beine und Hälse des Höllenhundes, doch er zerriss sie sofort. Peter bildete neue, dickere Auswüchse seines Elements, doch alles, was er zu Stande brachte, war das Monster zu verlangsamen.

Ich verdichtete die Luft um uns herum so weit, dass mir das Atmen schon beinahe schwerfiel. Unter voller Konzentration schleuderte ich die geballte Energie meines Elements auf das Monster. Der einzige Effekt war, dass die drei Köpfe sich kurz schüttelten und sich Sabber in der Gegend verteilte, der die getroffenen Seelenlosen auflöste, als wäre er die reinste Säure. Zerberus stieß ein dreistimmiges Knurren aus und stürmte durch die Aschereste der Seelenlosen direkt auf uns zu. Peter ließ unentwegt Wurzeln und Dornenhecken aus dem Boden schießen, doch ich sah unser aller Ende auf uns zujagen. Die Zeit dehnte sich, Zerberus verlangsamte seine Sprünge, die Speichelfäden an seinen Lefzen flogen in Zeitlupe von ihm fort. Jede Flucht war unmöglich und ebenso undenkbar. Doch ich hatte noch einen letzten Wunsch.

Ich schloss die Augen, rief mein Element zu mir und meine menschliche Gestalt explodierte aus mir heraus. Ich drehte mich zu Ric um und stellte erfreut fest, dass auch er splitterfasernackt inmitten dieses Chaos stand, seine Kleidung war in all dem Feuer verbrannt. Seine goldenen Augen starrten mich an und ich wollte in ihnen versinken. Ric schlang die Arme um mich, küsste zuerst meine Stirn und fuhr mit seinen Lippen an meiner Schläfe entlang, küsste die Tränen auf meinen Wangen hinfort, ehe sein Mund meinen fand und – zumindest für mich – die Welt ein weiteres Mal explodierte. Ich versank in den Kuss, während Stimmen an mein Ohr drangen. Viele Stimmen, die sich zu einem Chor fügten. Alte, rauchige Stimmen, hohe, weit tragende Stimmen, Personen jeden Alters.

»Hörst du das?«, unterbrach ich Rics Kuss, dessen Gesicht sofort wieder ohne jegliche Hoffnung war.

»Was?«, murmelte er an meinem Ohr, nicht sehr angetan von der Unterbrechung.

»Die Stimmen. Sie alle ... erzählen etwas.« Mein Element musste die Worte zu mir tragen. Ich sah nach oben und erkannte die irritierten Blicke anderer Luftelementare. Ich konzentrierte mich auf die einzelnen Stimmfarben und die Erkenntnis durchfuhr mich wie ein Blitz. »Die Stimmen reden nicht«, keuchte ich und wäre vor lauter Freude beinahe aufgesprungen.

Ric starrte mich an, als hätte ich den Verstand verloren. Zerberus setzte irgendwo hinter meinem Rücken zu seinem Siegessprung an und ich lachte und strahlte, als hätte ich soeben ein Buch geschenkt bekommen. Doch es war sogar noch besser. Ich hatte Geschichten bekommen. Viele Geschichten.

»Sie lesen!«, schrie ich, packte Ric und küsste ihn erneut. In dem Moment spürte ich den sengenden Schmerz in meinem Rücken.

21. Kapitel

»Elizabeths ›Nein!‹ hallt noch immer über den Platz. Sie ist nun ebenfalls zurückgekehrt. Der Höllenhund hat das Mädchen schwer verletzt. Der Feuerjunge kümmert sich um sie. Das Wasser- mädchen versucht sie mit ihrem Element wiederzubeleben. Die Säure frisst sich durch ihren Körper. Es sieht schlecht für sie aus. Sie hat die Welt gerettet, uns zum ewigen Leben in Otherside verdammt und dafür mit dem Leben bezahlt.«

»Das glaube ich nicht. Sie ist stark«, antwortet Zac und blickt voller Zuversicht in die Ferne, als könne er dort die Zukunft erahnen.

Ben lacht freudlos. »Sie mag stark sein, aber ihre Fantasie ist grenzenlos. Nur deshalb sind wir hier.«

Zac nickt, sein Gesicht von Schmerz verzerrt. Erst hier in Otherside ist er sich dessen bewusst geworden, was er getan hat. Er ist ein Dämon, ja. Aber er hat sich geschworen die Un- schuldigen für immer zu schützen. Doch genau das Gegenteil ist passiert: Diese andere Welt hat ihn seiner Sinne beraubt. Er hat nicht mehr klar denken können, als er Lin bedrohte. Elizabeths Einfluss auf ihn war zurückgekehrt. Ben hat alles mit angesehen und ihm später bis ins kleinste Detail geschildert, was er Lin und all den anderen angetan hat.

Ohne seinen Angriff auf Lin hätte sie den Winden ihre Bitte noch rechtzeitig zuflüstern können. Die alten Mythen wären nicht bis zur Grenze gekommen und in ihre Welt eingedrungen. Sie wäre niemals verletzt worden, hätte sie die Menschen früher zum Lesen aufgefordert.

Oder hätten sich die Menschen nie in ihrer Fantasie einschränken lassen. Erst Lins Aufruf hat sie wieder daran erinnert und sie haben begonnen zu lesen. Haben ihre Träume und Hoffnungen den Charakteren geschenkt. Doch anstatt sie in die Realität zu holen, um die Wächter in ihrem Kampf zu unterstützen, wie Lin es geplant hatte, ist etwas anderes geschehen: Die Grenzen von Otherside, der gesamten Buchwelt haben sich plötzlich aufgelöst. Die Fantasie der Menschen – und damit auch die Buchwelt – war wieder grenzenlos und die Prophezeiung konnte sich nicht erfüllen. Es gibt keine Schnittpunkte der Welten mehr. Ohne Grenze kann die Dunkelheit aber nicht gegen das Licht kämpfen und die Dunkelheit kann nicht erfolgreich aus einem solchen Kampf hervorgehen. Elizabeth hat den Schleier zwischen den Welten nicht komplett anheben können. Sie, Thyra und all die anderen Charaktere, ganz gleich ob menschlich oder Monster, sind in ihre Bücher und in ihr altes Leben zurückgekehrt. Elizabeths Plan, dass alle Bewohner der Buchwelt die Grenze überschreiten und die Buchwelt sich mit der Realität verbindet, ist gescheitert.

Das Lesen hat die Menschen vor ihrem eigenen Untergang bewahrt. Solange es Träume und Hoffnungen gibt, werden diese in Geschichten verpackt und können von jedem bei Bedarf hervorgeholt werden. Sie sind ein Geschenk für alle, die träumen und hoffen wollen.

* * *

Der Schlag der Kirchturmglocke glich einem Hämmern gegen meinen schmerzenden Kopf. Nur ein Schlag für die Viertelstunde. All das, was mir wie mehrere Stunden vorgekommen war, hatte keine fünfzehn Minuten gedauert. Der Kampf gegen die Seelenlosen, die alten Mythen und Legenden.

Als würde sich mein Körper erst jetzt daran erinnern, spürte ich den sengenden Schmerz in meinem Rücken, der sofort das bisschen Konzentration, das ich zurückerlangt hatte, hinwegbrannte.

»Lin!« Diese Stimme. Mein Herz tat einen Satz. Ich spürte seine Hand, die sich auf meine legte. Eine elektrische Entladung, ein Impuls.

»Ric«, wollte ich sagen, meine Lippen begannen sich zu bewegen, doch es kam kein Ton heraus, nicht einmal ein Flüstern.

»Lin, bleib bei mir«, sagte jemand, zu weit entfernt. »Lin!« Ein entferntes Wort wie durch Ohropax, ich konnte es nicht festhalten, wusste nicht um seine Bedeutung. »Wir verlieren sie.« Mein Bewusstsein trieb dahin, immer weiter der Schwärze entgegen. Der endgültigen Dunkelheit.

* * *

»Sie stirbt, Zac.« Ben kann ihn nicht ansehen, sein Blick gleitet zwischen dem Tisch und der weiten Ferne der anderen Welt hin und her.

22. Kapitel

»Sie wird nicht sterben«, zischt Zac zwischen zusammengepressten Lippen hervor. »Wo die Macht von fünf Elementen vereint ist, werden selbst Tote auferstehen. Du wirst leben, Lin.«

»Peter, das Buch!«

Licht.

Da war ein Licht. Doch ich konnte mich nicht bewegen. Es war kalt, ich war vor Kälte erstarrt.

Feuer.

Wärme kroch in meine Glieder, lieferte jeder Zelle genügend Energie, um mich aus meiner Erstarrung zu lösen.

Wasser.

Ein belebender Nebel, warm wie ein Sommerregen. Das Versprechen eines Neubeginns.

Erde.

Ich kämpfte mich aus der Dunkelheit. Nein, keine Dunkelheit. Erde. Ich zwängte mich durch die Erde, roch das Leben um mich herum, drängte wie alles andere der Wärme und dem Licht entgegen.

Luft.

Ich sog scharf den Atem ein. Meine Lungenflügel entfalteten sich, als würden sie das erste Mal atmen. Wie ein Neugeborenes schrie ich all den Schmerz aus meinem Körper.

Ich schrie und schrie, bis alles Negative verschwunden war und nur ein einziges Gefühl übrig blieb. Ich schlug die Augen auf. Und blickte in pures Gold.

Ric presste seine Lippen auf meine. Ich schmeckte das Salz, denselben Schmerz, den ich von mir geschoben hatte. Ein Lächeln schlich sich in meine Mundwinkel und Ric rückte ein Stück von mir ab.

»Was?«, schien sein Blick zu sagen.

»Du hast nicht etwa geweint, oder?«

»Um dich, Tinkerbell?«, sein Lachen hätte genauso gut ein Weinen sein können. »Niemals.« Er schniefte. »Jeder weiß, dass man nur einmal klatschen muss, um ...« Ric schüttelte den Kopf und senkte seinen Kopf wieder auf meinen hinab. »Danke«, flüsterte er dicht an meinen Lippen und um uns herum knisterte es.

* * *

»Sie lebt.«

»Ich weiß.«

Epilog

Ich schloss das Buch. Mein Buch. Meine Geschichte.

Auf den roten, ledernen Einband hatte Ric ›Die Chroniken der Wächter‹ eingebrannt. Ich fuhr die dunklen schnörkeligen Buchstaben nach und mein Herz pochte alleine beim Lesen des Namens. Ich schüttelte lächelnd den Kopf.

All das Wissen um die alte Prophezeiung, an die wir nie so richtig geglaubt hatten, die Wahrheit dahinter und die Grenzen einer Welt, die grenzenlos sein sollte, musste festgehalten werden.

Die Tür zu meinem Zimmer öffnete sich und ich drehte mich mit dem Schreibtischstuhl.

»Bist du so weit?«, fragte Ric.

Ich presste das Buch an meine Brust, nickte und stand auf. Ric streckte mir die Hand entgegen. Eine kurze Fahrt im dröhnenden Diabolo später betraten wir den Fahrstuhl zum Institut.

»Hey«, Ric stupste mich mit der Schulter an und ich stolperte beinahe zur Seite. »Das wird schon, Tinkerbell.«

»Du hast leicht reden, Drache«, feuerte ich zurück. »Was, wenn sie es ablehnen?«

»Sie können es nicht ablehnen. Wenn ein Buch in diesen verdammten Bunker da unten gehört, dann ist es dieses hier.« Er deutete auf das rote Buch, das ich wieder – oder immer noch? – mit der rechten Hand gegen die Brust presste. »Sofern du es irgendwann loslassen kannst.«

Die Fahrstuhltür öffnete sich und ich holte tief Luft. Instinktiv griff ich mit der Linken zu meinem Elementaranhänger. Beinahe schmerzhaft erinnerte ich mich daran, dass es nun nur mehr eine Kette war. Die Elemente und damit unsere besonderen Kräfte waren aus der Welt verschwunden, die letzten Charaktere, die in ihre Bücher zurückgekehrt waren, hatten die Magie mit sich genommen – Thyra und Elizabeth. Elizabeths Verschwinden hatte dafür gesorgt, dass Natalia wieder allein über ihren Körper bestimmten konnte – den Körper, der durch Kryostase konserviert (das Einfrieren von Körpern war im Science-Fiction-Genre ja durchaus nicht unbekannt) und von Elizabeths Schergen auf den Marktplatz gebracht worden war.

Jedoch nicht einmal die Bibliothekare konnten sich erklären, was genau vor Jahren mit Natalia geschehen war. Sie vermuteten, dass das Gleichgewicht zwischen den Welten nicht zerstört werden durfte und das fünfte Element – Natalia – nicht ausgelöscht werden konnte, solange es ein Gegenstück in der Buchwelt gab. Die Elemente selbst hatten dafür gesorgt, dass Natalias Geist überlebte und in seinen Körper zurückkehren konnte. Dieser war lediglich etwas schwach, aber schon nach wenigen Wochen hatte Rics Schwester sich wieder erholt.

Wir konnten auch nur Vermutungen anstellen – und hoffen –, dass Elizabeth und Thyra wieder fest in ihrer Welt eingeschlossen waren und es nie wieder einen Weg für sie geben würde, aus dieser zu entkommen. Auch über Elizabeths wahre Beweggründe konnten wir nur spekulieren, indem wir die einzelnen Bruchstücke an Informationen zusammentrugen. Elizabeths Intention war durchaus positiv: Sie wollte die Buchwelt – die gesamte Literatur – retten. Doch sie hatte den Weg der Zerstörung gewählt und hätte darüber hinweggesehen, eine andere Welt –

die Realität – dafür zu zerstören oder von Monstern überrennen zu lassen. Dennoch hatte sie ihr Hauptziel erreicht: Sie hatte die Bibliothekare wachgerüttelt und die Menschen wieder zum Lesen gebracht. Und dafür musste man ihr ja schon fast dankbar sein.

Ric legte mir die Hand auf den Rücken und schob mich vorwärts.

Die Zeiten hatten sich geändert. Nach Samhain war unsere Welt eine andere geworden. Wir alle hatten so große Verluste erlitten, dass der Schmerz für immer hätte über uns schweben müssen. Mein Schreien hatte diesen Schmerz ausradiert, bis nur noch die Liebe geblieben war. Die Liebe zu den Buchstaben, Wörtern, Sätzen und was sie uns erzählten.

Wir waren einst Wächter gewesen, die Beschützer der Menschen. Nun waren wir die Hüter dieses besonderen Wissens. Wir wussten, dass wir die Fantasie nie mehr einschränken durften, denn die Fantasie musste grenzenlos sein. Wir waren die Botschafter, die dieses Wissen in die Welt tragen würden.

Ric öffnete mir die Tür zur *Bibliotheca Elementara*. Der Duft nach Büchern hüllte mich sofort ein und Lärm drang an meine Ohren. Auch das war neu. Nicht länger war die Bibliothek vor den Menschen verborgen. Es war schließlich unser neuer Job, das Lesen zu all den Menschen dort draußen zu bringen. Wir mussten dafür sorgen, dass die Fantasie eines jeden grenzenlos blieb. Grenzenlos wie die Fantasie der Kinder, denen Natalia gerade aus einem Märchenbuch vorlas.

Denn wer nicht mehr las und fremde Welten besuchte, mit Charakteren mitfühlen und zittern konnte, war in seinem Denken eingeschränkt und schaffte Grenzen, die niemals hätten entstehen dürfen. Grenzen, die es überhaupt erst möglich machten, dass man die Charaktere in unsere Welt hatte holen können. Grenzen, die zuletzt Elizabeths Pläne beinahe hätten Realität werden lassen. Was letztendlich zu meinem Tod geführt hatte.

Noch während die letzten Seelenlosen und die Mythen und Legenden vom Schleier verschluckt worden waren, war ›Otherside‹ neben mir auf den Boden gefallen. Peter hatte es sich geschnappt und die letzte Seite aufgeschlagen. Dort, wo Zac erwähnte, wie man mich zurückholen konnte.

Ich hatte ›Otherside‹ noch oft gelesen, vor allem die letzten zwei Sätze. Die Stelle, an der Ben sagte, dass ich lebte, und Zac antwortete, dass er dies wisse. Ben spielte in ›Otherside‹ eine so große Rolle und war doch nie in Erscheinung getreten. Ohne ihn zu kennen und ihm bei der Ausübung seiner Fähigkeit zugesehen zu haben, wäre ich nie auf die Idee gekommen, dass all die teils nicht zuordenbaren Kapiteleinstiege Visionen von ihm gewesen waren. Nachrichten zwischen unserer Welt und ›Otherside‹. Botschaften, die auch in ›Die Chroniken der Wächter‹ nicht fehlen durften.

Der Dialog zwischen Zac und Ben war die letzte Veränderung von ›Otherside‹ gewesen. Nun würde es sich nie wieder verändern.

Wir betraten die *Bibliotheca Elementara*.

Ebenso wenig wie jedes andere Buch würde es sich verändern. Nie wieder würden wir zulassen, dass Grenzen entstanden, wo keine sein sollten.

Nie wieder würden Seelenlose in unsere Welt herausgelesen werden.

Nie wieder müsste einer von uns kämpfen müssen.

Die Geschichte der Wächter war zu Ende.

Danksagung

Wenn ich euch die ursprüngliche Danksagung zeigen würde, könntet ihr im Hinterkopf vermutlich Rics Schnauben hören und sehen, wie Lin die Augen verdreht, weil sie so klischeehaft war.

Aber wie sollte man eine Danksagung anders verfassen? Es gibt nun mal all diese Menschen, die aus dem Manuskript ›BookElements‹ das gemacht haben, was ihr zu lesen bekommen habt, und es eigentlich sogar verdient hätten, ein Teil der ›Chroniken der Wächter‹ zu werden.

Daher fügt einfach die folgenden Worte in Gedanken dazu (handgeschrieben, versteht sich):

Noch vor allen anderen möchte ich unserer Impress-Mama Pia danken, deren erste begeisterte Reaktion auf das Manuskript immer noch in meinem E-Mail-Postfach liegt, damit ich mir immer wieder Motivation holen kann, wenn ich sie brauche. Danke für alles, liebe Pia.

Lin und Ric sind durch einige Betaleserhände gegangen, von denen mich jede Anmerkung und jeder Kommentar weitergebracht haben. Danke an Petra, Tanja und Amelie.

Damit ihr meine teils verwirrenden Gedanken auch wirklich versteht, hat meine Redakteurin Elisabeth sämtliche Register gezogen und ›BookElements‹ zu dem Text gemacht, der sich der Öffentlichkeit auch zeigen kann. Ich werde dir dafür immer dankbar sein.

Auch meine Familie verdient eine Erwähnung: Vorneweg danke ich meinem Mann Kay, der mit einer teils in Geschichten versunkenen Steffi die Abende verbringen musste, die nur auftauchte, um zusammenhanglose Fragen zu stellen. Der nächste Dank gilt meinen Kindern Colin und Nico, die insbesondere in der finalen Lektoratsphase damit zurechtkommen mussten, dass Mama auch an Nachmittagen manchmal »arbeiten« musste, ehe sie spielen und vorlesen konnte.

Nicht zuletzt danke ich all den Autoren da draußen, die mich mit ihren Charakteren und Welten zu meiner persönlichen »Buch im Buch«-Geschichte inspiriert haben. Denn geben wir mal alle zu: Wer würde nicht gerne Roth, Daemon und Co. begegnen (männliche Leser bitte entsprechende weibliche Charaktere einfügen)?

Ich danke euch allen, dass ihr Lin und Ric bei ihrem Kampf gegen die Seelenlosen begleitet habt, und hoffe, dass ich euch gut unterhalten konnte.

Eure Steffi

Tauch ein in romantische Geschichten.

HOL DIR
**BITTERSÜSSE
STIMMUNG**
AUF DEINEN
E-READER!

E-BOOKS VON IMPRESS HIER:
CARLSEN.DE/IMPRESS

impress IST DAS DIGITALE LABEL DES
CARLSEN VERLAGS FÜR GEFÜHLVOLLE UND
MITREISSENDE GESCHICHTEN AUS DER
GEHEIMNISVOLLEN WELT DER FANTASY.

Ein fantastisches Debüt

Laura Kneidl
Light & Darkness
400 Seiten
Taschenbuch
ISBN 978-3-551-31594-6

Die Existenz von Vampiren, Feen und anderen Paranormalen ist längst kein Geheimnis mehr. Doch ist es ihnen verboten, sich ohne die Begleitung des ihnen zugeteilten Delegierten in der Öffentlichkeit zu bewegen. Ausgerechnet bei der warmherzigen Light versagt jedoch das raffinierte Auswahlsystem: Ihr erster Paranormaler ist der rebellische und entgegen aller Regeln männliche Dämon Dante. Und schon bald muss sie sich fragen, wen sie schützen muss – ihn oder sich selbst?

CARLSEN

www.carlsen.de

Liebe hat immer Saison!

Jennifer Wolf
Morgensonne. Die Auserwählte der Jahreszeiten (Buch 1)
272 Seiten
Broschur
ISBN 978-3-551-31595-3

Jennifer Wolf
Abendsonne. Die Wiedererwählte der Jahreszeiten (Buch 2)
288 Seiten
Broschur
ISBN 978-3-551-31596-0

Jennifer Wolf
Nachtblüte. Die Erbin der Jahreszeiten (Buch 3)
288 Seiten
Broschur
ISBN 978-3-551-5

Die Erde liegt unter einer dicken Schneedecke, Eis und Kälte herrschen überall. Nur noch ein kleiner Landfleck ist bewohnbar, wo die Erdgöttin Gaia die letzten ahnungslosen Menschen angesiedelt hat. Hier lebt auch Maya Jasmine Morgentau, eine der göttlichen Hüterinnen. Alle hundert Jahre wird unter ihnen eine Auserwählte dazu bestimmt, das Gleichgewicht der Natur aufrechtzuerhalten. Sie darf die vier besonderen Söhne der Gaia kennenlernen, den Frühling, den Sommer, den Herbst und den Winter. Für einen muss sie sich entscheiden und sich ein Jahrhundert an ihn binden. Doch jeder der Söhne hat seine Stärken und Schwächen. Sollte Maya die Auserwählte werden, für wen würde sie ihr Leben hergeben?

CARLSEN

www.carlsen.de

Cinderella der Zukunft

Marissa Meyer
**Die Luna-Chroniken, Band 1:
Wie Monde so silbern**
384 Seiten
Taschenbuch
ISBN 978-3-551-31528-1

Cinder lebt mit ihren Stiefschwestern bei ihrer schrecklichen Stiefmutter und versucht verzweifelt, sich nicht unterkriegen zu lassen. Doch als eines Tages niemand anderes als Prinz Kai in ihrer Werkstatt auftaucht, steht Cinders Welt Kopf: Warum braucht der Prinz ihre Hilfe? Und was hat es mit dem plötzlichen Besuch der Königin von Luna auf sich?
Die Ereignisse überschlagen sich, bis sie auf dem großen Schlossball ihren Höhepunkt finden. Cinder schmuggelt sich dort ein und verliert mehr als nur ihren Schuh ...

www.carlsen.de

CARLSEN